クセノポン

小品集

西洋古典叢書

凡　例

一、本書はクセノポン「小品集」として伝わる八作品の全訳である。

二、訳出にあたっては、E・C・マーチャントによるオックスフォード版（Marchant, E.C., *Xenophontis Opera, Opuscula*, Oxford Classical Text, V, 1952）を底本にした。そして、E・C・マーチャントとG・W・ボアーソックのロウブ版（Marchant, E.C., Xenophon, *Scripta Minora* & Bowersock, G.W., Pseudo-Xenophon, *Constitution of the Athenians*, Loeb Classical Library, London/Cambridge, Massachusetts, 1984）を参考にした。

三、ギリシア語をカタカナで表記するにあたっては、

(1) θ, φ, χ と τ, π, κ を区別しない。

(2) 母音の長短の区別については、固有名詞のみ原則として音引きを省いた。

四、訳文中の［　］内は、底本の校訂者が、削除して読むとよいと判断したのであり、（　）は、同じ校訂者が読みやすくするために付したものである。訳者もこれに従った。

五、訳文中のゴシック体漢数字は、節を示している。

六、巻末に人名、地名、事項の索引を掲載する。

目次

ヒエロン――または僭主的な人……3
アゲシラオス……35
ラケダイモン人の国制……79
政府の財源……107
騎兵隊長について……131
馬術について……163

狩猟について……197
アテナイ人の国制……245
スコリア（古注）……261
解　説……265
索　引

クセノポン

小品集

松本仁助 訳

ヒエロン――または僭主的な人

第一章

一　かつて、詩人シモニデスが(1)、僭主ヒエロン(2)のもとを訪れたことがあった。二人に暇ができたとき、シモニデスがいった。「ヒエロン様、あなたが、わたしよりもおそらくよくご存じの事柄について、お述べくださるつもりはございませんでしょうか」と。
「はて、かくも賢明なおまえよりも」とヒエロンはいった、「わしのほうがよく知っていることとは、どういうことなのか」。

二　「わたしは、あなたが」と彼はいった、「庶民に生まれながら、いまは僭主でおられるのを存じております。したがいまして、両方の身分を経験なさっておられるあなたは、僭主と庶民の暮らしが、人間にどのように違った喜びと苦しみを与えるのかについて、わたしよりよくご存じなのは当然でございましょう」。

三　「おまえは、いまなお庶民の身なのだから」とヒエロンはいった、「わしが庶民として暮らしていたときに味わったことをわしに思い出させてくれたのは、いうまでもない。であるから、両者の相違をおまえには至極明瞭にすることができる、とわしは思う」。

四　「もっともなことでございます」とシモニデスはいった。「さて、わたしが存じておりますのは、庶民が、目で見るもの、耳で聞くもの、鼻で嗅ぐもの、口で食べたり飲んだりするものにより、喜んだり、苦しんだりしており、愛欲についても、その方法は、われわれすべてが承知しているところです。五　また、寒さと暑さ、堅さと柔らかさ、重さと軽さは、身体全体で判断して、われわれがそれらを喜んだり苦しんだりするのだ、とわたしは思います。だが、善とか悪とかについては、われわれは、ときには魂のみで、ときには魂と肉体共通で、喜んだり苦しんだりするのだ、とわたしには思われます。六　われわれには眠りが喜びである、とわたしは信じていますが、それがどのようにして、何によって、いつ眠りが生じるのかについては、わたしは、むしろ無知だと思っております。なお、われわれが、眠っているときよりも、目覚めているときのほうが、明確に意識しているとしても、それはもちろんなんの不思議もないことでしょう」。

七　これに答えて、「ところが、シモニデスよ」とヒエロンはいった、「おまえの述べたこと以外の何かを僭主が知りうるというような手だては、わしの話せるところではない。だから、僭主の生活が、庶民の暮らしとなんらかの点で異なっているのかどうかは、おまえの知っている以上のことをわしは知らないのだ」。

八　そこで、シモニデスはいった。「だが、次のように僭主の生活は違っています。五官のいずれもが、

（1）詩人シモニデス（前五五六頃―四六八年）は、バッキュリデス、ピンダロスらとともに、ヒエロンの宮廷に客人となっていた。

（2）前四七八年にヒエロンはシシリーのシュラクサイの僭主になり、勢力を拡張した。前四六七年に死ぬ。

その生活を幾倍にも楽しいものにしていますし、苦しみははるかに小さなものです」。

だが、ヒエロンはいった。「そうではないぞ、シモニデス、僭主の喜びは普通に暮らしている庶民よりははるかに小さなものであるのに、苦しみは比べものにならないほど大きく数多いということは、おまえも知っているのではないか」。

九「あなたは、信じられないことをいわれる」とシモニデスはいった、「いわれるとおりでしたら、多くの者が僭主であろうと願うのは、どうしてでしょう。最もすぐれた男たちがそれを望むのですよ。また、どうしてすべての者が僭主を羨むのですか」。

一〇「ゼウスにかけて確かなことだが」とヒエロンはいった、「両方の身分を経験していない者がそれを推測しているからなのだ。だが、わしが真実を述べているということを、まず目の感覚から説明するとしよう。というのも、おまえもそれから話しはじめた、とわしは記憶していると思うからだ。
一一　まず第一に、わしの見るところでは、目で見るものについては、僭主が劣っている。いずれの土地にも見るべきものはある。庶民はそれぞれ、それを見たければ、行きたいと思う町を訪れもするし、人間にとり最も見る価値のあるものが集められている、と思われる町の祭りを見にも行く。一二　だが、僭主は、見物にはまったく関係がないのだ。それは、見物する場所では、僭主がそこにいる者たちを力で凌駕しているのでなければ、そこへ行くのは僭主には危険であるし、僭主の獲得した財産を他の者に託して旅に出るほどに安心はできないからだ。さらに僭主は、主権を奪われないか、また、犯罪者を罰することができなくならないか、と恐れるからである。一三　しかし、おまえはおそらく、「そのようなことは、僭主が宮殿に留まっていようとも、起こることなのだ」というだろう。ゼウスにかけて、シモニデスよ、このようなことは多くのうちでのわずかのことである。だが、そうであっても、それは僭主にはひじょうに高く売りつけられるのだ。ちょうど、興行師が僭主の前で思いどおりの興行をし、他の人間すべてから生涯かかって得られるものの何倍ものものを短い時間に僭主からせしめて去っていくようにだ」。

一四　そこで、シモニデスはいった。「しかし、あなたがたは見ることでは劣っておられても、聞くことではまさっておられるのは、いうまでもないでしょう。あなたがたは、最も快い耳の慰みもの、すなわち称賛の言葉にはけっして不足しておられないのですから。というのは、あなたがたのそばに侍る者はみな、あなたがたの話や行動をすべて褒め称えるからです。これに反し、最も不快に聞こえるもの、つまり非難は、あなたがたの耳には届きません。誰も僭主を面前で誹謗しようとはしないのですから」。

一五　ヒエロンもいった。「沈黙を守るこれらすべての者が、僭主に対して悪事を企んでいる、と分かっているのに、苦言を呈さない者がいったいいかなる喜びをもたらす、とおまえは思うのか。あるいは、賛辞を述べる者が諂《へつら》うために称賛していると疑われる場合、その称賛者がどのように喜ばせてくれる、とおまえは思うのか」。

一六　すると、シモニデスはいった。「ヒエロン様、ゼウスにかけて確かですが、わたしは、最も自由な者からの称賛が最高に快いというこの点については、まったくあなたに同意します。しかし、われわれ人間の生命を支えているものにおいて、あなたがたがはるかに多くの楽しみを得てはいないというあのことについては、あなたはまだ誰をも説得されていないのは、ご存じでしょう」。

一七 「たいていの者は、シモニデスよ」と彼はいった、「わしらが庶民より旨いものを食べたり飲んだりしていると判断しているのは、わしらに出される食事のほうが彼らのとる食事よりも美味しく食べられると信じているからだ、ということは分かっている。というのは、普段のものよりよいものは満足を与えるからだ。一八 だから、僭主以外のすべての人間が、祭りを待ち望んでいる。だが実際は、僭主にはその食卓が豊富な食事で整えられているから、祭りだからといって、それ以上に加えられるものはないのである。したがって、この期待をもてるという点で、僭主は庶民より劣っているのだ。一九 次は」と彼はいった、「おまえも経験しているところだが、十分すぎるほどに食事が出されると、それだけ早く満腹感に襲われるということであり、このことはわしにもよく分かっている。こういうわけだから、喜びの続く時間にしても、多くの食事を提供される人は、普通の生活をしている人より劣っているのだ」。

二〇 「だが、ゼウスにかけて」とシモニデスはいった、「食欲の許すかぎりでは、贅沢な用意をされた人々は、質素な食事を受ける者たちより、はるかに楽しんでいますよ」。

二一 「シモニデスよ」とヒエロンはいった、「どんなことにであれ大きな喜びを見いだしている人は、そのことに強い愛着を抱いている、とおまえは思わないのか」。

「まったくそのとおりです」と彼はいった。

「それでは、庶民が自分の食事をとるより、僭主のほうが喜んで自分に用意された食事につく、とおまえは理解しているのか」。

「とんでもない」と彼はいった、「違いますよ、むしろ多くの者が思っているように、うんざりして、でしょう」。

二二「それでは、おまえには」とヒエロンはいった、「僭主に出される多くの調味料のこと、つまり酸味料、苦味料、渋味料その他これらの類似のもののことが、分かっているのか」。

「もちろんですとも」とシモニデスはいった、「それらは人間にはまったく不自然なものである、とわたしは信じています」。

二三「では、おまえは」とヒエロンはいった、「これらの調味料が、弱い、贅沢のために病的になった食欲の求めるものとは別ものだ、と見なさないのか。このわしはよく、おまえもおそらく、食欲旺盛な人はこれらの調味料を必要としないということを知っているのだからな」。

二四「しかしながら」とシモニデスはいった、「あなたがたが身体にかけられる高価な芳香は、あなたがた自身によりも、あなたのそばに仕える者を楽しませている、とわたしは思います。それはちょうど、食べている人自身が食べ物の不快な臭いに気づかず、むしろそばにいる人々がそれに気づくようなものです」。

二五「たしかにそのとおりであるが」とヒエロンはいった、「いつもあらゆる種類の食事をしている者が、それらの食事に食欲を感じて受け取ることはない。しかし、食べたいものが稀にしか食べられない者は、それが提供されると、美味しく腹一杯食べるということがある」。

二六「愛欲のみが」とシモニデスがいった、「あなたがたに支配への欲求を起こさせるように思われます。というのも、このことにおいて、あなたがたは、目にされる最も美しいものと一体になれるからです」。

二七「たったいま、おまえが」とヒエロンはいった、「述べた点で、わしらが庶民より劣っているのを確認するのがよい。まず第一には、自分より富と権力にまさっている家との結婚であるが、それはたしかにこのうえもなくすばらしいものであり、結婚する男に名誉と喜びを与える。次によい結婚は同列の家との結婚である。より身分の低い家との結婚は品位を汚すのみならず役に立たない、と見なされている。二八　ところが、僭主は、外国の女性と結婚する場合を除いては、どうしても身分の低い家の娘と結婚せざるをえないのであり、その結果彼は満足を得ることがまったくできないのである。きわめて気高い心をもった女性の配慮はとりわけ喜びを与えてくれるが、奴隷女の世話は全然好まれないどころか、それは、もし不十分であれば、ひどい不快感と激しい怒りを引き起こす。

二九　さらに、少年との愛欲においては、僭主には、男女間の愛欲におけるより、はるかに喜びが欠けている。なぜなら、愛をともなう情欲がとくに大きな喜びをもたらすことはおそらくわれわれすべての知るところである。三〇　しかし、この愛が、また、まったくといっていいほど、僭主の心には起ころうとしないのだ。というのは、この愛は、意のままになるものではなく、望ましいものを求めることによって喜ぶからである。実際、喉の渇きを経験していない者には飲む喜びが味わえないように、愛に無経験な者には最も甘美な情欲が分からないのだ」。

三一　ヒエロンは以上のようにいった。シモニデスは、「何をいわれるのですか、ヒエロン様」と笑いながら述べた、「僭主の心には少年への愛は生じない、といわれましたね。では、あなたはどうして、最も美しい者という異名をもつダイロコスを愛しておられるのですか」。

三二　「ゼウスにかけて、シモニデスよ」と彼はいった、「わしは、確実に得られると思われるものを彼から得ようとは、まったく望んでいない。僭主にとって最も得にくいものを彼から得ようと願っているのだ。三三　すなわち、人間の本性がおそらく美しい者から得ようとさせるものをわしは、たしかにダイロコスから得たい、と熱望している。そして、わしが得たいと願っているものを、ダイロコスも得ることを望む場合には、わしは、それを彼の愛情とともに得ることをとりわけ強く願っている。だから、望むものを彼から無理やり得ようと努めるより、わし自身に苦痛を与えるほうがましだろう、と思っているのだ。三四　敵から奪い取るのは、それが敵の意志に反している場合に、すべてにまさる快いことである、とわしは見なしている。しかし、愛する少年から得られる喜びというものは、わしの思うところでは、少年が愛を受け入れるつもりになってこそ、最も甘美なものなのだ。三五　たとえば、愛に応答してくれる少年に、注視され、尋ねられ、返答されるのは、楽しいことである。とはいうものの、戦いも争いもきわめて魅力のある快いものである。三六　だが、愛する少年を、嫌がっているのに、楽しむのは」と彼はいった、「愛よりもむしろ略奪で楽しんでいるのに似ている、とわしには思われるのだ。物を獲得するのみならず敵を痛めつけるのも、略奪者にはある種の快感を与える。しかし、愛する相手を嫌がっているのに楽しみ、しかも愛する自分は憎まれ、身体に触れては怒りを買うという経験は、まったく不快で悲しむべきことではないか。三七　実際、愛する人が喜ぶようにと愛される者が奉仕する場合、庶民なら、その奉仕の証拠を、愛される者がいかなる強制も受けずに奉仕しているということを知ることにより、ただちに獲得するのである。だが、僭主は愛されているということをけっして信じることはできない。三八　というのは、われわれは、恐怖から奉仕する者が自分の行為をできるだけ愛する者のする奉仕に似せようとするのを、知っているからである。さらに、僭主への陰謀は、僭主を最も良く愛していると見せかけている者により、最も多く企てられるのだ」。

第二章

一　これに対してシモニデスはいった。「だが、あなたのおっしゃっていることは、わたしにはまったく些細なことに思われます。なぜなら、わたしは、尊敬されている人間の多くがすすんで、食べ物、飲み物、薬味を控え、性の楽しみを抑制しているのを知っています。二　しかし、あなたがたは、次の点で庶民よりまさっておられるのです。すなわち、あなたがたは、大きなことを計画され、すぐに達成される。また、すぐれたものを数多く所有しておられる。すなわち、並はずれてすばらしい馬、際立って美しい武具、女性の見事な装身具、高価な家具の備えつけられた壮大このうえない宮殿、さらには、最も多くの、最高に熟練した召使をもっておられる。しかも、敵を苦しめ、味方を助ける強大な力を有しておられるのです」。

三　これに答えてヒエロンはいった。「ところで、シモニデスよ、多くの人が僭主の地位に惑わされているが、わしは、そのことには全然驚かない。なぜなら、わしは、多数の者が外観から判断して、ある人は幸福だが、他の人は不幸であると見なすことに疑いの余地はない、と思っているからだ。四　僭主の地位にいる者は、ひじょうに価値があると思われる財宝を、すべての人の目に見えるように開示するが、苦しみは、人間の幸福と不幸がしまわれている場所である自分の心に隠したまま保持するものなのだ。五　だから、すでに述べたように、多数の者がそのことに気づかないのには、わしは驚かない。しかし、視力より知力によってほとんどの事柄をよりよく認識すると見なされるおまえたちがこのことを見落としているのが、わしには不思議に思われる。六　だが、わしは、経験から明確に知っているゆえに、おまえにいうのだが、僭主は、最大の善事を最小にしか享受しないのに、最大の災厄を最大に被ってきたのだ。七　というのは、そもそも、平和が人間にとって大きな善事と見なすなら、僭主がこれに与《あずか》れるのは最も少ないのに、戦争を大きな悪事とすれば、僭主はこの悪の大部分を引き受けるからである。八　すなわち、まず庶民は、国家が国全体にかかわる戦争をしていない場合には、殺されないかという心配をせずに望む場所へ行くことができるが、僭主はみな、どこへ行くにしろ、敵地を通るように進んでいくのである。少なくとも、僭主は、自身もつねに武具を身に着けると同時に武装兵をたえず引き連れねばならない、と思っている。

九　次に、庶民は、敵地へ遠征しても、帰国すれば自分らは安全であると思えるが、僭主は、自分の国に戻ったときに、きわめて多くの敵のなかにいるのを知るのである。一〇　また、他国の軍隊が優勢で自国に攻め入り、城壁の外側にいる自国の軍隊が、劣勢で危険であると考えて城壁内に入ると、彼らのすべては危険から逃れたと思うが、僭主は、居城内に入っても安全ではなく、城内こそ最も用心しなければならない、と信じているのだ。一一　さらには、休戦協定と平和条約締結により、庶民には戦争からの休養が与えられるが、僭主には臣下に与えられるような平和はけっして実現しないし、休戦協定を信じて僭主が心を休めるようなことはけっしてないだろう。

一二　そして、戦争とはいうまでもなく国家が戦うものであり、僭主が抑圧されている者に対して行なうものである。また、これらの戦争から国民が受ける苦難に、僭主も、遭うことになる。一三　すなわち僭主も国民も両者は、武器に身を固めて警戒し、危険を冒し、そのうえ、敗北すれば手ひどい打撃を被り、これには両者ともが苦しむことになるからである。一四　この点までは、戦争は、両者に対して平等である。だが、国家間の戦争においては、国民の得る喜びを僭主はもう味わえないのだ。一五　たしかに、国家が敵国と戦って敗北させた場合、国民が敵を敗走させたり、追跡したり、敵を殺害したりして抱く満足を、また、彼らの功績に対する誇りを、彼らが得る輝かしい名声を、彼らが国家を繁栄させたと思って感じる喜びを述べるのは、容易ではない。一六　国民の各々は、協議に参画したり、敵の兵士を最も多く殺害したかのように振る舞う。また、国民が実際に殺害した敵の数より多くを殺害したと主張する場合、本当に殺害した偽りのない数を見いだすのは、困難なのだ。国民は圧倒的な勝利をこのように、すばらしいと信じている。一七　これに反して、僭主が疑惑を抱き、謀叛を企てる者がいるのを本当に突き止めて謀叛人を殺害した場合でも、僭主は、国家全体の意気を高めていないことを知るとともに、自分の支配下の者が少なくなるだろうと思うと、自分の行為を喜ぶこともできなければ、それを誇示するわけにもいかないのだ。いやそれどころか、僭主は、事件をできるだけ小さくしながら、自分が不正を行なったのではない、と弁明する。このように、僭主には自分の行為が立派であると思うことができないのである。一八　僭主は、自分の恐れている者が死んでも、これまで以上に安心することはなく、むしろ以前より用心するのである。僭主は、わしが明らかにしたような戦いを続けているのだ」。

第三章

一　「次に、僭主が愛情を享受する仕方に注目するのがよい。まず、愛情が人間にとってひじょうによいことなのかどうかを考察しよう。二　友人に、よりしっかり愛されている人に関しては、友人は、その人がそばにいるのを見て喜び、その人に親切を尽くして喜び、その人がいなくなると寂しがり、その人が戻ってくるとこのうえもなく喜んで迎え入れ、その人の成功をともに喜び、その人がしくじったのを見れば援助の手をさしのべる。三　愛情が、人間には最大のよいことであり喜ぶべきことであるのには、国家も気づいている。とにかく、多くの国家が、姦夫のみは死刑に処すという法をなんの支障もなく制定している根拠が、夫に抱く妻の愛情を姦夫が破壊していると見なしていることにあるのは、明白である。四　他方、妻が偶然に性的な過ちを犯した場合でも、夫への愛情が無傷のままであると妻が信じておれば、夫は妻を過ちのゆえに軽視することはないのである。五　わしは、愛されることを実によいことだと思っているから、神々や人間に愛される人には本当によいことが自然に起きる、と信じているのだ。

六　ところが、この種の財宝には、すべての人のうちで僭主はとくにわずかしか与れないのである。シモニデスよ、わしが真実を述べているということを知りたいと願うなら、以下のような考察をするのがよい。

七　最強の愛は、いうまでもなく、両親の子供への、子供の両親への、兄弟の兄弟への、妻の夫への、友人の友人への愛である、と思われている。八　しかし、おまえに理解をさらに深める気持ちがあれば、庶民はいま挙げた者によってとくによく愛されているが、僭主の多くは自分の子供を殺害し、僭主自身も多くは子供によって殺害され、多くの兄弟が僭主の地位をめぐって相互の殺害者になってしまい、多くの僭主が自分の妻や最も親密な友人と信じていた者によって殺害されてきたのが分かるだろう。九 本来最も強く愛するように生まれついている者に、しかも慣習によっても愛するように強要されている者により、いま述べたように、憎まれている者が、どうして他の者に愛される、と思わねばならないのだろう」。

第四章

一 「さらに、信頼されることの最も少ない者が、どうして大きな善事に恵まれようか。相互に対する信頼のない楽しい共存とは、いったいどういう共存なのか。信頼のない夫と妻の交わりとはどのように喜ばしいものなのか。信頼のおけない召使とはどのように好ましいのか。二 ところが、僭主は、人に対するこの信頼を最小限にしかもてないのだ。なぜなら、僭主は、食べ物や飲み物にたえず疑惑を抱き、それらに入っている毒を食べたり飲んだりしないかという不信の念から、神々にそれらの飲食物が捧げられる前に、まず、召使にそれらの毒味をするように命じているからである。三 祖国は、たしかに僭主以外の人間にはこのうえもなく大切である。現に、国民は、無法な殺害による死が国民のいかなる人にも起こらないようにと、報酬も受けずに、奴隷や犯罪者を警戒して相互に護りあっている。四 国民の多くは、殺人者と交際する者は清浄でないという法を制定したほど、用心深くなっていたのである。この結果、国民のそれぞれが、祖国の恩恵により、安全に暮らしているのである。**五**　だが、僭主にはこのこともまた逆になってしまっている。というのは、国家は、僭主の殺害者を盛んに賛美して、僭主の復讐をせず、庶民の殺害者を神域から締め出すようには僭主の殺害者を締め出さず、むしろ、国家は僭主殺害者の彫像さえ神域に立てるからである。

六　僭主が、庶民より多くの財産を所有しており、その財産で庶民より多くの楽しみを得ている、とおまえが思っているなら、シモニデスよ、そうではないのだ。運動選手が、素人よりまさっていても、彼らを喜ばせないが、競争相手から劣っていると、彼らを悩まさせる。このように、僭主も、庶民より明らかに財産を多く所有していても楽しめないが、他の僭主より少ない財産をもっておれば、そのことで苦しむのだ。なぜなら、僭主は、他の僭主を自分の富の競争相手と見なしているからである。**七**　また、僭主には、自分の望むものが庶民より少しでも早く手に入るということはない。庶民は家、農園、召使を得ようと願うが、僭主は国、多くの領地、港、堅固な城塞の獲得を願望しており、これらの所有は庶民の望むものよりはるかに困難で危険である。**八**　しかも、おまえには、貧乏人は、庶民の間では少ししか見うけられないだろうが、僭主の間では多く見うけられるだろう。それというのも、多いとか少ないとかいうのは、数によって判断されるのではなく、必要度によって判断されるからだ。だから、十分以上のものは多く、十分でないものは少ないのである。**九**　こういうわけで、僭主は、必要な出費のために庶民の何倍もの不足をきたしている。なぜなら、庶民は日々の出費を切り詰めることができるが、僭主にはそれが不可能であるからだ。それは、僭主の必要不可欠な最大の出費が生命の警護にかかわるものであり、これを削減することは自分の身を破滅させることになる、と思われるからである。**一〇**　であるから、必要なものをすべて正当に手に入れられる人が、どうして貧しいといって同情されるのだろうか。他方、貧困のために、悪い恥ずべき方策を講じてでも生きるように強要される人が、哀れで貧しい人と呼ばれるのは当然ではないか。一一　そこで、僭主は、必要な出費のための財貨をたえず求めるゆえに、しばしば神殿と人間から不正に略奪せざるをえないのだ。これは、ちょうど、戦時において僭主が軍隊に糧食を与えるか、それとも破滅するかと迫られているようなものなのだ」。

第五章

一「シモニデスよ、おまえに僭主の他の災厄も語ろう。庶民と同様に、僭主も勇敢で正しく賢い人々を知っている。だが、僭主は、これらの人々を、重んじるかわりに、恐れるのだ。勇敢な人は自由のために何か大胆な行動に出るのではないか、賢明な人は何か陰謀を企んでいるのではないか、正しい人は民衆によって指導者になるようにと望まれるのではないか、と。二　しかし、僭主がこのような人々を恐怖のために排除すれば、不正な、放埒な、奴隷根性の人間以外に、役立つ人間は僭主に残されていないのだ。僭主と同様に不正な人間も、自由を獲得した国家が彼らを支配しないかと恐れるから、信頼されるのである。また、放埒な人間は当面の有用性のゆえに信頼されており、さらに、奴隷根性の人間は、彼ら自身が自由であることを要求しないから、信頼されるのである。したがって、一方の人間をすばらしいと認めているにもかかわらず、他方の人間を使わねばならないというこの苦悩も耐えがたい、とわしには思えるのだ。

三　なお、僭主は愛国者でなければならない。国家がなければ、僭主は生きていることも幸福であることもできないだろう。だが、僭主政治は自分の祖国をさえ非難しなければならない。というのは、僭主は、国民を勇敢にし、よい武具を整えさせても喜ばないし、むしろ外国人を、国民より力をもたせて喜び、護衛兵にしているからである。四　実際、豊作の年に多くの蓄えができても、僭主は一緒に喜べないのだ。僭主は、国民はより貧しいほど彼らをより謙虚に扱える、と信じているからである」。

第六章

一　「ところで、わしは、シモニデスよ」と彼はいった、「わしが庶民であったときに味わった喜びをおまえに説明しようと思う。わしは、僭主になったいま、その喜びを失っているのに気づいているのだ。二　わしは、わしと一緒にいるのを喜んでくれる同年輩の者と一緒にいるのを喜んだが、安らぎを求めると、自分一人になれたのだ。また、わしは、人生において苦しいことがあれば、しばしば、歌と踊りとお祭り騒ぎに心を奪われ、同席の者とわしが眠りたくなるまで、酒宴を続けた。三　しかしいまは、わしは、友人の代わりに奴隷を仲間にしているから、わしといることを喜んでくれる者を失っており、また、奴隷からのわしへの好意は一つも見られないから、友人との親しい交わりをわし自身失っているのだ。わしは、酩酊と睡眠には、陰謀と同じように、用心する。四　群集を恐れしかも孤独を恐れる、無防備を恐れしかも護衛兵そのものを恐れる、自分の周囲に武装していない者を置きたくもなければ、武装した者を見て楽しいとも思わないというのは、まったく厄介なことなのだ。**五**　さらに、国民よりよそ者を、ギリシア人より異国人を信用すること、自由人を奴隷として所有することを欲求し、奴隷を自由人にするよう強制されること、これらすべてが、不安に押しつぶされた心の証拠であるとおまえには思えないのだろうか。**六**　不安そのものは、心にあると、たしかに人を憂鬱にするばかりでなく、あらゆる楽しみにつきまとってそれを壊すのだ。

七　シモニデスよ、おまえも戦争を経験しており、敵の戦列近くに配置されたことがあったなら、そのときどのように食事をし、どのような睡眠をとったかを思い出すがよい。**八**　僭主が受ける苦しみは、実際、おまえが経験した苦しみと同じなのだ。いやそれ以上にひどいものなのだ。なぜなら、僭主は、前面のみならず、自分の周囲のいたるところに敵を見る、と信じているからである」。

九　これを聞いて、シモニデスは答えた。「あなたのおっしゃったうちですぐれていると思われるのは、二、三にすぎません。といいますのは、ヒエロン様、戦争はたしかに恐ろしいものです。しかし、われわれは、従軍しているときには、いつも歩哨を前方に配置し、安心して食事をし睡眠をとっています」。

一〇　すると、ヒエロンはいった、「ゼウスにかけて、おまえのいっているのは確かなことだ、シモニデスよ。というのは、法が歩哨を見張っているから、歩哨は自分自身とおまえたちのことを心配するのだ。他方、僭主は、収穫物の刈り手のように、給料を払って護衛を抱えている。**一一**　だが、護衛を信頼しうるようにするということは、まったくできないことになっている。一人の忠実な護衛を見つけ出すのは、おまえの望む仕事に従事する働き手を数多く探し出すよりはるかに困難なのだ。とりわけ、金のために付き添っている場合には、護衛は、長年護衛して僭主から得たものよりも、はるかに多くのものを、僭主を殺害することにより短時間のうちに、獲得できるだろう。

一二　わしらが、友人にこのうえもないすばらしい恩恵をほどこせるように、敵を比べようのないひどさで打ち負かすとおまえはわしらを羨んでいたが、そうではないのだ。一三　おまえから最も多くのものを得ている者が、できるだけ早くおまえの視野から離れたがっているということが、おまえによく分かっているときに、友人に好意を示すというのは、おまえにはとうてい信じられないことだろう。僭主から得たものはすべて、僭主の支配外に出るまでは、自分のものであるとは誰も思っていないのだからな。一四　また、僭主が、臣下はすべて自分の敵であり、これらの者すべてを殺害することも投獄することも不可能であるということを、よく知っている場合は、僭主が自分の敵を打倒する能力にとりわけすぐれている、とおまえはいわないだろう。(僭主はいったい誰をなお支配するのだろうか。) 一五　いや、僭主は、臣下が敵であることを知っていて、彼らを警戒しながら使わねばならないのだろうか。一五　シモニデスよ、次のこともよく理解しておくがよい。それは、僭主は、自分が恐れている市民が生きているのを見るのは嫌がるが、彼らを殺すことも好まない、ということだ。それは、ちょうど、すぐれた馬は致命的な災いをもたらすのではないかと人を心配させるが、その馬を殺すのは、そのよい資質のために、人にとって辛いことである、というのと同じであろう。しかも、人は、危機に際してその馬が取り返しのつかないことを仕出かすのではないかと心配して、馬を生かして使うのを嫌がるのだ。一六　災厄であると同時に有益である他のすべての所有物も、同じように所有者を悩ませる一方で、それを失う者を苦しめている」。

第七章

一　シモニデスは、彼から以上のことを聞くと、いった。「ヒエロン様、名誉とは、人間があらゆる苦難に耐え、あらゆる危険を冒しても獲得しようとするひじょうに価値のあるものだ、と思われます。二　そして、見うけられるところでは、僭主の地位があなたのいわれるような多くの問題を抱えているにもかかわらず、すべての者が畏敬の念をもってあなたがたのために臣下として命じられたことをすすんでやり遂げ、すべての者があなたがたに注目し、席を立ち、道をあけ、居並ぶ者すべてが言動でもってたえずあなたがたを称賛するように、とあなたがたは夢中になって僭主の地位を求めておられますよ。臣下たる者は、僭主や敬意を払うことになるその他の人にはそのように振る舞うのですから。三　ヒエロン様、実際、このように名誉を求めるという点で、人間は他の動物にまさっている、とわたしにも思われます。わたしの考えでは、すべての動物が食べ物、飲み物、睡眠、愛欲を同じように享受しているからです。これに反し、名誉愛は非理性的な動物にはもちろんないが、すべての人間にも生得のものとはかぎらないのです。だが、名誉と称賛への愛を生得のものとしている人はすべて、家畜とは最も異なった人であり、真にすぐれた男と認められており、もはや単なる人間とは見なされていません。四　したがって、あなたがたが、他の人間以上によく尊敬されているのですから、僭主の地位において受けられるあらゆる不快なことを耐えられるのには、正当な理由があるとわたしには思われます。いかなる人間的快楽も、名誉に関する喜びより、神的なものに近いとは、思われないからです」。

五　これに対して、ヒエロンはいった。「だが、シモニデスよ、僭主の名誉も、わしがおまえに示した僭主の恋の悦楽と同じである、とわしは思うのだ。六　というのは、愛に応えてくれない者の奉仕は、わしらの心を楽しませてくれるとは思えなかったし、強制的な情事も快いようには見えなかったからである。だから、恐怖を抱いている者からの奉仕は、同じように名誉ではないのだ。七　なぜなら、席から立つように強制される者が圧政者に敬意を払うために立ち上がっているとか、力の上の者に道を譲る者が、圧政者に敬意を払うために、道を譲っている、とはいえないからである。八　そして、多くの者が、憎んでいる相手に贈り物をするが、その相手から災厄を受けないかと心配するときには、とくにそれをする。しかし、それは奴隷のすることと見なされるのは当然のこと、とわしは思う。畏敬の念はこれとは反対の気持ちから生じている、とわしは信じているのだ。九　人々は、ある人を善行をなすことができる者と見なし、その人から恩恵を受けられると信じるなら、その人のことをたえず口にして称え、各人は、その人を自分自身への恩恵者と思い、恐れているからではなく、愛しているから、この人にすすんで道を譲り、席を立って、その公共的功績と善行のために冠を被せ、贈り物をするのである。そして、このような奉仕をする人々こそが、その人を真に尊敬しているのであり、また、その人には、これらの奉仕にふさわしい人として、本当に畏敬の念が示されている、とわしは思うのだ。一〇　わしはこのように敬意を払われる人を祝福する。わしは、その人が陰謀を企てられず、災いが降りかかるのではないかと人に心配され、不安もなく、敵意も受けず、危険もなく、生涯を幸福に過ごしているのを知っているからだ。だが、シモニデスよ、僭主が、その悪行のゆえにすべての人間から死刑の判決を受けているように、昼も夜も暮らしているのだ、ということをよく知るがよい」。

一一　シモニデスは、以上のことをすべて聞き終わると、いった。「ヒエロン様、僭主であることがそのように悪いことであり、あなたがそういう認識をもっておられるのなら、このような大きな災厄からあなたが離れられないのは、また、一度僭主の地位についた者は誰も、あなたも他の人もその地位を手放さなかったのは、いったいどうしてなのでしょうか」。

一二　彼はいった。「シモニデスよ、僭主の地位から離れることは不可能だから、この地位は最も惨めなのだ。というのは、僭主は、奪い取ったもの全部を奪われた人すべてに返却するほど十分な資力をもっていないし、また、投獄したすべての人への償いとして、自分がその人たちの禁固期間すべてをあわせて服役することなどできもしないし、さらに、殺害したすべての人に対して、自分が死刑になっても、そのことを殺害した人たちの十分な償いにすることはできないからである。一三　実際、シモニデスよ」、と彼はいった、「首を吊るのが人の利益になるとすると、そうするのが僭主にはとくに利益になるのをわしが見いだしているということを知るがよい。なぜなら、災厄を抱えることも取り除くことも僭主だけには役立たないからである」。

第八章

一　そこで、シモニデスは、答えていった。「いや、人々に愛されたいと望んでおられるのに、僭主の地位が邪魔をしていると見ておられるからこそ、あなたは、いま、その地位を不快に思っておられるのですが、わたしはそのことに驚きません。しかしながら、支配することが、愛されることの妨げにならないで、庶民生活よりまさってさえいることをあなたに示せる、とわたしは思います。二　だが、支配することそのことが、いま述べたとおりであるかを考察するにあたっては、支配者がより大きな権力によってより多くの恩恵を与えられるかということに注意を向けるのではなく、僭主と庶民が同じことをした場合、その同じことからどちらがより大きな感謝を受けるかを考えてみてください。

では、あなたのために、わたしは、最も小さな例から始めましょう。三　第一には、僭主と庶民が誰かを見かけて親しげに挨拶したとしましょう。この場合、あなたは、どちらの挨拶が、これを受けた人をより喜ばせると思われますか。両者が同じ人を褒めた場合はどうでしょう。どちらの称賛がより喜ばれると、あなたは思われますか。両者が犠牲《いけにえ》を捧げて敬意を示す、としましょう。どちらの敬意がより大きな感謝を受けるでしょうか。四　両者が同じように病人を看護する、としましょう。権力の最も強大な人の看護が最大の喜びをもたらすということは、明らかなことではないでしょうか。両者が同じ贈り物をする、としましょう。この場合でも、最も強大な人から受ける贈り物の半分が、庶民の与える贈り物の全体以上の価値があるのは、明らかではないでしょうか。五　いや、支配者には神々からさえある種の栄誉と恩恵が添えられる、とわたしは信じているのです。実際、支配者の地位は人をよりすばらしくするばかりか、同じ人であっても、庶民であるよりも支配者であるほうが、より好ましく映るし、われわれと同じ身分の人とよりも、より高い地位の人と話すのをわれわれは喜ぶのです。六　さらに、あなたに僭主の地位をとりわけ強く非難させた男色相手の少年は、支配者の老齢をまったく嫌がりませんし、少年自身が相手をする者の醜さに全然こだわりません。といいますのは、尊敬されるということそのことが、敬意を示される人にとくにすばらしい栄光を与え、その人の嫌な面を消し去り、よい面を見事に輝かせるからです。**七** あなたがたが、同じ親切からでもより多くの感謝を受けられるのですから、この何倍ものことを実行されて、人々の役に立つことができ、また、何倍もの贈り物をすることもできるとなると、庶民よりはるかによく愛されるのは、当然のことでしょう」。

八 ヒエロンもただちに「シモニデスよ、ゼウスにかけて」と答えていった、「人間が憎まれる原因となることに、わしらは、庶民よりはるかに多くかかわらねばならないのだ。**九** つまり、わしらは、必要なものへの支出を可能にしようとすれば、金を国民から取り上げねばならず、警備を必要とするものはどうしても警備しなければならず、不正な者は懲らしめねばならず、傲慢な行為を企てる者には反対しなければならず、危機の発生により、陸上にしろ海上にしろいち早く出陣するようになった場合には、無思慮に行動する者に事を委ねてはならないのである。**一〇** さらに、僭主は傭兵を必要とするが、国民にはこれより重い負担はない。なぜなら、国民は、自分らが僭主と同等の権利を得るためにではなく、僭主が自分らより優位であるために、傭兵が養われている、と思っているからである」。

第九章

一　これに対して、シモニデスは再びいった。「いや、ヒエロン様、これらすべてに配慮してはいけない、とわたしは申しません。しかし、ある種の配慮はたしかに敵意に通じますが、他の配慮は必ず感謝される、とわたしには思われます。二　といいますのは、最もよいことを教えることと、それを最もすばらしく成し遂げる人とを賛美し尊重すること、これが感謝されるための配慮なのですから。だが、不完全に事を行なう者を非難し、制裁し、処罰し、矯正すること、それらはむしろ必然的に敵意を生むことになります。三　そこで、支配者は、罰を必要とする者を懲らしめるのを他の人に委ね、賞品を与えるのを自分の手で行なうべきである、とわたしは申しあげます。また、そうすればうまくいくということは、事実が証明しています。四　すなわち、われわれがコロス(1)の競演を望む場合には、アルコン(2)が賞品を授与しますが、歌い手を集めてコロスを形成するのはコレゴス(3)に、コロスを訓練し、十分に成果をあげない者に罰を加えるのは他の人に委

---

(1) 踊りながら斉唱する集団。合唱舞踊隊と訳される。ディオニュソス神に起源のある合唱抒情詩、すなわちディテュランボスのコロスは、各部族ごとに選抜され競演された。

(2) 執政官。前五世紀のアテナイにおける最高の行政官。毎年任命された。その筆頭執政官は、年度を記すためにこの執政官の名前が与えられたところから、アルコン・エポニュモスと呼ばれた。

(3) ディテュランボスや悲劇、喜劇のコロスの編成、およびその上演にかかる諸費用を負担するために筆頭執政官により選ばれた富裕な市民。つまり上演世話役である。

ねられているのです。だから、まさにこの点で、喜ばれることがアルコン[1]により、嫌がられることが他の人により、行なわれているのです。**五**　では、他の公務もこのように処理されるのを妨げるものは、何なのでしょうか。国家はすべてピュレ[2]かモラ[3]またはロコス[4]という部分に分けられていて、各部分にはアルコン[5]が任命されています。**六**　したがって、コロスのようにこれらの部分にも、すなわちよい武装、よい規律、馬術、戦闘における勇気、取引における公正に対しても賞品が与えられると、これらすべてについても競争心から熱心に訓練が行なわれるのは、当然でしょう。**七**　また、人々は、ゼウスにかけて、功名心から必要な場所へいち早く出動し、時期がくれば即座に戦争税[6]を払い込むでしょう。さらに、耕地ごとにあるいは村ごとに土地を最もよく耕した人に賞品が与えられれば、あらゆるもののうちで最も有用でありながら、競争心から行動する習慣の最も少ない農耕さえ、はるかによくなるでしょう。**八**　しかも、国民のうちでこのことに熱心に取り組んだ人は、多くのよい成果を得ることでしょう。収入は増加するし、忙しく働くことにより分別もはるかによくなるでしょうから。悪行も、働く人にはとりつきにくいものです。**九**　もし、取引も国家に利益をもたらすなら、とくに多くの利益をもたらす人の表彰がさらに多くの商人をも集めることになりましょう。そして、国家のために個人の利益を損なわない収入の道を見つける人にも、栄誉が与えられることが明らかになれば、この分野の探究もなおざりにされなくなるでしょう。**一〇**　要するに、すべてのことにおいてもよいことを提案する人が評価されるということが明らかになれば、そのことが多くの人によいことを考えるという仕事に携わるようにさせるでしょう。多くの人が有益なことに関心をもてば、必ずより多くの発見と実現がなされるのです。

一一　そこで、ヒエロン様、多くのことに賞品が授与されれば、出費が多くならないかと心配されるのなら、賞品のために買われる物より安い品物はない、ということを分かってください。競馬、体操競技、合唱競技において、些細な賞品が人々に多くの出費と訓練と苦労をさせていることは、ご存じでしょう」。

第十章

一　ヒエロンもいった。「いや、シモニデスよ、その点おまえはいいことをいっている、とわしは思う。だが、おまえは、傭兵について、彼らが原因で僭主が憎まれるということのないようにする方法を、何か述べることができるのか。それとも、おまえは、人望があれば支配者はもう護衛を必要としないだろう、とでもいうのか」。

二　「ゼウスにかけて」とシモニデスはいった、「もちろん必要とするでしょう。といいますのは、馬と同様人間においても必要なものを、十分にもてばもつほど傲慢になる者がいるということをわたしは知ってい

(1) 筆頭執政官を指す。

(2) 都市の構成単位となる部族。元来は血縁関係に基づいたと考えられるが、後には地縁によるものとなり、アテナイの場合は四ピュレから成り立っていたが、クレイステネスがこれを一〇ピュレに再編した(前五一〇年)。

(3) スパルタの兵制単位。時代によって異なるが、四〇〇―九〇〇人が一モラといわれた。

(4) モラの四分の一の単位。

(5) 執政官。筆頭執政官ではない。

(6) 戦争などの非常時の場合に納入する特別の税金。

るからです。三　護衛から受ける恐怖が、このような者をむしろ抑制するでしょう。だが、立派な人にあなたが与えられる有益なものは、傭兵以外のいかなる者からも得られない、とわたしは思うのです。四　あなたも彼らを自分の護衛として養われておられるのは、確かでしょう。だが、多くの支配者がすでにその奴隷により暴力で殺されています。だから、彼らがそのような噂を耳にした場合、傭兵に課せられた任務の第一は、全国民の護衛としてすべての人の救援に駆けつけることなのだという信念を、彼らにもってほしいのです。われわれすべてが知っているように、悪人は町のどこかにいるのですから、これらの者の見張りが傭兵に命じられれば、国民はこの点からも自分らが傭兵に助けられていることを理解するでしょう。五　これに加えて、田園の耕作や家畜に、それもあなたの領地に属すものだけでなく国中のものに、これらの傭兵が勇気と安全を最もよく与えることができるのは、当然でしょう。とにかく、彼らは、重要な地点を警備して、国民に自分の仕事に励む時間を与えることができるのです。六　さらに、敵の密かな不意の攻撃をも予知して防ぐ準備をしている者としては、つねに武装して編成されている軍勢以上のものがありましょうか。しかも、遠征先においても、国民にとって傭兵より役に立つものはありません。なぜなら、彼らは、国民に代わって苦労と危険と見張りを引き受けてくれるからです。七　そして、近隣諸国は、つねに武装している勢力の存在を恐れるから、必然的に平和をもとくに希求しなければならなくなるのではないでしょうか。といいますのも、傭兵の編成された部隊は、友人の財産を護ることもできれば、とりわけ敵の財産を損なうこともできるでしょうから。八　さらに、傭兵が不正をしない人には害を加えず、悪事を企てる者の妨害をし、不当な行為を受ける人を助け、国民に配慮して、彼らの代わりに危険を引き受けるということを知ると、国民は心から喜んで傭兵への出費をするということにならないわけにはいかないでしょう。いずれにしろ、僭主は、個人的には、以上のことほどに重要でないことのためにも護衛を養っています」。

第十一章

一 「ところで、ヒエロン様、個人の資産を公益のための支払いにあてるのを躊躇されるべきではありません。なぜなら、少なくともわたしには、僭主個人の資産から国家のために支出されたものは、僭主個人のために支払われたものより有効に出費されている、と思われるからです。そこで、その個々のものについて検討してみましょう。二 まず、夥しい金を使って装飾された館が、城壁、神殿、公会堂、広場、港を備えた国全体より名誉になる、と見なされますか。三 見事な武器でもって飾りたてたあなた自身のほうが、あなたの国民全体がよい武装をしているより、敵には恐ろしく見えるのでしょうか。四 どちらの場合に収入が多くなる、とあなたは思われますか。収益をあげる原資としてあなた個人の財産を所有されている場合でしょうか、それとも全国民の財産が収益をあげる方法をあなたが考え出された場合でしょうか。五 あらゆるもののうちで最もすぐれた、そして最も立派な仕事と見なされている馬車競争用の馬を飼育することについては、次のどちらの場合がより大きな名誉をもたらすでしょうか。あなた自身がギリシア人のうちで最も多くの馬車用の馬を飼育して、祭典での競技に出場させる場合でしょうか、それとも、あなたの国から最も多くの馬の飼育者が出てくるばかりでなく、最も多くの人が競技にも参加する場合でしょうか。また、馬車用馬の優秀さにおける勝利のほうが、あなたの支配する国が繁栄において勝利を得るよりもすばらしい、とあなたは思われるのですか。六　わたしは、庶民と競うのは僭主にはふさしくない、という意見をもっているのです。といいますのは、あなたは、多くの家から資金を調達しているのですから、勝利を得ても、尊敬を受けずに妬まれ、敗北を喫した場合には、最もひどく嘲笑されるからです。七　だが、ヒエロン様、わたしは、諸国の他の支配者とは競争されるように、と申しあげます。もし、あなたの支配する国が、他の国々と比べて、最も繁栄している国であることが示されるなら、あなたはこの世で最も品格のある、規模の大きな競争に勝利を得られるのは、間違いありません。八　そして、まず、まさにあなたの望んでおられる、国民からの愛をあなたはただちに獲得されておられましょう。次に、あなたの勝利を告げるのは、伝令一人ではありません。すべての人々があなたのすばらしさを称えるでしょう。九　あなたは、周囲から注目され、庶民のみならず多くの国々からも敬愛されるでしょう。また、あなたは、個人的のみならず公的にも、あらゆる人々に賛嘆されましょう。一〇　さらに、あなたには危険がありませんから、希望するところへ行って見物することができましょう。また、自国に留まりながら願うものを見ることもできましょう。といいますのは、賢明なもの、あるいは美しいもの、あるいはよいものを所有しておれば、それを示したいと望む人や、それによりあなたに奉仕したいと願う者が、たえずあなたのもとに集まってくるでしょうから。一一　あなたのそばにいる人はすべてあなたの味方であり、そばにいない者はあなたに会うことを切望するでしょう。したがいまして、あなたは、人々からは好意のみでなく愛情も示されましょう。また、あなたは、美少年を口説く必要はなく、むしろ彼らに口説かれるままにしていなければならないでしょう。自分が災いを受けるのではないかという心配を、あなた自身がされるのではなく、他の者にさせられるでしょう。一二　また、喜んで従う臣下をもたれ、彼らがすすんであなたの身を配慮するのを見られましょう。もし、なんらかの危険が起これば、彼らが味方であるばかりでなく、先頭に立って懸命に戦うのがお分かりになるでしょう。多くの贈り物を受けるに値するとの評価を受けられた場合、その贈り物を分け与えてやりたいと思われるあなたは、あなたに好意をもつ人に事欠くことはないでしょう。そしてすべての人がともにあなたの幸運を喜び、すべての人が自分個人の財産と同じようにあなたの〔個人〕財産のために戦うでしょう。一三　あなたは、あなたの親しい人々のもとにあるすべての富を、あなたの財宝として所有されることになりましょう。

　さあ、ヒエロン様、心配しないで友人を富まされるといいでしょう、あなた自身を富ませるのですから。国を強大にされるとよいでしょう、あなた自身が権力を手に入れられることになりましょうから。自国のために同盟国を獲得されよ……〈欠落〉……。一四　祖国をあなたの家と、国民をあなたの友人と、友人を自分の子供と、子供をまさにあなたの生命と見なし、そして恩恵をほどこすことにおいては、これらすべての者を凌駕するように努められよ。一五　なぜなら、あなたが、親切になさる点で友人にまさっておられれば、敵はあなたに対抗することができないからです。

　そして、これらすべてのことをされるなら、あなたは、たしかに、この世のあらゆるもののうちで最もすばらしい、最も幸せなものを獲得されましょう。といいますのも、あなたは、幸福でありながら、嫉妬されないでしょうから」。

アゲシラオス

第一章

一　アゲシラオスの功績と名声にふさわしい賛辞を書くのはやさしいことではない、ということはよく分かっている。しかしながら、これに取りかからなければならないのである。なぜなら、彼が、非の打ちどころのない立派な人間であったということから、不十分な称賛は受けないということであれば、よくないことであろうから。

二　彼の高貴な家柄に関しては、いまも祖先の、それも庶民としての祖先ではなく、王族から生まれた王としての祖先の名前を挙げ、ヘラクレスから何代目の子孫(1)であったかということを述べる以上にすぐれた、正しい言い方はない。三　しかも、この点に関しては、彼らを王であっても、ありきたりの国の王なのだ、と非難することはできないだろう。いや、むしろ、彼らの一族が祖国において最も尊敬されているように、その国家もギリシアのなかで最も栄光に満ちている。したがって、彼らは第二級の人間のなかで第一位であるというのではなく、指導者を指導する者なのである。四　彼らの祖国と一族をともに称えるのは当然のことなのだ。というのは、国家も、これまで一度も彼らが高い地位を占めているのを嫉妬して、彼らの支配を覆そうと試みたことがなく、一定の制約のもとに当初から王位を受け継いできた王も、この制約以上のものを求めたことはけっしてなかったからである。そういうわけで、このラケダイモン(2)の政治形体のみが絶えることなく続いている。だが、他のいかなる統治形体も、すなわち民主制も、寡頭制も、僭主制も、王制も途切れずに継続するということがないのは明白である。

五 ところで、アゲシラオスが統治する以前においても王位にふさわしいと見なされていたことについては、以下のことが証拠になる。それは、王アギスが死に、アギスの息子レオテュキダスとアルキダモスの息子アゲシラオスの間で王権をめぐる争い(3)があったとき、家柄と才能においてはアゲシラオスのほうが非の打ちどころがないと国家が判断し、彼を王位につけた、ということである。彼が、最も強力な国家において、最もすぐれた人々により、最もすばらしい名誉にふさわしいと評価されたことは、統治を始める前の彼の能力に対してこのうえいかなる証拠も必要としないだろう。

六 だが、いまは、彼の統治下において成し遂げられたことを述べよう。というのは、彼の生き方は彼の

---

(1) ペロポンネソスを発生の地とするヘラクレスの子孫は、この地でとくに尊敬されていた。

(2) ペロポンネソス南東部、ラコニア地域のこと。この首都がまたラケダイモンあるいはスパルタといわれる。

(3) アルキダモス(前四六九—四二七年王位にあった)には二人の妻ランピドとエウポリアがおり、ランピドの息子がアギス、エウポリアの息子がアゲシラオス(前四四二—三六〇年。前三九二—三六〇年王位にあった)であった。王アギス(前四二六—三九七年王位にあった)の死後、アギスの息子レオテュキダスとアゲシラオスの間に王位継承の争いがあり、王位についたのがアゲシラオスであった。

業績から最も明らかになるからである。

さて、アゲシラオスは、まだ若かった頃に王位についた。彼が支配しはじめるとすぐに、ペルシア人の王(1)がギリシア人を攻撃するために陸海の大軍を集めているという報せがあった。七　このことについて、ラケダイモン人とその同盟軍が協議したとき、アゲシラオスは、自分に三〇人のスパルタ人、二〇〇〇人の新市民(2)、同盟軍から編成された約六〇〇〇人を派遣軍として与えてくれるなら、アジアへ渡って平和条約締結の努力をするが、異国人が戦いを望むなら、ギリシア人を攻撃するための遠征をできないように妨害するだろう、と約束した。八　まさにこの熱意は、すなわち、以前はペルシア人(3)がギリシアに渡ってきたのだから仕返しにこちらから渡っていって彼を攻撃し、つまり、待ちうけるよりもむしろ攻めに行って彼と戦うほうを選んだこと、そして、ギリシア人の出費によるよりも彼の費用により戦うという意図は、ただちに多くの者がおおいに称賛したところである。そして、ギリシアを護るためではなく、アジアを征服するために戦うということがすべてにまさる最もすばらしいことと評価された。

九　軍隊を率いて出航した後、将軍としてとった彼の指揮については、彼が自分の行なったことを述べている以上に明確に示せる方法はないだろう。一〇　ところで、アジアにおける彼の最初の行動は、次のようなものであった。ティッサペルネス(4)が、アゲシラオスに、ペルシア王のもとに送った使者が戻ってくるまでの間停戦協定を結んでくれるのなら、アジアにおけるギリシアの国々の独立が得られるようアゲシラオスのために努力すると誓った。アゲシラオスは、これに三ヵ月の期限を切って偽りなく協定を守る、と応えて誓った。一一　だが、ティッサペルネスは彼の誓いをすぐに破った。つまり、彼は平和をもたらすかわりに、それまで所有していた軍隊に加えてさらに多くの軍勢を王から送ってもらうように懇願したのである。アゲシラオスは、このことに気づいたが、協定を守った。一二　この結果、アゲシラオスは、ティッサペルネスが偽誓者であることを明らかにして、すべての人に彼を信頼できない者にする一方、自らをまず誓約を守る人物、次に協定を破らない人物として示し、また、彼が望むのであればギリシア人、異国人のすべてに、彼自身を信頼させて協定を結ばせるようにした、という最初の見事な成果をあげた、とわたしは思うのである。

一三　さて、援軍が到着して傲慢になったティッサペルネスが、アゲシラオスにアジアから撤退しなければ戦争をすると通告してきたとき、他の同盟軍ばかりでなく居合わせたラケダイモン人も、アゲシラオス配下の戦力が王の兵力より劣ると判断し、戦いへのひどい嫌悪を露骨に示した。しかし、アゲシラオスは、ひじょうに明るい顔で、ティッサペルネスが誓いを破って神々を自分の敵にし、ギリシア人の味方にしてくれたのだから、彼におおいに感謝していると報告せよ、と使者に命じた。一四　このあと、彼はただちに兵士に出陣の準備を指示した。そして、カリア(5)への進軍の途上、通過しなければならない都市には市場(6)の準備を

(1)『アナバシス』のペルシア王アルタクセルクセス二世。
(2)たいていは、戦功をあげ、そのために自由になったスパルタの奴隷。
(3)第一次、第二次ペルシア戦争においてギリシアに侵攻したペルシア人、とりわけ第一次ペルシア戦争のペルシア将軍ヒュスタスペス、第二次ペルシア戦争のペルシア王クセルクセスを指す。
(4)リュディアとカリアのペルシア太守で、小アジアの総司令官。不誠実な権謀術数家。
(5)小アジア西岸南部の地域。
(6)兵士は市場において、自分の給料で必要品を賄わねばならなかった。

するように要請した。また、彼は、イオニア人とアイオリス人とヘレスポントス人(1)に自分と一緒に進軍する兵士をエペソス(2)の自分のもとに送るように、という命令を出した。

一五　ティッサペルネスは、アゲシラオスに騎兵隊がなく、また、彼が欺かれたので自分に怒っている、と思っていた。だから、ティッサペルネスは、カリアの自分の居住地をアゲシラオスが襲うと信じ、歩兵をすべて自分の居住地へ向かわせる一方、ギリシア人が騎兵の動きにくい地域に到達する以前に、彼らを騎馬で踏みにじることができると考え、騎兵隊を率いてマイアンドロス川(3)の平原へと迂回した。一六　しかし、アゲシラオスはカリアへ進まず、方向を転じて迅速にプリュギア(4)へ向かっていった。そして、彼は、途中で出会う軍勢を受け入れながら進軍して、諸都市を制圧し、しかも、不意の襲撃により莫大な戦利品を獲得した。

一七　戦争が宣言され、その後は欺くことが公平で正しいことになったとき、ティッサペルネスが騙すという点では子供であると示すことに成功したアゲシラオスは将軍たるにふさわしい、と見なされた。しかもそのときに、彼が友人を増やしたのは賢明なことであった。一八　すなわち、彼は、多くの戦利品を得たので、そのすべてを只《ただ》同然で売り出したが、彼はそのとき軍を率いて大急ぎで海岸へ下っていくのだといって、友人に買い取るよう勧めた。さらに、彼は、戦利品を売却する者に、友人の買った値段を書きとめるだけで物品を渡すように、と命じたのである。そこで、彼の友人はすべて、金を払うこともなく、公の資金を失うこともなく、実に多くの品物を得たのであった。一九　なお、投降者が、当然のことながら、王である彼のもとに来て財宝を教えようとするが、そのとき、彼は友人がその財宝を獲得して豊かになるとともに名声も高めるように配慮した。このようにして、彼はいち早く多くの人に自分との友情を求めさせたのである。二〇　略奪されて荒廃した土地は軍隊を長く維持することはできないだろうが、人が居住し、耕作されている土地は、食糧をたえず供給するだろうと認識していたから、彼は敵を力で屈伏させるだけでなく、寛容に対応して味方に引き入れるように努力した。二一　そして、彼は、しばしば自分の兵士に、捕虜を犯罪者として罰するのではなく、人間として保護するように、と命じていた。また、連れていき、養うことができないと多くの商人に判断されて売りに出された小さな子供が取り残されているのを見ると、彼は子供たちを保護してどこか別のところへ連れていくことが、よくあった。二二　老齢のために置いていかれる捕虜が犬、狼に殺されないように注意することも、彼はたびたび指示していた。だから、このことを聞き知った人々だけでなく、捕虜自身も彼に対して好意をもつようになっていた。さらに、彼は、自分が味方にしたすべての国に、奴隷が主人のためにするような仕事を免じ、自由人が支配者にするような服従を要求していた。こう

(1) イオニアは小アジア西岸、カリアの北部にあった。アイオリスはこのイオニアの北部にあり、ヘレスポントスは現在のマルマラ海南端海峡の地域。以上の地域の人々。

(2) これによりアゲシラオスのいる場所が分かる。サモス島の対岸カイストロス河口に位置する重要な町の一つ。

(3) 小アジア中部の地域にある大プリュギアに源があり、蛇行してカリアを流れる。ミレトス近くに河口がある。

(4) プリュギアには、ヘレスポンティス（現在のダーダネルス海峡）とプロポンティス（現在のマルマラ海）に面する小プリュギアまたはトロアスと呼ばれるプリュギアと、小アジア中部にある大プリュギアと呼ばれるプリュギアがある。この場合は後者のほうである。

して、彼はどんなに力を行使しても陥落しない城塞を人間愛により支配下に置いていたのである。

二三　しかし、彼は、プリュギアの平原においてパルナバゾス(1)の騎兵隊によって進軍が不可能になったとき、戦って逃走する必要のないように騎馬隊を備えねばならない、と思った。そこで、彼は、その地のすべての都市から最も富裕な人々を選び出し、彼らに馬を飼育させた。二四　また彼は、馬、武器、能力のある男を提供した人には軍務に服すことが免除されよう、と布告した。彼は、ちょうど自分の代わりに死んでくれる人がおれば、懸命にその人を探すように、各人が布告したことをすすんでするように仕向けたのである。なお、彼は馬を飼う都市から馬術を誇る者がただちに出てくるのを期待して、騎兵を提供すべき都市を指定した。彼が戦力として役立つ強力な騎兵隊をいち早く調達するということをもやり遂げたのは驚嘆すべきことだ、と思われた。

二五　春がくると、彼は全軍をエペソスに集結させた。この軍を［も］鍛える意図のもとに、彼は、最もすぐれた乗馬をする騎兵隊、最も丈夫な身体をもつ重装歩兵隊に賞品を与えることにした。さらに、彼は課せられた任務を最も立派に果たしてみせる軽装歩兵と弓兵にも賞品を出すことにしたのである。この結果、体育場は鍛練をする男たちに、馬場は馬を駆る騎手にあふれるのを、投槍兵や弓兵が標的を狙うのを目にすることができた。二六　また、彼は、自分のいた都市全体を見る価値のあるものにした。すなわち、広場は売りに出されたあらゆる種類の武器と馬に満ちており、青銅職人、木工職人、鉄器職人、皮革職人、画家のすべてが武器を作っていた。それは、都市全体が軍需工場と思えるほどであったであろう。二七　そして、アゲシラオスが先頭になり、他の兵士が花冠を被ってあとに続いて体育場から出てきた後、その花冠をアルテミス[2]に捧げるのを見ると、元気づけられたことだろう。というのは、神々を敬い、軍事訓練をし、服従を習得すれば、すべてがよい希望に満たされるのは、自明のことだからである。二八　さらに、敵を蔑視することが戦いへの自信を与えると信じて、彼は、略奪者が捕らえた異国人を裸で売りに出すよう、伝令に指示した。すると、異国人が、これまで一度も衣服を脱ぐことがなかったために白い身体をしており、また、いつも乗物に乗っているから太って動きののろい身体をしているのを見て、兵士は、異国人との戦いは女との戦いと違わない、と思った。

　兵士が戦いに備えて肉体と精神を整えるという目的のもとに、彼らを率い、最短の道を通って、その国の最も肥沃な土地へただちに向かうということをも、彼は兵士に告げた。二九　しかし、ティッサペルネスは、アゲシラオスが以上のようなことをいったのは、再び自分を騙そうという意図をもっているからだと信じ、いまは本当にカリアへ侵攻しよう、と思った。そこで、彼は、歩兵隊をこれまでどおりにカリアに向かわせ、騎兵隊をマイアンドロス川の平原に配置した。だが、アゲシラオスは欺かれず、予告どおりまっすぐにサルデイス[3]の地へ移動した。彼は三日間敵に出会うことなく進軍し、多くの糧食を補給した。三〇　だが、四日

（1）プリュギアのペルシアの太守。ペロポンネソス戦争中は、スパルタと友好を保っていた。前三八九年スサにおいて死去。
（2）エペソスはアルテミス神殿で有名。アルテミスは、ゼウスの娘。アポロンとは双子の妹になる。一九九頁註（1）参照。
（3）小アジア西岸中部の地域であるリュディアの首都。『アナパシス』においてはキュロスはこの地から出発し、内陸遠征を行なったことになっている。

目には敵の騎兵隊が到着しようとしていた。敵の司令官は、輜重《しちょう》兵の指揮官にパクトロス川[1]を渡って野営するように、と命じた。が、他方、騎兵隊自身は、ギリシア人の従軍商人が分散して略奪しているのを見ると、商人の多くを殺害しようとした。このことを聞いたアゲシラオスは、救援を彼の騎兵に命じた。これに対して、ペルシア人は、援軍を見ると集結し、騎兵の全勢力をあげて対峙した。三一　このとき、アゲシラオスは、敵には歩兵がまったくいないが、自分にはすべてが用意されていることを知り、できれば戦うべきときだ、と思った。そこで、彼は、犠牲を捧げた後、ただちに対峙する敵の騎兵に向けて戦列を移動させていった。そして、彼は、重装歩兵のうちから選んだ兵役一〇年兵[2]には敵に向かって走るように命じ、投槍兵にはその走行を先導するようにいった。さらに、彼は、騎兵隊にも、自分と全軍があとに続くから、突撃せよと指示した。三二　この騎兵隊をペルシア人の精鋭が迎え撃った。が、脅威が極度にペルシア人に迫ると、彼らはただちに退却し、一部はそのまま川に落ち、残りは逃亡した。ギリシア人は、追撃し、彼らの陣地をも占領した。投槍兵は当然略奪に向かおうとしていた。しかし、アゲシラオスは、敵と味方の物すべてを囲んで円陣を敷いた。

三三　さて、彼は、敵が敗北の責任をたがいに押しつけあって混乱していると聞くと、ただちにサルデイスへと進軍した。その地で、彼は、一方で都市の周辺を焼き払って略奪し、他方で自由を求める者には彼のもとに来て味方になるがよいということを、告知でもって明らかにした。だが、アジアを自分の領地にするのなら、雌雄を決する解放者に武力で立ち向かってくるがよい、と告げた。三四　ところが、誰も立ち向かってこようとしなかったので、彼は、それから自信をもって作戦を遂行していった。そして、彼は、一方では、これまで平伏することを強要されていたギリシア人が傲慢に振る舞っていた者から尊敬されているのを目撃し、他方では、神々に払われるべき畏敬を自分も受けるべきだと要求していた者にギリシア人の顔を面と向かって見ることができないようにした。さらに、彼は友人の土地を敵から攻撃を受けないようにする一方で、敵の土地からは二年間にデルポイの神に一〇〇タラントン(3)以上を十分の一税として捧げるほど収奪したのであった。

三五　ところで、ペルシア人の王は、自分にとって状況が悪くなった責任はティッサペルネスにあると見なし、ティトラウステスを遣わして、彼の首を刎《は》ねた。このあと異国人の形勢はますます意気阻喪させるものとなり、アゲシラオスの立場ははるかに強固なものになった。というのは、すべての部族から友好を求めて使節が送られ、多くの者が自由を望んで離反し、彼のもとに来たからである。そして、この結果、アゲシラオスは、すでにギリシア人ばかりでなく多くの異国人の支配者にもなっていたのである。

三六　さらに、彼は、大陸(4)でひじょうに多くの都市を支配する一方、国家が彼に艦隊を与えたので、島嶼《とうしょ》をも支配したということから、とくに称賛されるのにふさわしかった。また、彼が望めば多くのすぐれたも

(1) サルデイスのそばを流れ、ヘルモス川に注ぐ川。
(2) 兵役年齢の二〇歳から一〇年間兵役についている熟練した兵士。
(3) 一タラントンは、六〇ムナであるが、当時の貨幣価値は三〇ムナで労働者一万五〇〇〇人の日当を支払えたということである。したがって、一〇〇タラントンというのは相当の価値であることが、分かるだろう。
(4) 小アジアのことである。

のを利用することができたから、彼は、名声を高め権力を増大していった。だが、これらに加わる最も偉大なことは、次のことであった。それは、彼が以前にギリシアへ遠征してきた権力(1)を打倒する計画と希望をもっていたにもかかわらず、故郷の当局者から祖国を救援するようにとの要請を受けると、この思いになんら捕らわれず、監督官執務室でただ一人、監督官五名(2)の前に立った場合とまったく異なることなく、国家の意向に従った、ということである。しかも、こうすることにより、彼は、自分が祖国と引き換えに大地のすべてを手に入れることもしないし、古い友人を棄てて新しい友人を得ることもしないし、危険をともなう立派で正しい報酬よりも危険のない恥ずべき利得を選びもしない、ということを明々白々にした。

三七　さらに、彼が統治者の地位に留まっていた間に、彼のあげた業績も、称賛されるべき王にふさわしいものであることを示していたのは、いうまでもない。それは次のようなことである。彼が出航して統治に向かったすべての国を引き継いだときは、アテナイが支配を終えた後であり、国々は政治の変革も起こって内乱状態にあった。が、彼は、これらの国々が、彼のいるかぎりは追放も死刑もせずに心を一つにした治世を行ない、繁栄しつづけるようにしたのである。三八　だから、アジアにいるギリシア人は、彼が去るときには、支配者からだけではなく父や友人からも別れるときのように、彼との別離を悲しんでいた。そして、最後には、彼らは、偽りの友誼を示していなかったことを明らかにした。彼らは、とにかく、すすんで、彼とともにラケダイモン人の援助に向かったのである。しかもそれは、彼らが自分らに劣らない者たちと戦わねばならないだろうということを知ったうえでのことであった。だが、これでアジアにおける彼の活躍は最後になった。

第二章

一　ヘレスポントス海峡を渡って、彼は、ペルシア人(3)が強大な軍勢を率いて通過した同じ諸部族のなかを進軍していった。そして異国人(4)が一年がかりで進んだ道程を、彼は一ヵ月以内で踏破した。祖国の救援に遅れないようにと、彼が心がけていたからである。二　だが、彼がマケドニア(5)を経てテッサリアに到着してから は、ボイオティア人(6)と同盟関係にあったラリサ人(7)、クランノン人(8)、スコトゥッサ人(9)、パルサロス人(10)および当時亡命していた人を除く全テッサリア人、以上の者が追跡して彼を苦しめていた。その間、彼は、騎兵隊の半数を前方に、残りの半数を後方に配置し、軍を中空方陣形にして率いていた。テッサリア人が後衛を攻撃して彼の進軍を阻もうとすると、彼は前衛隊から自分の護衛役以外の騎兵隊を後衛の援助に向かわせた。

（1）ペルシアの支配者。

（2）監督官は毎年五名選ばれる。広場に執務室があり、毎日会議を開いていた。全行政権をもっており、王も招喚されることがあった。『ラケダイモン人の国制』第十五章六―八参照。

（3）第二次ペルシア戦争のことが述べられており、ペルシア人とはこの場合ペルシア王クセルクセスのことである。

（4）ペルシア王クセルクセスのこと。

（5）ギリシア本土北部、マケドニア南部の地域。

（6）アッティカの北西部に隣接している地域。

（7）テッサリア東北部の主要都市。

（8）ラリサの南西、テッサリア中部の都市。

（9）テッサリア中部の都市。

（10）テッサリア中部の都市。

三　両軍の戦列が向かいあうと、テッサリア人は重装歩兵に対して騎兵で戦うのは得策でないと思い、方向転換して徐々に後退しようとした。これを味方の兵はひじょうに慎重に追尾していた。アゲシラオスは、それぞれが犯している過ちに気づくと、自分を護衛している最強の騎兵を向かわせて、他の兵士に敵を全速力で追撃せよと指示させるとともに、彼ら自身にも一緒に追撃して敵に方向転換の余裕を与えないようにせよと命じた。テッサリア人は敵が不意に突撃してくるのを見ると、ある者は方向転換をしなかったが、他の者は方向転換を試みて、馬を横向けにした状態で捕らえられた。**四**　しかし、騎兵指揮官であったパルサロス人のポリュカルモスは、方向転換をして自分の部下とともに戦った。だが、彼は戦死した。この結果、大規模な潰走が起こり、テッサリア人の一部は戦死し、他は助かったが、捕虜にされた。それから、アゲシラオスの軍隊は、ナルタキオン山(1)に到着するまでは全然歩みをやめなかった。**五**　そのとき、アゲシラオスはプラス(2)とナルタキオンの間で戦勝記念碑を建て、そこに留まって、馬術を異常に誇りにしているテッサリア人を自分の創設した騎兵隊で打ち破ったことを、おおいに喜んだのである。

翌日、アゲシラオスはプティア(3)のアカイア山脈(4)を越えたが、そこからはボイオティアの国境までの残りの道は［すでに］すべて友好的な人の土地にあり、その道を、彼は進んでいった。**六**　ボイオティアの国境で、彼はテバイ人(5)、アテナイ人(6)、アルゴス人(7)、コリントス人(8)、アイニア人(9)、エウボイア人(10)、両ロクリス人(11)が自分を迎え撃つ陣を敷いているのを見ると、なんの躊躇もせず、堂々とこれに対抗する戦線を展開した。そのとき彼が指揮していたのは、一モラ(12)半のラケダイモン人、その地の同盟国人のうちではポキス人(13)とオルコメノス人(14)のみ、そのほかには彼自身の率いる軍隊であった。**七**　わたしは、彼が敵よりもはるかに少数ではるかに弱体の軍隊を率いていたにもかかわらず、戦いに出たということを、ここでいうつもりはない。なぜなら、そのようなことを述べることにより、最も重んずべきことを無謀にも危険に曝したアゲシラオスを賛美すれば、わたしは彼を無思慮であり、わたし自身を愚かであると言明することになる、と思うからである。いや、わたしは、むしろ、彼が敵の戦力に微塵も劣らぬ軍勢を整え、一方のすべてが銅に、他方のすべてが緋色に見えるように武装させたということに感嘆するのである。八　彼は、兵士が苦難に耐えられるように配慮した。彼は、兵士の心を、戦わねばならない相手とは誰とでも戦う能力をもっているという自信でもって満たした。なお、彼は、自分の部下にそれぞれが最もすぐれているのだと思われるように競いあう心を起こさせ

(1) パルサロス南方にあるテッサリアの山。同名の都市がある。
(2) テッサリア南部の都市。
(3) テッサリア南部の地域および都市のこと。
(4) テッサリア南部にある山脈。
(5) ボイオティア中部にあるボイオティアの首都。オイディプスが王であった。
(6) アッティカ半島中央やや南部にある都市。現在のアテネ。
(7) ペロポンネソス半島北東部アルゴリス地域の内部にある都市。
(8) コリントス地峡がペロポンネソス半島につながっている付け根にある都市。
(9) テッサリア南部オイタ山とオトリュス山およびスペルキオス川流域に住む種族。
(10) アッティカ、ボイオティア、北ロクリスに沿い北側に横たわる大きな島。
(11) 両ロクリスとは、ボイオティアの西にあるポキスを挟んで、北と西にある二つのロクリス。
(12) スパルタの兵制単位。四〇〇－九〇〇人が一モラといわれた。
(13) ボイオティアの西側の地域。両ロクリスに挟まれている。
(14) ボイオティア西部の都市。

た。しかも、彼は、勇敢であればすべての者はすばらしい報酬を受けるだろうという希望で、すべての兵士の心を満たした。というのは、彼は、こうすることにより人はこのうえなく敵と勇敢に戦う、と信じていたからである、そして、彼が裏切られなかったのはいうまでもない。

九　では、わたしは戦いをも詳しく述べていこう。なぜなら、それはわれわれの時代の戦いとはまったく異なった戦いであったからである。アゲシラオス麾下の軍勢はケピソス川[1]から南下し、テバイ人およびその同盟軍はヘリコン山[2]から北上し、両軍はコロネイア平原[3]で遭遇した。彼らはたがいの重装歩兵がまったく同等の戦力をもっているのを知ったが、双方の騎兵隊もほぼ同数であった。アゲシラオスは自分の部隊の右翼を受け持っていたが、オルコメノス人は彼の左端に配置されていた。これに対して、テバイ人自身は右翼に位置しアルゴス人は彼らの左翼を担当していた。一〇　彼らが双方から接近していた間、両軍には深い沈黙が支配していた。だが、双方の距離が約一スタディオン[4]になったとき、テバイ人が喊声をあげ、相手に向かって突進していった。両軍の間にはまだおよそ三プレトロン[5]の距離があったが、そのときになると、アゲシラオスの戦列から、ヘリッピダス[6]の率いていた傭兵が敵に向かって突っ込んでいった。一一（これらの傭兵は、故郷からアゲシラオスに従って遠征してきた者と、キュロスの配下であった者である。）これに間をおかずにイオニア人、アイオリス人、ヘレスポントス人が続いた。これらすべての兵士がともに突進し、投槍の届く距離に入ると、それぞれが前面の敵を敗走させたのである。アルゴス人にいたっては、アゲシラオス指揮下の部隊を迎え撃たずに、ヘリコン山へ逃走した。そこで、二、三人の傭兵がすでにアゲシラオスに冠を被せようとしていた。が、そのとき、テバイ人がオルコメノス人の戦線を突破し、輜重隊を捕らえているという報せが彼に入った。彼は、ただちに戦列を転回し、テバイ人に向かって進撃していった。一方テバイ人は、自分の同盟軍がヘリコン山へ逃げてしまったのを見ると、退路を切り開いて味方の部隊に到達しようと思い、意を決して退却しようとした。

一二　そのときにアゲシラオスのとった行動は、まことに勇敢なものであったということができる。というても、彼は、安全このうえない方法を選んだわけではなかった。というのは、彼は、味方の戦線を突破していく敵をやりすごして後衛を壊滅させることができたのに、それをせず、テバイ人に真っ正面から突進したからである。彼らは楯をぶつけあわせて押し進み、戦い、殺し、殺されていた。叫び声はなく、沈黙もなかったが、怒りと戦闘が引き起こすような声があった。最後は、テバイ人の少数が切り抜けてヘリコン山に到達したが、多数の者は退却中に戦死した。

一三　アゲシラオスは勝利を手に入れたが、彼自身は負傷し、彼の戦列へ運ばれた。そのとき、敵兵八〇名が武器を携えて神殿に潜んでいる、と数人の騎兵が告げ、どのようにすべきか、彼に指示を求めた。彼は、身体中にあらゆる武器による傷を数多く受けていたが、神への畏敬の念を忘れず、敵兵の望むところへ立ち

（1）ポキス北部を東に流れ、ボイオティア北部のコパイス湖に注ぐ。
（2）ボイオティア南西部にある山。
（3）コパイス湖中央南部沿岸の平原。
（4）一スタディオンは約一八五メートル。
（5）一プレトロンは六分の一スタディオンすなわち約三一メートル。したがって約九三メートル。
（6）アゲシラオスに従った三〇人のラケダイモン人のうちの最重要人物。

去らせるように命じ、彼らに害を加えることを許さず、自分の護衛騎兵に、敵兵を安全な場所まで送り届けよ、との指示を与えたのである。

一四　戦いが終わると、両軍がぶつかりあった大地は血にまみれ、味方と敵の死体が重なりあって倒れ、楯は砕かれ、槍は折れ、剣は鞘《さや》から抜けて地上に落ちているか、死体に刺さっているか、まだ手に握られたままである、という光景が見られた。一五　そのときはもう夕方であったから、アゲシラオスの兵士はとにかく敵兵の死体を自軍の戦線内に集め、食事をして眠った。翌朝早く、彼は、部隊長のギュリスに軍隊を整列させて、戦勝記念碑を建てさせ、全将兵に神を称えて冠を被らせ、すべての笛奏者に笛を吹かせよ、と命じた。

一六　彼らが以上のことをしていると、テバイ人が、死体を埋葬するための休戦協定を求めて、使者を送ってきた。こうして休戦協定が締結され、アゲシラオスはアジアにおける最高権力者であるよりも、自国で法に従って統治し、法に従って支配されるほうを選んで、故郷へ帰ったのである。

一七　その後、彼は、アルゴス人が自国の産物を享受できるにもかかわらず、コリントスを占拠して戦争を喜んでいるのを知ると、彼らに向けて軍を出動させた。そして、彼らの土地をすべて荒廃させると、そこからただちに狭隘な道を通過して、コリントスに入り、レカイオン(1)へ延びている城壁を奪取した。ペロポンネソス半島の門戸をこのようにして開いた後、彼はヒュアキンティア祭(2)のために故郷へ帰ったが、この祭りでコロス先導者の指示を受け、神への賛歌の合唱に加わった。

一八　このあと、彼は、コリントス人がペイライオン(3)においてすべての家畜を安全に保管し、ペイライオン中に種を播いて作物の収穫をしているのを知ると、ボイオティア人がクレウシス[4]から出発する道筋をとり、コリントス人を容易に援助しているのを重視し、ペイライオンへ進撃した。だが、ペイライオンが多くの兵士に護られているのを見てとると、朝食後、アゲシラオスは、首都コリントスへ陣を移し、まるでその都市が彼に明け渡されるかのような陣を敷いた。**一九** すると、夜の間に、ペイライオンから全勢力が救援のためにやってきてコリントスに入った。これを見て、アゲシラオスは、夜明けとともに軍をペイライオンへ転じ、守備隊のいないのが分かると、そこを占拠し、なかにあるすべての財物と堅固に造られた要塞を手に入れたのである。以上のようなことをして、彼は故郷へ去った。

二〇 その後、アカイア人[5]が、アゲシラオスとの同盟を熱望し、彼にアカルナニア[6]へ自分らとともに進撃するよう懇願した……〈欠落〉……。アカルナニア人が山道で攻撃してきたとき、彼は、［軽装歩兵を使って］自分らの頭上に聳える山頂を占拠して戦い、アカルナニア人を多数殺戮して戦勝記念碑を建てた。そし

(1) コリントスから北方五キロメートルのところにあり、コリントス湾に面する港湾都市。
(2) ヒュアキュントスとアポロンを祝うラケダイモンの祭り。毎年スパルタの南アミュクライで祝われる。ヒュアキントスはアミュクライの王アミュクラスの息子で美少年。アポロンに愛され、ともに円盤を投げているときに、アポロンの投げた円盤がヒュアキントスに当たって死んだ。
(3) イストモス（コリントス地峡）中央部のコリントス湾に突き出ている地帯。
(4) テバイの南にあり、コリントス湾に面するボイオティアの港。
(5) ペロポンネソス半島北部のコリントス湾に面する地域。
(6) ギリシア本土の西部、イオニア海に面し、イタカの対岸にあたる地域。

て、彼は、アカルナニア人、アイトリア人[1]、アルゴス人をアカイア人に友好的にし、自分の同盟者にするまでは戦いをやめなかった。

二一　また、彼は、敵が平和を願って使節を送ってきた場合[2]でも、ラケダイモン人に友好的であったために追放されたコリントス人とテバイ人をその国家が故郷に受け入れざるをえなくなるまでは、平和に反対した。しかも、彼は、このあと自らプレイウス[3]に進み、ラケダイモン人に好意をもって追放に処せられたプレイウス人をも復帰させたのである。このことが、他の観点から非難される場合[4]でも、友誼のために実行されたというのは、明白である。二二　なぜなら、敵のテバイ人がテバイにいるラケダイモン人を殺害したときでも、彼は同じようにラケダイモン人の救援にテバイへ進攻しているからである[5]。そこではすべてが壕と柵で防護されているのを見ると、彼はキュノスケパライ[6]を通過し、都市テバイまでの土地を荒らし、平野であれ山地であれテバイ人の望む戦いをしよう、と挑んだ。翌年にも、彼は再びテバイに進撃している。そして、スコロス[7]の壕と柵を突破して、ボイオティアの残りの土地を荒廃させた。

二三　このときまでのことでは、彼自身と国家はともに幸運であった。そして、そのあとに起こった失敗に関しても、誰も、アゲシラオスの指導下でそれがなされたのだ、とはいわないだろう。他方、レウクトラ[8]の不運があった後[9]、敵はマンティネイア人[10]の援助を得て、テゲア[11]にいるアゲシラオスの友人や知人を殺したが、そのときにはすでに、全ボイオティア人とアルカディア人[12]とエリス人[13]が同盟を結んでおり、また、ラケダイモン人は、長期間にわたっては、自国の外へ出ていかないだろうと多くの者が判断していた。それにもかかわらず、彼はラケダイモン人の軍勢のみを率いて出撃した。そして、彼の友人を殺害した者の国土を荒廃させたあとになって、彼はやっと故郷に帰ったのである。

二四　しかし、このあと、全アルカディア人、アルゴス人、エリス人、ボイオティア人がラケダイモンに進撃し、彼らをポキス人、両ロクリス人、テッサリア人、アイニア人、アカルナニア人、エウボイア人が援助した。これに加えて、奴隷と周辺の属国多数も離反した。しかも、レウクトラの戦いでは、スパルタ人自身の戦死者数が生存者数に劣らなかったのである。このような状況にありながらも、アゲシラオスは、国家を、それも城壁なしで、防衛した。そして、彼は、自国民が優位にあると思われる場所から、いかなる点においても敵のまさっている場所へは出ていかなかった。それは、彼が、平原へ出ていけば周囲を取り囲まれるが、狭くて高い場所に留まるかぎりあらゆる点で主導権を握れるだろうと信じ、強固な陣を敷いていたからである。

(1)アカルナニアの東側に隣接する地域。
(2)スパルタ人アンタルキダスによる、悪評の高いアルタクセルクセス二世との平和。
(3)コリントスの南西にある自由都市。
(4)内政干渉になると非難されることであろう。
(5)本文中にも書かれているように、二度にわたり(前三七七、三七六年)アゲシラオスはテバイに侵攻した。
(6)テバイの西、ヘリコン山の麓にある都市。
(7)ボイオティア南部、アソポス河畔にある地点。
(8)テバイの南西部、ヘリコン山の東にある都市。
(9)レウクトラの戦いで、エパメイノンダス指揮下のテバイ軍にクレオンブロトス王の率いるラケダイモン軍が敗れた。
(10)アルカディア東部、アルゴスの西二一キロメートルにある都市。
(11)マンティネイアの南にある都市。
(12)アルゴリスの西、アカイアの南にある地域。
(13)アルカディアの西、アカイアの南西にある地域。

二五　さらに、敵軍が退却した後、彼のとった賢明な行動は誰にも否定されないだろう。彼の年齢はすでに、徒歩であれ、馬に乗ってであれ、彼の遠征を妨げていたが、国家が同盟国を保持しなければならない場合の資金を必要としているのを知ると、彼はその調達を引き受けたのである。彼は、故郷に留まっているときでも、可能なことを達成する一方、出国することが有用であれば、それを厭わなかったし、国家の役に立つのなら、将軍としてでなくとも、使者として、国外に出るのを恥としていなかった。二六　しかも、彼は、偉大な将軍にふさわしい業績を、使者としてあげたのである。たとえば、アウトプラダテス[1]は、アッソス[2]においてスパルタの同盟者アリオバルザネス[3]を包囲していたが、アゲシラオスを恐れて急遽逃走してしまった。コテュス[4]も、当時なおアリオバルザネスの支配下にあったセストス[5]を包囲していたが、その包囲を解いて引き揚げたのである。この使節の結果、アゲシラオスのために敵を敗北させた戦勝記念碑が建てられたのも、理由のないことではないだろう。さらに、この両地点を一〇〇隻の艦船で海から封鎖していたマウソロス[6]が故郷へ帰航したのは、アゲシラオスを恐れたからではなくて、彼に説得されたからであった。二七　しかも次のように、実に感嘆すべきことが、彼によって実現された。すなわち、彼から恩恵を受けたと思っている者と彼から逃れた者[7]、この両者がともに彼に資金を提供したのである。さらに、タコス[8]とマウソロスが——タコスは、アゲシラオスとの以前の友好関係からラケダイモンに寄金していたが——盛大な行列で彼を故郷に送り返した。

二八　その後、約八〇歳になっていた彼は、エジプトの王がペルシアと戦う意図のもとに歩兵と騎兵の大軍と多くの資金を擁しているのを知ったが、そのとき、彼は王が自分に指揮権を与える約束をして自分を招いていると聞いて喜んだのである。二九　というのは、一度遠征することにより、ラケダイモンに与えたエジプトの好意に感謝を示すとともに、アジアにいるギリシア人を再び自由にし、さらにペルシアには、以前の敵対行動と、現在ではラケダイモンの同盟国であると公言しながらそのラケダイモンにメッセニア(9)を独立させるようにと要求していることに対して罰を下す、という三つのことを同時に成し遂げよう、と思ったからであった。三〇　しかし、この招聘者が彼に指揮権を与えようとしなかったとき、アゲシラオスはそこに最大の欺瞞を感じ、どうするとよいのか、と思案していた。するとそのとき、まず、前線にいるエジプトの軍隊が王に反逆し、次に、他のすべての者が彼を見捨てた。そして、王自身は不安を覚え、エジプトを離れてフェニキア(10)のシドン(11)へ亡命した。他方、エジプト人は、二人の王を選び、二つの党派に分かれて争った。

(1) リュディアのペルシア太守。アルタクセルクセス・ムネモンにより、反乱者アリオバルザネスを鎮圧するように命じられた。
(2) 小アジア西岸北部、アドロミュッテイオン湾に面する都市。
(3) プリュギアのペルシア大守でスパルタの同盟者。前三六〇年代に反乱を起こす。
(4) 小アジア北部のパプラゴニアの支配者。
(5) ヘレスポントスの西岸ケルネソス側のほぼ中央にある都市。
(6) カリアのペルシア太守。
(7) 彼から恩恵を受けたと思っている者とは、アッソスとセストスにおいて救われた者たちのこと。彼から逃れた者とは、アウトプラダテスとコテュスのことである。
(8) 小アジア西岸にいてペルシアに不満をもっていたタコスには、アゲシラオスの好意はとくに重みをもっていた。
(9) ラケダイモンの西側の地域。
(10) 現在のレバノン、イスラエルの地域。
(11) フェニキアの首都。

三一　このとき、アゲシラオスは、自分たちがどちらの味方もしなければ、どちらもがギリシア人に給料を払ってくれないし、食糧も与えてくれないだろう、またどちらかが勝てば勝ったほうが自分らに敵対するだろう、しかし、一方に力を貸せば、救援されたほうは恩恵を受けたのだから当然自分らに好意をもつようになるだろう、と考えた。この結果、彼はどちらがギリシアにより友好的であるかを判断して、ギリシアに友好的な側について出撃し、ギリシアに敵対的な側を戦闘で破って征服し、友好的な側の支配権確立に協力したのである。こうして、彼はエジプトの新たな支配者をラケダイモンの味方にし、多くの財貨を手に入れた。このあと彼は真冬(1)であったにもかかわらず、大急ぎで故郷に向けて出航した。これには、次の夏に向けて国が敵に対する備えを怠ることのないように、という彼の思いがあったからである。

第三章

一　さて、戦績のうち彼により万人注視のもとであげられたのは、以上述べられたところである。それらは証人を必要とせず、思い出させるだけで十分であり、すぐに信じられる。だから、いまは、彼の心に宿っていた徳性をわたしは明らかにしようと思う。というのは、彼は、この徳性によりあの勝利を得たのであり、栄誉あるもの一切を求め、恥ずべきものはすべて排除したからである。

二　すなわち、アゲシラオスは、神をひじょうに尊崇していたから、敵さえも彼の誓約と協定を自分ら同士の友好関係よりも信頼しうると見なしており、ときには自分ら相互をさえ警戒して同じ場所に集まるのを躊躇していた敵が、アゲシラオスには信頼をおき、わが身を託していたのである。このことに疑問をもたれないように、わたしは、このような敵のうちでもとりわけ有名な人の名を挙げようと思う。三　ペルシア人のスピトリダテス(2)は、パルナバゾスが王の娘との結婚を意図し、自分の娘を側室にしようとしたのを知り、それを無礼な行為と見なして、自分、妻、子供、および彼の保持するものすべてをアゲシラオスに任せた。四　パプラゴニア(3)の支配者コテュスは、捕らえられて莫大な身代金を支払わされるのではないか、あるいは殺されるのではないかと恐れ、忠誠の証として出頭を要求する王の意に従わなかった。そして、彼もアゲシラオスとの休戦協定を信頼し、その陣営に赴いて同盟を結び、一〇〇〇の騎兵と二〇〇〇の軽装歩兵を率いてアゲシラオスとともに戦うことを選択したのである。五　パルナバゾスもアゲシラオスと話しあいをもち、もし彼自身が全軍の司令官に任命されなければ、王から離反する、ということで合意した。「しかしながら、わたしが司令官になれば」とパルナバゾスはいった、「アゲシラオスよ、わたしは全力をあげてあなたと戦うだろう」。しかも、このようなことをいっても、彼は協定に反するいかなる攻撃も受けない、と確信していた。このように、公正で誠実であり、またそのような人間として認識されるということは、すべての人々とりわけ将軍にとっては偉大で立派な財産なのである。敬神の念についても同様であろう。

(1) 前三六二―三六一年の冬。この帰国途上、アゲシラオスは死去した。
(2) パルナバゾスの部下であった。
(3) 小アジア北部、黒海に面する地域。

第四章

一　さらに、財貨における彼の公正さについては、以下のことが最も明白な証拠であろう。すなわち、いかなる人もこれまで一度もアゲシラオスに奪われたと告発したことがなく、かえって多くの人々が多大の恩恵を受けている、ということである。人々を援助するために自分のものを与えることを喜びとする人は、他の人のものを奪い取って、評判を悪くしようとはしないだろう。なぜなら、財貨を得ようと努力する場合、自分のものでないものを手に入れるよりも、自分のものを保持するほうがはるかに容易だからである。二　好意を受けた場合に、それに返礼しない者に対する法的処罰がなくとも、感謝の念を示そうとする人は、法律が禁止している財貨の奪取をしようとは思わないだろう。アゲシラオスは、感謝をしないことはもちろん、より多くの財をもつ者がはるかに多くの返礼をしないのも正しくないことだ、と判断していたのである。三　また、自分に向けられるべき感謝を、祖国がそれを受けるようにと譲っていた人に国家財産横領の責めを負わせられないのは、当然であろう。さらに、国家や友人に金銭面で役立とうと思う場合はいつでも、彼はほかから資金を得て援助することができた。が、このことは、彼が金銭欲にとらわれていなかったことの重要な証拠になるのではないか。四　実際、彼がかりにも親切を売りつけたり、報酬を得て善行をほどこしていたのなら、誰もが彼に対してはなんの恩義も受けていない、と思っていたであろう。しかし、無償の好意を受けた人は、親切にされただけでなく、親切の証を守るにふさわしいと前もって信頼されていたのであるから、恩恵を与えてくれた人のために尽くすのをいつも喜びにしているのである。

五　不正な方法でより多くの利を得るより、損をしても誠実に行動をする人がいるなら、その人は不当な利益をむさぼるようなことはけっしてしないだろう。だから、あの人は、アギスの全資産を所有してよいとの承認を国から受けたときでも、その半分を彼の母方の親戚に分け与えたのである。彼は彼らが貧窮にあるのを知っていたからである。以上のことが真実であるということについては、ラケダイモン人の国全体が証人となる。六　ティトラウステス(1)は、アゲシラオスがその地を離れるとき、彼に莫大な贈り物を与えたが、これに対してアゲシラオスは答えた。「ティトラウステスよ、支配者は、自分よりも軍隊を豊かにするのが、敵からは贈り物を受けるよりも戦利品を手に入れようと努力するのが正しいのである、とわれわれは信じているのだ」と。

第五章

一　さらに、多くの人間を意のままにする快楽を取り上げてみても、アゲシラオスはいかなる快楽にも身を委ねなかった、と見られている。というのも、彼は狂気と同じく酩酊を、怠惰と同じく過食を避けねばならないと思っていたからである。彼は公式宴会の席では二人前の料理を受けていたが、それは二人分を自分

(1) ティッサペルネスの後にリュディアの太守になった。本作品第一章三五参照。

一人で食べるのではなく、自分には一人分も残さずに分け与えるためであった。というのは、王に二人前の料理が出される理由は飽食にあるのではなく、その料理を分け与えることで、王の望む人に名誉を与えることにある、と彼は信じていたからである。**二**　また、睡眠に関しても、彼は眠りに自分を従属させるのではなく、眠りを自分の仕事に従わせていた。彼は自分が仲間のうちで最も粗末な寝床を使用していなければ、そのことを明らかに恥じていた。なぜなら、彼は柔弱によってではなく、忍耐によって庶民にまさっているのが統治者にふさわしい、と見なしていたからである。

三　事実、彼は、このような見解から、夏には暑気を、冬には寒気を人より多く求めるのを恥としなかった。さらにまた、軍隊が苦難に直面すると、彼はいつもすすんで他の者以上に苦労を引き受けていたのである。というのも、彼はそうすることがすべて兵士の士気を鼓舞する、と思っていたからである。要するに、アゲシラオスは労苦を誇りにし、安逸をまったく受け入れなかった。

四　他のことはさておいても、彼の愛欲に対する抑制を述べれば、人を賛嘆させるのは当然であろう。彼が欲求しないものを避けるとすると、それは人間のする普通のことである、といえよう。だが、このうえもなく激しい性格の人間が最も美しい人間を愛するように、スピトリダテスの息子メガバテスを愛したアゲシラオスに、メガバテスが尊敬する人には接吻するというペルシア人の慣習に従って接吻しようとしたときに、彼は全力を振るって接吻するのを避けたのであるが、これこそ、たしかに自制の、それもまことの自制の手本ではないのか。**五**　しかし、メガバテスが侮辱されたように思い、その後は二度と接吻しようとしなかったとき、もう一度自分を尊敬するようにメガバテスを説得してほしい、とアゲシラオスは友人の一人に頼んだ。そこで、その友人がメガバテスが説得に応じれば彼に接吻するのかと尋ねると、アゲシラオスは、しばらく黙ったままでいたあと、次のようにいった。「ゼウスの双子の兄弟神(1)にかけて、接吻の結果、わしがたとえただちに、人間のうちで最も美しい、最も強い、最も速い人になろうとも、わしは接吻をしないぞ。わしは、わしの見るものすべてが金になるよりも、再度同じ戦い(2)を戦うのを望む、とすべての神々にかけて間違いなく誓言するぞ」と。六　そして、人々が彼のこの態度に対してどのような見解をもっているかは、わたしにはよく分かっている。しかしながら、わたしは、このような欲求を制御する能力よりも、敵を制圧する能力をもっている人のほうがはるかに多いということを知っているつもりである。しかし、このことを知っているのはわずかな人であるから、多くの人がこれを信じないのもやむをえない。が、われわれすべては、人間のうちで高名このうえない人の行動が最も人の目につきやすい、ということは心得ている。ところが、アゲシラオスについては、これまで誰も、彼がそのような欲求に身を任せるのを見て報告したこともないし、たとえ推測してそれを述べても、誰にも信じてもらえないだろう。七　というのは、彼は、旅先においても私的に人家を訪れたこともなく、接吻などしえない神殿か、もしくはすべての人の目を自分の節度ある態度の証人にしながら公の場に、つねにいたのであるから。ギリシアが知っているのに反して、そのことに関す

(1)ゼウスと、スパルタ王テュンダレオスの妃レダとの間の息子カストルとポリュデウケス。姉妹にクリュタイムネストラとヘレナがいる。カストルは戦闘に、ポリュデウケスは拳闘の技にすぐれていた。

(2)接吻を拒否すること。

る虚偽のことをわたしが述べているのであれば、わたしは彼を褒めているのではなく、わたし自身を卑しめているのである。

第六章

一　彼の勇敢さについての明白な証拠を、わたしは、彼が国家とギリシアのために敵の最も強力な者とたえず戦い、彼らとの戦闘において自分の身を第一線に置いていたことを取り上げることにより、提供できると思う。二　事実、敵が彼と戦おうとしたとき、彼は恐怖により敵を逃亡させて勝利を得たのではなく、激しい戦いにおいて勝利者になったのである。そして、彼は戦勝記念碑を建て、すなわち彼自身の勇敢さに対する不滅の記憶を後世に残し、彼自身も勇気をもって戦ったことの明白な印である戦傷を身に帯びたのであった。三　また、彼の戦勝記念碑は、彼がそれをどれほど多く建てたかという点からではなく、幾度出陣したかという点から判断するのが、正しいだろう。なぜなら、敵が彼と戦おうとしない場合でも、彼は国家と同盟国にとってより危険のない、より有益な勝利を得ていたのであるから。競技においても、戦って勝利者になった者と同様に、戦わずして勝利を得た者も栄誉の冠を被せられるのである。

四　さらに、彼の行為はすべて彼の賢明さを証明している。彼は祖国に対して次のように振る舞っていた。すなわち、彼は祖国には忠順きわまりない行動をし、仲間には好意を示して真実の友人を獲得し、同時に、兵士を従順で彼に愛着を抱くようにさせていたのである。実際、戦線は、服従により秩序正しくなり、指揮官への愛によって信頼される即応態勢をとりうるようになる以外に、強固にはなりえないだろう。五　彼は、敵に対しても、敵が自分を憎むように強制されていようが、自分を非難できないように行動していた。なぜなら、彼は機会があれば敵を欺き、迅速さを必要とするなら敵の機先を制し、役に立つなら自分の意図を隠し、敵に対しては味方に対する場合とすべて逆のことを実行して、同盟軍が敵より優位に立つように工夫していたからである。六　たとえば、彼は夜を昼のように、昼を夜のように扱い、しばしば、自分のいる場所、自分の行く方向、自分の行動意図を不明にしていた。こうして彼は堅固な敵の陣地をも迂回したり、乗り越えたり、奇襲したりして、脆弱にするのがつねであった。七　なお、彼は進軍しているときに、敵が望みどおりの攻撃をする能力をもっているのを知ると、自分の軍隊が自身を最もよく護れるように隊列を整え、きわめて慎み深い乙女が歩いていくように、いつも軍を進めていた。というのも、このようにするのが、動揺を避け、最も大胆な、最も混乱を招かない、最も不意打ちを受けにくい方法である、と彼は信じていたからである。

八　このような方法をとることにより、彼は敵にとっては恐ろしい相手となり、味方には勇気と自信を与えていた。その結果、彼は敵に軽蔑されることなく、国民によって罰せられることなく、友人に非難されることなく、すべての人々にひじょうに愛され、おおいに称賛されて、人生を送ったのである。

第七章

一　彼が愛国者であったことについて、個々のことを詳細に記述するのは大変であろう。それというのも、彼の行為のうちで彼が愛国者であることを示していないものはない、とわたしは思うからである。一言でいうなら、われわれはすべて、アゲシラオスが国家に何か役立とうと思うと、労苦を厭わず、危険を恐れず、資金を惜しまず、身体と年齢を口実にすることのなかったことを知っている。いや、このことだけでなく、彼は臣下にできるだけ多くの利益をもたらすのが有能な王の仕事であると見なしていたのである。二また、彼は国家において最大の権力者でありながら、最もよく法を遵奉していた。そして、このことが誰の目にも明らかであったということを、わたしは国家に与えた彼の最大の恩恵に数え入れている。王が法に従っているのを目にする者は、法に背こうとはしないだろう。また、王が法の遵守を受け入れているのを見れば、自分の地位を不満に思っている者でも、体制の破壊を企てようとはしないだろう。三　彼は国家における敵対者に対しても、父親が子供に対するように振る舞っていた。すなわち、彼は彼らの過失は叱責するが、彼らがよい行動をすれば、それを評価していたのである。さらに、彼は何か災厄が起これば、彼らを援助し、いかなる国民も敵と見なさず、すべての人を称賛するように心がけていた。また、彼はすべての人が無事であるのを利得と見なし、とるに足らぬ人間でも死ねば、それを損失と見なしていた。さらに、国民がつねに法に従っているならば、祖国はたえず繁栄し、ギリシア人が自制心を保っておれば、祖国は揺るぎなく堅固であろう、という期待を彼がもっていたのは明らかであった。

四　なお、ギリシア人は親ギリシア人であるということが正しいのであれば、アゲシラオスのみが、略奪が予想される場合には都市の占拠を意図せず、ギリシア人に対する戦いにおいて勝利を得ることを罪悪と見なした将軍なのである。**五**　事実、コリントスにおける戦闘で八人のラケダイモン人と約一万人の敵兵が戦死したという報告が彼に届いたとき、彼は、見るからにうれしくない態度で次のようにいった。「ああ、悲しいかな、汝、ギリシアよ、いま戦死した兵士が生きておれば、すべての異国人と戦って勝つことができるのに」と。**六**　さらに、コリントス人の逃亡者が、都市はアゲシラオスらに明け渡されるだろうと述べ、確実に城壁を手中にするのを期待しうる仕掛けを明らかにしたとき、「ギリシアの都市は、奴隷にされることが必要なのではなく、自制心をもつことが必要なのだ」と彼はいって、攻撃しようとしなかった。「なお、もし」と、彼はつけ加えた、「われわれ自身のうちから過ちを犯した者を除外する場合には、異国人を征服する手段を失わないように注意する必要があるのだ」と。

七　ところで、前ペルシア王もギリシアを隷属させるために兵を進めたし、現ペルシア王も、われわれギリシアの両陣営(1)のうち、それと組めばより大きな損害をギリシアに与えうると思う陣営とは同盟を結ぶ一方、ギリシア人に最大の禍害を被らせると見なせる勢力には贈り物をして平和条約の締結に力を貸し、この条約によりわれわれ両陣営をたがいに戦わせることができるだろう、と信じている。このことは、とにかくすべ

(1) ラケダイモンとボイオティア。

ての人の知るところである。この理由から、ペルシア嫌いが正しいのであれば、次のようにいえるだろう。これまでは、アゲシラオスのみが、ペルシア王配下の種族に離反するように働きかけ、離反しても破滅しないように配慮し、さらには、ペルシア王が被害を受けてギリシア人を苦しめることなどまったくできなくなるようにと努力した、と。彼は祖国がギリシア人と戦ったときでさえ、ギリシアにとっての共通の利益を見逃さず、できるだけ異国人を苦しめるために出航したのである。

第八章

一　さらに、彼の魅惑的な性格についても沈黙を守るべきではない。栄誉が与えられており、権力さらには王権の、それも陰謀の対象とはならない、むしろ敬愛の念が向けられる王権の所有者であったこの人物が傲慢に振る舞っていた様子は、目にされたことがない。そして、彼が愛情豊かで、友人に対しては、求められなくとも面倒を見る人間であることも分かっている。二　なお、彼は軽妙な会話に参加するのを喜ぶ一方で、友人の必要とするすべてのことの実現のためにいつも真摯な協力をしていたのである。また、彼の楽観的でユーモアに満ち、つねに快活である態度が多くの人々を彼に近づけていたが、それは人々が彼のもとで何かを達成するためだけではなく、より楽しく一日を過ごすためでもあった。彼はけっして大言壮語をする人ではなかった。が、他の者が自賛するのを聞くのは嫌でなかった。というのも、彼らは話の邪魔をしているのではなく、勇敢な兵士になるのを言明しているのだ、と彼は見ていたからである。三　さらに、彼が適宜示していた威厳についても語らざるをえない。つまり、ラケダイモン人カリアス(1)にともなわれたペルシア人が携えてきた、[彼との]交情と友誼をしたためてあるペルシア王からの手紙が彼に渡されたとき、彼はそれを受け取らなかった。そして、王がラケダイモンの味方であり、ギリシアに好意をもっていることが明らかであれば、彼自身も全力をあげて王の味方をするから、自分に手紙を個人的に送る必要のないことをペルシア王に報告せよ、と彼は手紙の持参者にいった。しかも、彼はつけ加えた。「しかし、王が策を講じていると分かれば、わしがどれほど多くの手紙を受け取ろうとも、わしが味方になるだろうとは思わせないぞ」と。**四** ペルシア王との交情を軽視してギリシア人を満足させたアゲシラオスのこの行為を、わたしはもちろん褒めている。が、より多くの財貨を所有し、より多くの人間を支配下に置く者であるより、自分自身がよりすぐれた者であると同時に、よりすぐれた人間を指導する者であるほうを誇りとすべきである、という見解を彼がもっていたこともわたしは賛美するのである。

五 彼の先見性については以下のこともわたしは称賛する。それは、できるだけ多くの太守がペルシア王から離反するのがギリシアに利益になると判断すると、彼は王の贈り物や兵力に影響されて王と友好関係をもとうとせず、むしろ王からの離反を目論む者から不信の目で見られないように注意深く振る舞ったことである。

六 さらにまた、彼の次の性格も誰もが敬慕するだろう。すなわち、ペルシア王は、莫大な資産があれば

(1) アゲシラオスのラケダイモンの部下三〇名のうちにあって、最も信頼されていたうちの一人。

すべてを自分に隷属させられると信じ、そのために、世界の金と銀および他の高価きわまりないものの一切を自分のもとに集めようと努力していた。だが、アゲシラオスはこれに反しこれらのいかなるものも必要としないように、自分の住居を整えたのである。七　このことが信じられない人がいるなら、その人はどのような住居が彼の気に入ったのかを知るがよい。なかでもとくに戸を見るのがよいだろう。なぜなら、それらの戸はいまだに、ヘラクレスの子孫アリストデモスが帰国したときに自らの手ではめ込んだのと同じ粗末な戸[1]のようである、と思われるからである。また、住居の内部の地味な家具、調度を見るように努め、彼が犠牲の儀式においてはつねに質素な宴席を設けているのを心に留めるがよい。さらには、彼の娘が貧しい大衆車に乗ってアミュクライへ行く[2]のをつねとしていたのを耳にするがよい。八　こういうわけで、彼は収入にあわせて出費していたから、財貨のために追いつめられて不正をするということは、けっしてなかった。敵に対して難攻不落の城壁を確保することは、たしかにすばらしいことであると思われる。しかし、少なくともわたしは、自分の心を金銭と快楽と恐怖に屈しないように鍛えることがより立派なことである、と判断しているのである。

第九章

一　次に、わたしは彼の生活様式とペルシア王の仰々しい生活態度の際立った相違を述べよう。まず第一に挙げられるのは、ペルシア王は稀にしか人に見られないということにより威厳を保っていたが、アゲシラオスはつねに人の目につくことを喜びにしていたことである。というのは、彼は、自分の身を隠すのは恥ずべき言動に似ており、卓越性を追求する人物には公共の光がより偉大な栄光を与える、と信じていたからである。二　第二は、ペルシア王は謁見しがたい人間であるということにより威信を示していたが、アゲシラオスは自分がすべての人間にとって面会しやすい人間であるのを喜んでいたことである。さらに挙げられるのは、ペルシア王は時間をかけて交渉するのを誇りにしていたが、アゲシラオスは嘆願者にできるだけ早く願いを叶えて帰らせるときに、無上の喜びを感じていた、ということである。

三　なお、アゲシラオスがいかに簡単、容易に満足したかということも知る価値がある。ペルシア王のためには、彼の喜ぶ飲み物が地上をくまなく歩き回って求められ、彼の喜ぶ食べ物が無数の料理人によって工夫された。また、彼が眠れるようにとどれほどの苦労がなされたかは、言葉でいいあらわせないだろう。これに反し、アゲシラオスは仕事好きの人間であったから、たまたま手元にあったものはなんでも飲んだり、食べたりして喜んでいたのである。しかも、彼はどのような場所でも十分に楽しく眠れるのであった。**四**　だが、彼はこのように振る舞って喜んでいただけではない。彼は、彼自身がこの喜びに浸りながら行動しているのに、異国人の王が、苦悩のない人生を送ろうとすれば、地球の果てからも喜ばせてくれるものを集めなければならないのを見て、このことを心に留めて自分の行動を誇りにしていたのである。**五**　また、以下

（1）アリストデモスは天井を斧だけで、戸を鋸だけで作った、といわれている。

（2）ヒュアキュンティア祭に行った。

のことも彼を喜ばせていた。それは、彼自身は神々の創った秩序である四季に苦労なく適応できることが分かっていたが、ペルシア王が心の弱さから勇敢な人間の生き方ではなく、最も弱い動物の生きざまをまねて暑さと寒さを避けていることも彼は知っていた、ということである。

六 ところで、以下のこともたしかにすばらしくて偉大なことであろう。それは、彼が、多くの猟犬と軍馬を飼育して男子にふさわしい仕事と財産で自分の家を飾り、妹のキュニスカ(1)に戦車用の馬を飼うように説得し、彼女が勝利を得たことにより、この家畜が勇敢さの証ではなく、富の証拠であることを明らかにしたことである。**七** さらに、彼が次のことを認識していたということは、明確に彼の心の気高さを示している。すなわち、彼が戦車競技において庶民に勝っても、それは彼の名声にはなんの足しにもならないが、国家には何よりも強い愛情を抱き、地球上のいたるところに最多、最善の友人を獲得し、祖国と友人のためには尽力するが、敵には罰を下すということにおいて他にまさっているのであれば、それこそ、彼は最も盛大ですばらしい競技の勝利者になったのであり、生前においても死後においてもきわめて高名な人になるだろう、ということである。

第十章

一 とにかく、わたしは以上のことについてアゲシラオスを称賛する。なぜなら、以上のことは、人がたまたま財宝を見つけた場合、人はより富有になっても、家政において他よりすぐれているわけでは全然ないし、疫病が敵を襲って敵を屈伏させた場合でも、人はより幸運であっても、将軍として他の人より有能なのではけっしてない、というようなことではないからである。アゲシラオスは、苦難のときには忍耐の、勇気のいる競技においては武勇の、協議で必要な思慮の、第一人者であったから、彼を完全無欠の立派な人間とわたしが見なすのも当然であろう。二　人間のすぐれた行動を測るための墨糸や定規にあたるよい発明品があるとすれば、アゲシラオスの徳が自分を立派な人物に鍛えあげようと望んでいる者には申し分のない手本になる、とわたしは思っている。なぜなら、敬虔な人を模倣する者は不敬な者に、正しい人を模倣する者は不正な者に、思慮深い人を模倣する者は傲慢な者に、自制心のある人を模倣する者は放恣な者にならないからである。しかも、彼は実際他の人間を支配するよりも、自分自身を抑制すること、また、敵に向かってではなく、すべての徳に向かって国民を先導することを誇りにしていたのである。

三　ところで、彼は死後賛美されているのであるから、この記述はたしかに挽歌ではなく、賛歌と見なされるべきである。というのは、まず、いまも彼について語られていることは、彼自身が生前に聞いていたことであり、次に、彼のすばらしい人生と天寿を全うした死は挽歌に最もふさわしくないからである。さらには、最高の栄誉に満ちた彼の勝利と最大の価値のある行動は、最も賛歌にふさわしいのではないか。四　彼は子供のときからすぐに著名になることを求め、自分と同世代人のなかではとくに名をなしたのであるから、

であった。

（1）オリュンピアの競技において、自分の馬で四頭立の馬車を走らせて、勝利を手にした最初の女性。御者はもちろん男性

祝福されるのも当然であろう。また、彼は生まれつききわめて名誉心が強かったから、王になってからは、敗北することはけっしてなかった。さらに、人生の末期に到達したときでも、彼は自分の支配していた人々に対する態度においてはもちろん、彼の戦っていた敵側に対する対処についても、なんの過ちも犯さず死んでいったのである。

第十一章

一　わたしは、彼への賛辞がより記憶されやすいように、彼の徳を要約して述べようと思う。

アゲシラオスは友好国の神々と同様に敵国の神々も味方にすべきであると思っていたから、敵地にある神殿にも畏敬の念を示していた。

また、彼は神殿から聖物を盗み出す者を聖物窃盗者と呼んでおりながら、祭壇から嘆願者を遠ざける者を敬神家と見なすのは矛盾していると思い、神に救いを求める敵には暴力を加えることはなかった。

二　さらに、彼は神々は敬虔な行為を聖なる犠牲と同じように喜ばれるという考えをたえず述べつづけていたのである。

なお、彼は何かに成功した場合でも、人々を見下すことはなく、神々に感謝することを心得ていた。また、彼は確信をもったときには、心配なときにした祈りよりも多くの犠牲を捧げるのがつねであった。

そして、不安にとらわれているときには快活な姿を見せ、うまく事が運んだ場合には柔和であるのが、彼のいつもの態度であった。

三　ところで、彼は友人のうちでは最も力のある人にではなく、最も献身的な人に高い評価を与えていたのである。

また、彼は彼から害を受けた人が彼に報復する場合はその人を憎まないが、彼から恩恵を受けた者が彼に対して忘恩の振る舞いをすれば、その者をいつも憎んだ。

だが、彼は正義が不正よりも利益を受けるようにしようと願っていたから、強欲な者が貧しくしているのを見たり、正しい人を富めるようにするのを喜んでいた。

四　彼はあらゆる種類の人と交わっていたが、公正な人にのみ信頼をおくようにいつも努めていた。

人が誰かを非難したり褒めたりするのを耳にするときには、語られている人の性格と同様に語っている人の性格をも考慮すべきだ、と彼は信じていた。

そして、彼は友人に騙された人を非難しなかったが、敵により完全に陥れられた者を叱責したし、信用のおけない者を欺くのは賢明なことであるが、自分を信頼してくれている人を裏切るのは神を恐れぬことである、と判断していた。

五　彼は気に入らないことを非難する癖のある者からでも褒められれば喜んでいたし、自由に意見を述べる者は誰をも厭わなかったが、本音を明かさない者には待ち伏せ者に対するように用心していた。

また、彼は財産より友人を奪われるほうが損失が大きいと思っていたから、盗人よりも中傷者を憎んでいた。六　彼は庶民の過ちを大目に見ていたが、支配者の過ちを重大に扱っていた。それは、庶民の過ちはわずかな被害しかもたらさないが、支配者の過ちは多大の被害を及ぼす、と彼は判断していたからである。彼は王位には安逸でなく高貴がふさわしい、と思っていた。

七　彼の身体を彫刻して立てることは、多くの人が彼にそれを贈らせてほしいと願っても、彼は拒否した。が、心の記念碑の建立には彼は努力を絶やさなかった。というのも、彼は彫刻は彫刻家の仕事であるが、心の記念碑は自分の仕事であり、彫像を立てるのは富める者のすることであり、心の記念碑を立てるのは立派な人間のすることである、と考えていたからである。

八　さらに、彼は金銭を公平に惜しみなく使っていた。なぜなら、他の人の金銭に手をつけないでいることは正しい人を満足させるが、高貴な人は自分の金銭を使って他の人を援助すべきである、と信じていたからである。

正しく生きる人が幸せなのではけっしてなく、称賛のうちに生を終える人こそ至福の人であると思っていた彼は、いつも神々に畏敬の念をもっていたのである。

九　彼は認識していない者より認識している者が善をおろそかにするほうが罪深い、と判断していた。また、彼は自分の仕事を成し遂げることによって得られる名声のみを求めたのである。

わたしには、彼は徳を忍耐ではなく快楽と見なしていたと思われるが、この考えをともにする者はわずかであった。とにかく、彼は財貨を獲得するよりも褒められるほうを喜んでいたのである。

さらに、彼は勇気を危険によるよりも分別によって示し、知恵を言葉においてよりも行為において磨いていたのである。

一〇　しかも、友人に対してはとりわけ優しかった彼が、敵にとってはこのうえなく恐ろしかったのである。そして、彼は美しい肉体より立派な行為を求めていたから、苦難にはとりわけよく耐える一方で、仲間に譲歩するのをこのうえなく喜んでいた。

幸運に恵まれているときに節度を保つことができた彼は、危機にあっても泰然自若としていることができたのである。

一一　彼は優雅さを冗談によってではなく態度でもって示す努力をしていたし、威厳を傲慢によらずに理性により保っていた。とにかく、彼は傲慢な人間を軽蔑すると同時に、節度ある人間よりもさらに謙虚であったのである。なぜなら、彼は自分の衣服の質素さと自分の軍隊のもつ装備の見事さを、また、自分ができるだけ少ない要求をもつ一方で、友人にはできるだけ多くの援助をすることを誇りにしていたからである。

一二　そのうえ、彼は敵としては最も恐ろしかったが、征服者としては最も寛容であったし、敵に対しては油断も隙も見せない人であったが、味方には実に頼みやすい人であった。

彼はつねに味方の態勢を強固にしながら、つねに敵の力を弱めることを自分の仕事にしていた。

一三　血縁の者は彼を近親愛好者と、彼を必要とする者は彼を信頼できる友人と、彼を助けた者は彼を恩を忘れぬ人と、人から不正を被った者は彼を救援者と、彼と危険をともにした者は彼をゼウスにつぐ救済者と呼んでいた。

一四　少なくともわたしには、人々のうちで彼のみが体力は衰えても偉大な人間の精神力は不滅であることを示した、と思われるのである。とにかく、彼は肉体が彼の精神力を担えなくなっても、偉大で立派な名声を求める努力をやめなかった。一五　したがって、彼の老年がどのような若年よりもまさっていたのは明らかなことであった。最盛期にあったいかなる者も、人生の末期にあったアゲシラオスほどには、敵にとっては恐ろしくはなかった。敵は、誰がこの世を去ろうとも、年老いたアゲシラオスが人生を終えたときほどには喜ばなかったのである。これに反し、アゲシラオスはすでに死を目前にする年齢になっていたにもかかわらず、誰よりも同盟者に勇気を与えたのであった。また、友人も、いかなる若者が死んだときでも、老年のアゲシラオスが亡くなったときほどには嘆かなかったのである。一六　あの人は、祖国にこれほど完璧な奉仕をしつづけ、死後もなお国家へのすばらしい貢献をしながら、永遠の住居へ帰っていく一方で、地上ではいたるところに自分の徳の記念碑を有し、祖国では壮麗な埋葬を受けたのであった。

ラケダイモン人の国制

第一章

一　かつて、わたしは、スパルタ(1)がきわめて人口の少ない国家に属しながらギリシアにおいては最も強力で最も有名な国家であると見なされているのを知ったとき、いったいどうしてそうなったのだろうか、と不思議に思った。が、スパルタ人の慣習を理解したとき、わたしはもはや驚いてはいなかった。

二　事実、リュクルゴス(2)は彼らに対して法を制定し、これに従って彼らは裕福になったのだが、わたしはこの人を賛美し、[まったく] 最高の知者であった、と信じている。というのは、彼は他の国を模倣せず、ほとんどの国とは反対の考え方をして、祖国の繁栄を際立たせたのであるから。

三　最初から述べていくと、まず出産に関して他国の人は、子供をつくる予定の娘で、正しいしつけを受けていると思われているときにはできるだけ適量の食物を、それも可能なかぎり味つけを少なくした副食物を添えて与え、さらに葡萄酒にはまったく手をつけさせないか、水を割って飲むようにさせている。そして、多くの者が手仕事をするときは座っているように、他国のギリシア人は、娘にも動かず静かに毛織物の仕事をすることを要求している。だが、このようにして育てられた娘がすばらしい子供を生む、と期待すべきではないのである。

四　リュクルゴスは衣服を供給するだけなら奴隷女でも十分であると思っていたが、自由人女性には出産が最重要であると見なしていたから、まず女性も男性に劣らず身体を鍛えるように命じた。次に、彼は壮健な両親からはより健全な子供が誕生すると信じていたから、男性と同様に女性に対しても体力と走力を競いあう競技会を開催した。

五　さらに、他国では女性が男性のもとに嫁いでくると、初めの間は夫が過度に妻と交わるのを、彼は知っており、このことについても反対の決定を下した。すなわち、彼は、夫が妻の部屋へ入るところも出てくるところも見られるのを恥ずかしく思うように、仕向けたのである。このような制約を受けて交わるようになると、彼らはより激しく求めあうようになり、このようにして生まれた子供は、いつでも満足しあえる場合よりもはるかに強健であるに違いない。六　なお、彼は、各人の希望するときに妻を娶れるということもやめさせ、身体の絶頂期に結婚するように指示した。が、これも丈夫な子供を生むのに役立つ、と彼が判断したからである。七　しかし、彼は、年とった男が若い女を妻にするようなことがあれば、そのような年寄りの夫は妻をとくに厳しく監視するということを知っていたから、この点でも反対の取り決めをした。つまり、彼は、年老いた夫にその夫の賛美するような心身を所有する男性を家に迎え入れさせて、子供を生ませ

（1）ラコニアの首都でラケダイモンともいわれる。
（2）スパルタの法律制定者といわれるが、いつの時代の人であると特定できない神話的人物。本作品第十章八参照。

るようにしたのである。八　また逆に、妻とは夫婦生活をしたくないが、立派な子供は欲しいという男がいる場合、その男が子沢山で血筋がよいと分かっている人妻の主人を説得して、その人妻から子供を儲けてよいという法も彼は制定したのである。

九　彼はこのようなことを多く許可していた。なぜなら、妻は二つの家を所有することを望んでいるし、夫は息子のために、家族の一員となり権力を共有するが、財産を要求しない弟を儲けてやりたい、と願っているからである。

一〇　子供を儲けることに関しては、彼は以上のように他国とは反対の決定を下した。が、彼がスパルタのために大きさと強さにおいてひじょうにすぐれた男性の実現を達成したのかどうかについては、意欲のある人が調べればよいだろう。

第二章

一　わたしは、出産についても詳述したのであるから、両者の、つまりリュクルゴスと他国の教育についても示すつもりである。

ところで、他国のギリシア人のうちで息子にすばらしい教育をしていると主張する人は、子供が自分にいわれたことを理解するようになると、すぐに召使をその守役につけて教師から文字と音楽と試合場での格闘技を学びに行かせている。そのうえ、彼らは、子供にサンダルを履かせて足を軟弱にし、衣服の着替えにより、身体の抵抗力をなくし、食欲を子供に与える食べ物の量の尺度にしている。

二　しかし、リュクルゴスは、各人が私的に奴隷を守役にするのに反対して、ひじょうに重要な行政府の構成者の一員であり、少年教育監督官と呼ばれている男に子供の監督を命じたのである。彼はこの男に子供を集めて監視し、怠る者がおれば厳しく罰する権限を付与した。また、彼はこの監督官に鞭を携帯した若者を与え、必要があれば子供を鞭で折檻させたから、スパルタでは謙虚と服従の共存する度合いがひじょうに強かったのである。三　さらに彼は、サンダルで足を弱くするのではなく、サンダルを履かずに足を強くするように指示した。というのは、彼は子供が素足の歩行に慣れれば、はるかに容易に坂を登り、はるかに安全に斜面を下り、また［サンダルを履いていない子供は］幅跳びも高跳びもして足を鍛えれば、［サンダルを履いている子供より］速く走りもする、と考えていたからである。四　そして、彼は衣服でひ弱にならないように、一着の衣服で一年中を過ごすことになれる習慣を作った。それも、彼が、こうすることにより寒さにも暑さにもよりよく耐えられるように身体を整えられる、と信じていたからであった。五　なお、彼は、けっして満腹に苦しまない一方、絶え間ない空腹状態にも未経験にならないような食事のとり方を子供に助言するよう、若者に命じた。なぜなら、彼は、このような訓練を受けた子供は必要なら空腹のままで仕事によりよく耐え抜き、命じられれば同量同内容の食糧でより長く持続し、副食もより少なくすませ、あらゆる食べ物により容易に適応して、健康に生きることができる、と考えており、しかも、身体を細くする食物が太らせる食物より背丈の伸びるのに役立つ、と信じていたからであった。

六　他方、彼は、子供が空腹にひどく苦しまないようにと、彼らの求めるものが容易に手に入るようには与えてやらず、盗みをして飢えを凌ぐのを許したのである。七　したがって、わたしの思うところでは、彼は何を与えればよいかが分からなかったので、彼らに食糧を秘かに手に入れさせるようにしたのだとは、誰も認めないだろう。盗みをしようとする者は、夜は眠らずにおり、日が昇れば人を欺いて待ち伏せし、さらに強奪しようとする者は、偵察者を用意しなければならないということは、自明のことであろう。だから、以上のすべてについては、子供をより巧みな食物の獲得者に、よりすぐれた兵士にするという意図のもとに、彼が子供をこのように訓練したというのは、いうまでもない。

八　そこで、人はいうだろう、盗みをよいことと信じているのなら、どうして彼は捕らえた者をひどい鞭打ちの刑に処したのか、と。他のことでもそうだが、教えたことはなんでもうまくやり遂げないと、人間はその者を罰するのだから、とわたしはいう。スパルタ人も、下手な盗みをしたという理由で、捕らえた者を処罰しているのである。九［そして、オルティア(1)の祭壇からできるだけ多くのチーズを盗むのをよいことだと見なしながら、他の者にこの盗みをした者を鞭打つように彼は命じた。が、それは、人はたとえわずかな時間鞭打ちで苦しんでも、長期間にわたり栄誉ある人生を楽しめるということを示すのがよい、と彼が考えていたからである。］また、このことから、怠け者(2)は、迅速を必要とする場合にも、最少の利益と最大の苦悩を得るということが、明らかになる。

一〇　ところで、少年教育監督官が去ったときでも、子供に管理者がいなくなることのないように、彼は市民のうちでその場に居合わせた人に権限を与え、その人のよいと思うことを子供に行なわせ、何かの失敗をすれば子供の処罰をさせたのである。こうすることにより、彼は子供がより謙虚になるようにした。というのは、子供も成人の男性も管理者には最高の敬意を示すからである。一一　なお、大人の男が誰もいない場合でも、子供に管理者がいなくならないように、彼は若者のうちから最も明敏な者を選び、その者にそれぞれの少年チームを管理させた。だから、スパルタでは子供に管理者がいないということはけっしてない。

一二　さらに、わたしは、少年愛についても話さねばならないと思う。なぜなら、このことも教育においに関係するからである。ところで、他国のギリシア人は、ボイオティア人のように成人男子と少年が夫婦のように一緒に暮らしたり、エリス人のように好意をもちあって青春を享受したりしている。しかし、求愛者を少年から引き離し、話すことを禁じている人もいる。

一三　リュクルゴスは、以上のすべてと反対の決定をしていた。すなわち、彼は、立派な人自身がある少年の精神を高く評価し、積極的にその少年を完璧な友人に育ててあげてつきあおうと努力する場合は、それをまことにすばらしい教育と見なして是認していたのである。しかし、明らかに少年の肉体に憧れているのであれば、最も恥ずべきこととして、彼は、ラケダイモンで両親と子供の、また兄弟姉妹相互の性交が抑えられているのと同様に、求愛者に少年との交わりを控えさせた。

一四　このことが人々に信じられないとしても、わたしはもちろん驚かない。多くの国家では法律が少年

(1) スパルタにおける女神アルテミスの呼称。この祭壇で少年は鞭で打たれる儀式に耐えねばならなかった。しかし、この儀式はここで述べられている盗みの儀式と関係なさそうである。

(2) 盗みをすばやくできない者を示唆していると思われる。

への愛欲を禁止していないのだから。

ラコニアと他国のギリシア人の教育が以上のように述べられた。が、どちらの教育がより忠順でより謙虚な、より節度のあるすぐれた男子を育てあげるかは、望む人がおれば検討するとよいだろう。

第三章

一 さて、少年が子供の年齢を越えて青年らしく振る舞うようになると、他国の人は彼らを守役や教師の手から引き離し、もはや誰の管理も受けない、自立した者として彼らを自由にする。しかし、リュクルゴスはこれとは反対のことを決めた。二 この年齢に達すると若者の心には実に深い思慮が根づく一方で、とりわけ傲慢が優位を占め、快楽へのきわめて強い欲求が生じることに、彼は気づいていたので、彼らに全然暇のない仕事を考え出し、ひじょうに重い労苦を負わせたのである。三 そして、もしこの仕事を避ける者がおれば、彼はその者にいかなる名誉も受けさせないようにし、役人のみならず親族に青年各人を管理させて、仕事に怯んだために彼らが国のなかで完全に見捨てられた人間にならないように、配慮した。

四 さらに、彼は謙虚さを若者の心にしっかりと植えつける意図のもとに、道路上でも衣服の下に両手を入れて黙って歩き、周りのどこへも目を向けずにひたすら足の前方を見つめるようにと指示した。そして、このためにこそ、男性が慎み深さにおいても女性よりまさっていることが明らかになったのである。五 少なくともあなたには、石像の声より若者の声のほうが聞こえにくいだろうし、銅像の目よりも彼らの目のほうが向きを変えにくいだろう。あなたは、彼らのほうが花嫁の寝室にいる処女よりなお羞恥心が強い、と思うだろう。そして、彼らが会食(1)に参加するときには、彼らに尋ねたいことを聞けるだけで、満足するとよいだろう。

なお、小児に対する管理もまたこのようなものである。

第四章

一　さらに、成年期に達した者については、彼らがしかるべき人間になれば、おおいに国家のためになると信じていたから、彼はひじょうに強い関心をもった。二　したがって、彼は、とりわけ激しい競争心をもっている成人からなるコロスが最も価値のある聞き物であり、体操競技が目にするもののうちで最高のものであるということを知っていたから、成人を集めて勇気の競争をさせれば、彼らもこのうえなく勇敢になるだろう、と信じていた。そこで、わたしはまた、彼が彼らをどのように競わせたかを詳述していこう。

三　成人のうちで全盛期にある者から三名の男性が選ばれ、この者は近衛騎兵隊指揮官(2)と呼ばれている。この指揮官はそれぞれ、ある成人には高い評価を与え、他の成人を不適格にするのであるが、その際この判

(1)スパルタの共同食事のこと。
(2)スパルタでは、三〇〇名からなる近衛騎兵隊の指揮官はこのようにして選ばれた。

断の規準を明確に示しながら一〇〇人の男を徴募するのである。四　採用される名誉に与れなかった者は、自分を拒否した者および自分を措いて選ばれた者と争うことになる。そして、よい慣習を逸脱して安逸をむさぼっていないか、と彼らは監視しあうのである。

五　この争いが神に最も愛され、国民に最もふさわしい争いであり、この争いにおいて立派な人間のしなければならない行為が示される。しかも、双方は、つねに最もすぐれた者になるようにと修練し、必要とあれば各人が全力をあげて国家に役立とうとするのである。六　また、彼らは健康保持にも留意しなければならない。というのは、彼らは、集まればいつでも、争いがもとで殴りあいをするからである。しかも、その場に居合わせた人は誰でも、格闘者を引き離して仲裁する権限をもっている。仲裁者に従わない者がいる場合は、この者を少年教育監督官が監督官のところへ連れていく。すると監督官は、二度と起こらないようにという意図のもとに重い罰金を科すのである。

七　ついには最高行政府を構成する行政官(1)になる者も出てくるのであるが、成年期を経た男性に対しては、他国のギリシア人は体力維持に配慮しつづけることを免除しているにもかかわらず、軍務に服することを要求している。だが、リュクルゴスは、成年期以降の男性のために、国が禁じる場合(2)を除いては、狩猟を最もすばらしい仕事とする制度を作り、彼らも若者と同じように兵役に耐えうるようにしたのである。

第五章

一　以上で、リュクルゴスの各年齢層に対して定めた制度が述べられたことになる。これからは、彼がすべての人に対してどのような生活様式を確立したのかを詳述しよう。

二　リュクルゴスは、他国のギリシア人と同じようにスパルタ人も家で食事をしているのを知ると、これがとくに安楽をむさぼらせると判断し、戸外で会食(3)させるようにした。というのも、彼はこのようにすれば命令無視が最も少なくなる、と信じたからである。三　そして、彼はスパルタ人には多すぎもしなければ不足もしないように食糧を割り当てた。また、狩猟の獲物からは臨時の食物も多く得られるし、富裕な者がときにはパンも寄贈してくれることがある。こうして、食卓は、彼らが幕舎を去るまでは、食べ物に事欠くこともなければ、贅沢な食事が用意されるのでもない。四　それから、彼は身体と精神を損なう無理強いの飲酒をやめさせたが、各人が喉の渇いたときに酒を飲むのは許した。それは、このような飲み方をするのが最も害が少なくて美味である、と彼は思っていたからである。

このように一緒に食事をしておれば、誰も暴飲または暴食によって自分自身あるいは一家を破滅させはし

(1) 監督官を指していると思われる。
(2) 国家によって禁猟期間が定められていた。
(3) 八七頁註(1)参照。

ないであろう。五　それには次のような事情があるからである。他国においては通常同年代の者が会食をし、その場合には慎ましさもほとんどなくなっている。だが、スパルタでは、リュクルゴスが、ほとんどの会食では異世代の人間を同席させ、年少者が年長者の経験から学べるようにしたのである。六　しかも、スパルタの会食では、慣例として国家の偉人があげた功績が語られることになっている。だから、そこでは傲慢や狼藉、見苦しい行為や言動がまったく許されない。七　さらに、屋外での食事は次のようなよい効果をあげている。それは、彼らが、食事をした場所に留まれないことが分かっているから、家へ歩いて帰らねばならず、そのうえ酔いのために倒れないように用心しなければならない、ということである。しかも、彼らは昼と同じ行動を夜もとらなければならない。なぜなら、軍務に服しつづける人は、松明の明かりで進むことを許されないからである。

八　なお、リュクルゴスは、同じ食事をしていても、身体を鍛えている者は健康な肌をし肉づきもよく強壮であるが、身体を動かさない者は肥えて醜く弱々しい姿を見せているのを知っていた。彼はこのことを軽視せず、自らの意思で労苦に親しむ場合でも、満足できる肉体をしている姿を示せることに留意して、各体育館においてはその場の最年長者が食事量より訓練量が少なくならないように注意すべきである、との指示を出した。九　この点においても彼は失敗していない、とわたしは思う。事実、スパルタ人より健康であり、有用な身体をもっている人々を見いだすのは、容易でないだろう。彼らは足、手、首を一様に鍛練しているのだから。

第六章

一　さらに、彼は次のようなほとんどの国とは反対の制度をも定めた。他国では人々が各々自分の子供と奴隷と財産を管理している。しかし、リュクルゴスは、国民が相手にいかなる損害も与えずに、相手からたがいに利益を得られる態勢を整えようと意図し、各人が自分の子供と他人の子供を同等に管理するようにした。二　このように国民が子供の父親であるということを知れば、人は自分の管理する子供に対して、自分自身の子供が受けてほしいと願うような管理をしなければならないだろう。また、子供が他の人から鞭打ちの罰を受け、そのことを父に告げ口する場合、その父が告げ口をした息子に鞭打ちをさらに加えなければ、恥辱になるのである。こうして、父親は子供にはいかなる恥ずべき指図もしないという信頼が相互にもたれるようになる。

三　彼は必要なら他人の奴隷をも使えるようにした。さらに、狩猟犬をも彼は共有にした。この結果、犬を必要とする人が、犬の所有者を狩猟に招待したときに、犬の所有者が忙しくて招待に応じられないと、所有者は犬のみを狩猟に喜んで参加させるのである。馬もまったく同じように使用できる。病を患っている人、あるいは乗物を必要とする人、あるいはどこかへ急いで行きたいと願っている人は、馬がどこかにいるのを見れば、それを借りてうまく役立てたあと、もとに返せばよいのである。

四　なお、彼は他国ではまったく馴染みのないことを慣習にした。狩猟のときに遅れてきた人が、準備をしていなくて食べ物に困る場合、すでに獲物を得た人が料理した食べ物を封印してあとに残し、困っている人がその封印を開いて必要とするだけの食べ物をもらい、そのあとまた封印して残しておくように、という指示を彼は与えた。このようにたがいに分け与えるようにすると、わずかしか所有しない者でも、何かを必要とするときには、国家のものすべてを共有することになるのである。

第七章

一　リュクルゴスは、他国のギリシア人とは反対の次のような制度をさらにスパルタに設けた。他国ではすべての人ができるだけ多く金銭を獲得しようとしている。そして、ある者は農夫をし、他の者は船主をし、また別の者は商人になり、さらに他の者は手工業で暮らしている。二　しかし、スパルタでは、リュクルゴスが、自由人に対して金儲けにかかわるどのような仕事にも携わることを禁止し、国家に自由をもたらす活動のみを自分の仕事と見なすように命じた。三　すなわち、彼は豊かさを享受するためにお金を求めることのないように、食事には同じものを受け取り、平等の生活をするという規則を作ったのであるが、このような国では富は真摯な問題にされるべきではない。いやそれどころか、衣服のために金銭を得てはならないのである。スパルタ人は豪華な衣服によってではなく、強壮な肉体で自分を飾っているからである。四　彼らは、また、会食者のために出費できるようにとお金を集めてはならない。彼が身体の労苦によって仲間を援助するほうが、出費によるよりも尊敬されるとしたからであり、前者は精神の働きであるが、後者は富の働きであることを明らかにしている。

五　不正に金銭を獲得するのを彼は次のようにして阻止した。まず、彼はわずか一〇ムナすら主人にも召使にも見つからずに家のなかに持ち込めないような貨幣制度(1)を定めた。こうすれば、大きな場所と運ぶ車を必要とするのだから。**六**　次に金と銀が捜索され、もしどこかで多少なりとも見つかれば、所有者は罰せられるのである。こうなると、金銭の使用が与える楽しみより金銭の所有がもたらす苦しみのほうが大きくなる。が、このような国では金儲けに真剣になることはないだろう。

第八章

一　スパルタでは人がとりわけ行政に従い法を守っていることは、われわれすべての知るところである。しかし、わたしは、リュクルゴスが国民の最高権力者(2)の同意を得るまではこの規律を定める努力をしなかった、と思う。**二**　その証拠として、わたしは以下のことを挙げる。他国では有力者が行政を恐れていると思われるのを望まず、むしろ恐れるのを卑しいことと見なしている。だが、スパルタでは最高実力者たちでさえ行政に対してとくに従順の態度を示し、へりくだっていて、呼ばれれば歩いてではなく走って対応するこ

(1) 四五頁註(3)参照。貨幣を大きくして保存場所と持ち運びを困難にし、盗めば大きいからすぐに人目につくようにしたと思われる。

(2) 監督官のことである。

とを誇りとしている。以上のことが証拠であった。それは、彼ら自身が一途な服従の仕方を示せば、他の者もこれに従ってくれる、と信じているからである。

三　この同じ最高実力者たちは、国家と軍隊と家庭においては服従が最もよいことであると見なしていたから、監督官の権限確立に寄与したであろう。事実、行政は権限を増大すればするほど国民を恐れさせ［て従わせ］る、と最高実力者たちは信じていたのである。**四**　この結果、監督官は、望む者を懲罰する能力を有し、即座に徴収し、現職の行政官を辞任させたり、投獄したり、行政官と生死を懸けた闘いをする権限をもつことになる。監督官は、これほどの権限をもっているのであるから、他国のように選挙した者に年間を通じて望みどおりの支配を任せるようなことをせず、僭主や体操競技の審判のように、規則違反をしている者に気づけば、立ちどころに処罰するのである。

五　リュクルゴスにより国民が法に従うようにと考案されたすばらしい方法は他にも多くあるが、次のようなものが最もすぐれた方法に属している、とわたしは思う。すなわち、彼は最高権力者とともにデルポイに赴き、自分の定めた法律に従うことがスパルタにとってより望ましく、よいことになるのかどうかを神アポロンに尋ねるまでは、民衆に法を与えなかったことである。そして、法を制定するほうが、あらゆる点から見てよいという託宣を神が下したとき、彼はアポロンの神託によって定められる法に従わないのは無法であるばかりか不敬であるとして、法を与えた。

第九章

一　リュクルゴスの成し遂げた次のこと、つまり、国家においては恥辱の生よりも栄誉ある死を選ぶようにさせたことも、称賛に値する。だが、よく考察すると、実際は、名誉の死を選ぶ者のほうが、恐怖のために退却を選ぶ者より、死ぬのが少ないということが分かるだろう。二　さらに、真実をいうなら、臆病にとりつかれた場合よりも、勇敢である場合のほうが、助かってより長く生きることになるのである。というのは、勇敢であることは、また、より容易で、より楽しく、より有利で、より強力だからである。そして、勇敢であることには、とりわけ、名声がともなうことも明白である。というのも、おそらく、すべての人が勇敢な人と同盟を結ぶのを望むからだろう。

三　しかし、彼が以上の成果をあげるために考案した以下の方法を見逃さないようにすべきである。それは、彼が、勇敢な人は幸せに、卑怯な者は不幸になるように仕向けたことである。四　他国では、臆病者であれば、臆病者という汚名を着せられるだけで、アゴラへ行って勇敢な人と同じ場所に座り、望めば同じ練習もすることができる。だが、ラケダイモンでは、すべての人が卑怯者を戦友として受け入れること、格闘技において相手にすることを恥とするだろう。五　また、このような臆病者は敵味方に分かれて競技する場合にはしばしばどちらの側にも入れられない余計者であり、コロスでは恥ずかしい場所へ追いやられる。さらに、臆病者は道路上では道を譲らなければならないし、席についていても若者にさえ立ち上がって席を譲らなければならないし、親戚の娘を家で育て、彼女に独身でいなければならない理由を説明し、妻のいない家の心配するると同時に、そのことで罰金を支払わねばならない。なお、彼は気楽に散策もできなければ、非難の余地のない人のように振る舞うことも許されないか、自分より勇敢な人からの鞭打ちを受けなければならない。六　卑怯者にはこのような恥辱が加えらるのであるから、スパルタではこのように軽蔑され辱められる人生よりも、死のほうが選ばれるということに、わたしはなんの不思議も感じない。

第十章

一　老齢にいたるまで徳の鍛練がなされる方法についても、リュクルゴスは見事な法を制定したとわたしは思う。なぜなら、人生の終着点にある者に長老会議(1)への選挙を課すことにより、彼は老年の人にさえ美にして善なるものへの配慮をいささかもゆるがせにさせないようにしたからである。二　また、彼がすぐれた人の老齢を防いだのも、驚嘆に値する。つまり、彼は老人に精神に関する競技の判定を下させることにより、老齢を男盛りの強さより尊重されるようにしたのである。三　そして、この競技がこの世で最も真剣に行なわれたのも、当然であろう。体操競技も立派なものであるが、それらは肉体に関係している。が、長老会議の関係する競技は、よい精神かどうかの判定を下すのである。したがって、精神が肉体にまさっていればいるほど、精神の競技は肉体の競技よりも真摯な努力に値することになる。

四　さらに、リュクルゴスの次の業績もおおいに称賛に値する。有志の者が徳を配慮しても、有志の者には祖国を繁栄させる能力がない。このことを知った彼は、スパルタではすべての人に徳を鍛練するよう公に強要した。こうなると、徳を鍛える個人が徳をおろそかにする個人とは徳において異なっているように、この国だけが美にして善なるものを公的に追求しているのであるから、すべての他国とは徳の点で相違するのは、当然だろう。**五** 他国では人が他の人に害を加えれば罰を受けるのに対して、彼はできるだけすぐれた人間になろうとする努力を怠っている人を目にすると、少なからぬ罰を下したが、それもすばらしいことである。**六** 人を奴隷にする者、あるいは物を騙し取る者、あるいは盗みをする者は、害を受けた者だけに不正を働いているが、卑怯で臆病な者は国家全体を裏切っていると彼が信じていたのは、確かなようである。だから、臆病な者に最大の罰が下されたのも、もっともだと思われる。

七 彼はまた国民が身につけるべきすべての徳を鍛練するよう強要して、反抗を許さなかった。彼はこの義務を果たした者にはすべて平等に市民権を与え、その際、肉体の弱さにも財産の欠如にもまったく顧慮しなかった。しかし、この義務遂行の努力を怠る者はもはや身分を等しくする者の一員とは見なさないことを、宣言したのである。

八 この法律がきわめて古くからのものであるのは疑う余地がない。それは、リュクルゴスがヘラクレス一族の時代に生存した、といわれているからである。だが、この法律はこのように古いものでありながら、いまなお他国の人々にとっては実に新しい変わったものなのである。というのは、すべての人がそのような

(1) スパルタの重要会議の一つ。

生活態度をあらゆるもののうちで最も驚嘆すべきものと称賛しながら、どの国もそれを模倣しようとはしないからだ。

第十一章

一　以上に述べてきた、平時と戦時におけるスパルタのすぐれている点は周知のことである。が、兵役に関してもリュクルゴスが考案した他国よりすぐれた制度を知りたいと思う人は、それを聞くことができる。

二　監督官がまず騎兵と重装歩兵が軍務につかねばならない年齢を、次に手工業職人にも兵役に服すべき年齢を布告する。この結果、都市において人間が使用する一切のものをラケダイモン人は戦場においても手に入れるのである。そして、軍隊に共通して必要となる道具のすべても、あるものは荷車で、あるものは驢馬《ろば》で届けるように指示されていた。こういうことで、なくなったものが補充されないままであることが見逃されることは、けっしてなかった。

三　さらに、武具を使用する戦闘のために、彼は次のような工夫をした。それは、兵士が赤い衣服を着用し、青銅の楯を携えることであった(1)。というのは、彼は、赤い衣服は女性の衣服と共通性が最も少なく軍務に最も適していると判断していたからであり、青銅の楯も最も早く磨かれ、最も遅く汚れるからである。なお、彼は青年期を越えた者には長髪も許したが、このようにすれば、彼らはより背が高く、より堂々と、より恐ろしく見える、と信じていたからであった。

四　そのうえ、彼は、このように装備した兵士を騎兵と重装歩兵の六連隊(2)に編成した。各重装歩兵連隊には一人の連隊長、(3)四人の大隊長、八人の中隊長、一六人の小隊長がいる。また、命令が伝達され、ときには……〈欠落〉……小隊が、ときには三小隊が、ときには六小隊が形成されることがある。

五　ところで、大多数の人の思っていることに、武装したラコニア軍の隊形が実に複雑であるということがある。だが、それは事実に最も反した理解である。ラコニア軍の隊形には、最前列に指揮官がおり、必要なもの一切を備えた隊列がある。六　この隊形を理解するのは、人々を識別できる人なら誰でも間違わないような容易なことなのである。つまり、一部の人には指揮権が与えられ、他の者には服従が命じられているだけのことである。縦隊から戦列への展開命令は、小隊長が伝令をするように口頭で伝え、この展開により戦線が浅くも深くもなる。だから、隊列の理解は全然困難でない。七　しかし、戦線が混乱した場合でも、ラコニア兵はそばに居合わせた隊とともに同じように戦い、しかもその際自分の役割を把握しているのである。このような行動をとることは、リュクルゴスの指示を受けて訓練した兵士以外には容易でない。

八　ラケダイモン兵は、戦術指導者がひじょうに困難と見なしているあの戦列展開をなんの苦労もなくやり遂げている。彼らが縦列で前進する場合はいつも、小隊は必ず前を行く小隊の背後について進んでいく。

(1)『アゲシラオス』第二章七参照。

(2)原文の「モラ」は軍隊組織から見ると、四〇〇―九〇〇人に相当する数からなっているので、連隊という単位をあてた。

(3)連隊および連隊長と同様、以下、大隊長、中隊長、小隊長も数から割り出した名称である。

こういうときに、敵の戦列が前方に現われると、左へ横隊になれという命令が小隊長に与えられるが、戦列が敵に向かいあうまでは、隊はそのまま縦隊で前進する。しかし、このような状況にあっても、敵が背後から姿を見せると、各隊列は必ず最も精強な兵士が背後の敵に立ち向かえるように反撃展開する。**九**　なお、そのときは、指揮官が左翼にいることになるが、それは不利なのではなくときには有利である、と考えられる。敵が包囲を企てる場合は、無防備の部分でなく、防備された部分を取り囲むからである。だが、なんらかの理由で指揮官が右翼にいるのが有利であると思われると、縦列の隊は転回し、指揮官が右翼に、後衛が左翼に位置するまで戦列が展開する。**一〇**　さらに、縦列で前進しているときに、敵の隊列が右側に現われた場合は、彼らは各大隊を三段櫂船のように、敵に向かって方向転換させる以外は他のいかなることもしない[1]。こうして、また、後衛の大隊は右翼にいることになる。なお、敵が左翼から迫ってくるときには、彼らはそれを許さずに撃退するか、大隊を転回させて敵に向かわせる。こうなると、後衛の大隊はやはり左翼に位置することになる。

第十二章

一　いまからは、リュクルゴスが野営の方法についてもっていた考えを述べていこう。

危険を防ぐ山か城壁がない場合、あるいは川が背後にない場合は、正方形の角《かど》は役に立たないから、彼は円形に野営することにしていた。**二**　さらに、彼は昼間の歩哨には野営内に目を向けて武器を見張らせた。

というのは、それらの歩哨は敵に対するためではなく味方のために配置されているからである。敵に対しては、攻めてくる者がいるかと[2]、最も遠くをも見渡せるように、騎兵が配置場所から監視する。**三** そして、彼は、夜はスキリティス兵[3]に戦列の外側を見張らせよう、と考えた。(いまではすでに、異国人が陣地に居合わせる場合には……〈欠落〉……彼らにもこれをさせている。) **四** 歩哨がいつも槍を手にして巡回しているのには、奴隷を武器から引き離しておくという目的があることも、よく心得ておく必要がある。歩哨がやむをえず持ち場を離れる場合でも、彼らが、相互に迷惑をかけないという範囲以上には、相互からも武器からも離れない、ということに驚くべきでない。彼らは以上のことも安全のためにしているのだから。

五 なお、頻繁に野営地を移動するのは、敵に損害を与え、味方を援助するためである。

すべてのラケダイモン兵には、法律により、遠征中は身体を鍛えるように、と前もって告げられている。この結果、彼らは、自分自身にいっそう誇りをもち、他の者より立派に見えるようになる。また、彼らはすべて、連隊の許可する距離より遠方へ散策することも競走することも禁じられ、自分の武器から遠く離れないようにしている。**六** 先任連隊長は、体育訓練のあとは、着座するように、という指示を出す。これは査閲のようなものである。次は朝食と、迅速な前哨の交替である。このあと夕方の体育訓練までは娯楽と休養

---

(1) 各三段櫂船が面舵をとるように、各中隊が右に転回する。

(2)「攻めてくる…」は訳者による補足。

(3) スキリティスはラコニアとアルカディアの国境地域である。スキリティス兵はスパルタ軍の左翼にいる軽装兵で、通常最も危険な箇所に配置される。

である。七　夕方の訓練のあと夕食をとり、犠牲を捧げて吉兆を得た神々を称える歌を歌うと、武器のそばで眠るように、という指示が出される。

わたしがいろいろ書いたからといって、驚く必要はない。注意を向けねばならない軍事上の問題では、ラケダイモン人が見過ごしている事柄は、ほとんど見いだされないからである。

第十三章

一　わたしは、リュクルゴスが遠征のために王に提供した力と名誉もこれから述べよう。まず、軍事のために国家は王とその軍隊を維持している。連隊長は王と幕舎をともにするが、それは、王とたえず一緒にいて必要な場合により好都合な協議の機会を得るためである。同僚の他の三人も王と同じ幕舎の生活をする。この三人の同僚は、王や連隊長がなんの妨げも受けずに軍事に専念するように、必要なものの一切を手配する。二　王が軍を率いて出陣する様子を初めから述べよう。王はまず祖国で導き手ゼウスと［彼につながる］神々に犠牲を捧げる。その際、犠牲が吉兆を示すと、火を運ぶ祭司が祭壇から火を受け取り国境まで先導する。王は国境でもう一度ゼウスとアテナに犠牲を捧げる。三　この二神に捧げられた犠牲が吉兆を示す場合に、王は国境を越える。この犠牲から得られる火は消えることなく先導し、すべての種類の犠牲獣がそのあとに続く。王は犠牲を捧げる場合はいつも夜明け前に始めるが、それは神の好意を先取りする意図からである。四　犠牲の周りには、連隊長、大隊長、中隊長、異国人の将軍、輜重隊の指揮官がおり、それに諸国から来ている将軍のうち有志の者が参加している。**五**　なお、王が要求しなければ、なんの発言もしない二人の監督官も犠牲の周りにいて、各人のすることを見ながら、すべての者にその場にふさわしい、慎みのある振る舞いをさせる。犠牲が終わると、王はすべての者を呼び寄せ、なすべきことを指示する。以上のように見てくると、あなたは、他国の者が軍事に素人であり、ラケダイモン人のみが本当の戦《いくさ》の専門家である、という見解をもつだろう。

六　敵が姿を見せず、王が先導している場合は、スキリティス兵と斥候以外は誰も王の前方を進まない。が、戦闘があると思われると、王は第一連隊の近衛兵を率いて、自分が二つの連隊と二人の連隊長の中央に位置するまで右翼へ転回させる。**七**　この任務を負わされるべき王の近衛兵に命令を下すのは王の幕僚長である。なお、同僚の幕僚として予言者、医者、笛奏者、指揮官、さらにそこに居合わせた有志の者がいる。したがって、必要なことをするのに何も困らない。どんなことにも備えができているからである。

八　わたしの思うところでは、リュクルゴスが考案した次のことは、武器着用の戦闘にひじょうに役立っている。それは、敵の目の届くところで山羊の犠牲が捧げられると、居合わせたすべての笛奏者が笛を吹き、ラケダイモン人のすべてが花冠を被るのを習慣にしていることである。しかも、武器は磨きあげられるように命じられている。こうすると、若くて選り抜きの男性は、戦闘に参加し、快活で名望を得ることができる。**九**　そして、彼らは小隊長に呼びかけて激励する。というのは、各小隊長から各自の小隊に声をかけられても、すべての兵士には聞きとれないからである。連隊長はこれらのことが正しく行なわれるように気を配らねばならない。

一〇　野営する時機であると思われる場合、設営すべき場所を指示する権限はまさに王にある。しかし、味方と敵に使者を派遣するのは王の仕事ではない。が、すべての者は何かをしようと思えばまず王の了解をとることから始めている。一一　そして、裁判を求める人が来れば、王はこの人を軍法会議へ、金銭を必要とする者は財務官のところへ、戦利品をもってきた者は所管役人のところへ送るのである。このようにして事が運ぶのであるから、軍務についている王には、神官としての神々に対する務めと将軍としてなすべき人間問題の処理以外に仕事はない。

第十四章

一　いまもなおリュクルゴスの法律が変わらないままであると思っているのかと尋ねられれば、わたしは、もちろんゼウスにかけて、そうだ、とはもういえないだろう。二　なぜなら、ラケダイモン人は以前諸国を支配して諂《へつら》いにより堕落することよりも、祖国で適度な生活を共同でするほうを選んだことを、わたしは知っているからである。三　しかも、かつては、彼らが黄金をもっていると思われるのを怖がっていたのが、わたしには分かっている。だが、いまは、黄金を所有しているのを自慢にしている者もいるのである。四　なおそのうえ、以前は国民が異国民から感化を受けて怠け心に満たされないようにとラケダイモン人が排外的になり、国民が祖国を離れることを許されなかったこともわたしは知っている。だが、現在では、第一人者であると思われている人たちが異国の統治を続ける努力をしているのが、わたしには分かっている。五自分らが指導するにふさわしい者であるように、と彼らが配慮していた時期がかつてはあった。が、いまでは、彼らは支配するにふさわしい者であるようにというより、支配するための努力をはるかに熱心にしている。六　したがって以前は、ギリシア人がラケダイモンへ行き、不正を犯したと見なされた者への攻撃を先導するように、と彼らに求めた。現在では、多くの国がスパルタ人の支配復活を妨げようと励ましあっている。七　しかし、彼らが神にもリュクルゴスの法にも従わないのが明らかであるから、彼らにこのような非難がなされても驚く必要はない。

第十五章

一　リュクルゴスが王のために国家と結んだ協定をも、これから詳述しよう。このスパルタ政府のみが最初に樹立されたまま変わらずに存続しているが、他国の制度はすでに変化しているばかりか現在でもなお変わりつつあることは、分かっていよう。

二　王は、神の後裔であるから、国家のために一切の公共の犠牲を捧げ、国家の派遣するところへ軍隊を率いていくべきことをリュクルゴスは定めた。三　彼は捧げられた犠牲の分け前を受ける権利を王に与え、さらに多くの被支配先住民国(1)にある、過度に豊かではないが、適度の収入に事欠かないような、すばらしい

(1)ドリア人によって支配された先住民の地域。

土地を王に割り当てた。**四**　彼は、王も公共の場で食事するように、公共用の幕舎を用意し、二人分の食事を受ける栄誉を王に与えた。ただしそれは、王が二人分を食べるためではなく、王の望む者にそれを分けて名誉を与えることができるようにというためであった。**五**　彼はまたそれぞれ王にピュティオイ(1)とも呼ばれる二人の会食仲間を選ぶことを許した。なお、彼は、王が神々に何か助言を求める場合、犠牲獣に困らないように、すべての豚が出産するときには、子豚を受け取ってよいと認めた。

六　家宅に近い湖は、豊富な水を提供してくれる。この水も多くのことに役立つのだということに気づくのは、むしろ水のない者なのである。さらに、王が現われると、すべての者が席から立つが、監督官のみは、その官職の席から立たない。**七**　彼らは、月ごとに誓約を交わしている。監督官は国家のために、王は自分自身のために誓約するのである。王の誓約は、制定された法に従って統治するということであり、国家の誓約は、王が自分の誓言に忠実であるかぎり、王権を危うくしないということである。

八　この名誉は祖国では王の生涯にわたって与えられた。だが、この名誉は庶民の名誉と比べて飛び抜けてまさっているわけではなかった。リュクルゴスが王を僭主のように思いあがらせたくもなく、国民を権力に嫉妬させたくもなかったからである。**九**　また、王が死んだときには名誉が与えられたが、この点に関しては、リュクルゴスの法は、ラケダイモンの王に人間としてではなく、英雄として敬意を表することを意図している。

(1) スパルタ王によって選ばれた四人のデルポイへの派遣代表。王にもたらす。このうちの二人が王の会食仲間に選ばれた。
デルポイの神殿と国家との交流を維持し、デルポイの神託を

政府の財源

第一章

一　わたしは以前からずっと、指導者がどのような性質の人であろうと国制もその性質を反映したものになる、と信じている。だが、アテナイの指導者のある者は、自分が他の人とまったく同じように正義を認識していると述べながら、民衆の貧しさから国家の扱いに関しては幾分不公平にならざるをえない、といっている。そこでわたしは、国民がなんとかすれば自分の土地から生活の資を得るという最も公正な方法をとれるのではないか、との考察に着手した。そしてその際、わたしは、アテナイの民衆が自分の土地で生きる糧を得ることになれば、彼らは貧窮から救われると同時に、ギリシア人のアテナイに抱いている疑惑(1)をも解消することになるだろう、と思ったのである。

二　わたしが自分の企てを考察したときすぐに明白になったことは、この土地がひじょうに多くの収入をもたらすものを産出してきたということである。この点についてわたしが真実を語っていることが分かるように、まず、アッティカの自然について詳述しよう。

三　この地の四季がこのうえもなく温和であるということは、事実、産物自体も証明している。とにかく、多くの土地では成長することのできない植物が、この地では実を結んでいる。大地と同じように、この地をめぐる海もすべてのものを産み出している。しかも、これらの季節に神々がもたらしてくれるよい作物はすべて、この地では、他のどの土地よりも早く実りはじめ、最も遅く実り終えるのである。**四**　この地は、年ごとに実り枯れる植物において傑出しているばかりでなく、永遠に存続するよいものにも恵まれている。すなわち、この地では石[2]が豊富に産出され、この石から実にすばらしい神殿と祭壇、およびきわめて美しい彫像が神々のために作られている。多くのギリシア人と異国人がこの石を求めている。**五**　また、種が播かれても実りをもたらさない土地もある。だが、この土地でも、石が切り出されれば、穀物を産出する場合に養える人間の何倍もの人間に食糧を与えるのである。さらにまた間違いなく神意によるのであろうが、この地には銀鉱脈がある。しかも、陸であれ海であれ、この地の多くの近隣諸国のいかなる国へも銀鉱の小さな鉱脈すら延びていないのである。

六　この国が、ギリシアの、いやギリシア人の住んでいる土地全体の中央に位置していると思われている

（1）前三七八―三七七年における第二次アテナイ同盟の締結は、ギリシア人および異国人の自由をスパルタの覇権主義から護ることにあった。前三七一年のレウクトラの戦いで、スパルタがテバイに壊滅的な敗北を喫し、スパルタの覇権主義の脅威がなくなると、アテナイは方針を変え、テバイに対抗してスパルタを助けた。そして、アテナイはエーゲ海域で征服と植民を開始し、同盟設立時の約定のいくつかを破り、エーゲ海東南部の同盟参加国は前三五六―三五五年の同盟都市戦争の後この同盟を脱退した。このようなことからギリシア世界は、アテナイに不信をもっていた。

（2）大理石のことである。

のも、理解できないことではない。というのは、人はこの国から離れれば離れるほど厳しい寒さか暑さに出合うからである。また、海上を行くにしろ陸地を行くにしろ、ギリシアの一方の端から他方の端へ行こうと思う人はすべて、アテナイを円の中心のようにして通り過ぎていく。七 そのうえ、この地は、周囲を海に囲まれてはいないが、両側が海であるから、島のようにあらゆる風によって必要とするものを手に入れ、望むものを送り出している。この地は、大陸であるから、陸上でも取引によって多くのものを受け取っている。八 なお、たいていの国々の周辺には異国人が住んでいて困らせている。だが、アテナイ人に隣接している国々の人々自身は異国人から最も離れているのである。(1)

第二章

一 以上のすべては、わたしが述べたように、その土地自体に起因していると思う。が、この天然の富につけ加えるとすれば、まず挙げられるのは、在留異国人に対する取り扱いであろう。なぜなら、この取り扱いにより、ひじょうにすばらしい収入源が得られていると思われるからである。そしてこの根拠は、彼ら異国人は自活し、国家に多くの寄与をしながら、報酬を受け取らないどころか、在留異国人税を納入していることにある。二 たしかに、果たされていないために国家の役に立っていないといって、在留異国人に恥辱が加えられると思われる義務、とりわけ国民とともにするべき在留異国人重装歩兵の遠征義務をわれわれが免除すべきかどうかは、十分に配慮するのがよい、とわたしは思う。彼ら遠征兵士の危険は大きいし、仕事や家族から離れるのは大変なことである。三　しかも、国家には国民同士がともに遠征する場合のほうが、現在のように、リュディア人、プリュギア人、シリア人その他あらゆる国の異国人が国民と戦列を組んでいる場合よりも、役に立つだろう。しかも、これら異国人兵士の主力は在留異国人からなっているのである。

四　そこで、在留異国人の遠征義務を免除すれば、異国人が国民と戦列をともにすることから放免されるという利点に加えて、アテナイ人が戦争に関しては異国人よりも自国民を信じていると思われるなら、それも国家にとって名誉であろう。

五　ところでこの一方で、他のことはもちろんであるが、とくに騎兵隊への参加権利を在留異国人に分与するのはすばらしいことであるから、われわれがそのようにすれば、彼らをわれわれに対していっそう好意的にするとともに、自国をより強力、強大なものとして示すようにもなる、と思われる。

六　ついで、城壁内の住宅地には家の建っていない土地が多くあるから、国家がその土地を請求するにふさわしいと思われる家の建築者に与えるなら、はるかに多くの人がアテナイに居住したいと願う、と思われる。

（1）異国人はアテナイに集まっていて、隣国に居住しないことをいっている、と思われる。

（2）小アジア西岸中部の地域。首都はサルデイス。

（3）小アジア中部の大プリュギアとヘレスポンティス南岸の小プリュギア。

（4）エウフラテス川、アラビア、タウロス山脈（小アジア南部からアルメニアに至る）に囲まれた地域。

七　そして、われわれが孤児の保護者に対するように、在留異国人の監督者に対しても官職を設け、最多の在留異国人の名簿を示す監督者に褒章を与えるなら、在留異国人はいっそう好意的になるし、当然のことながら、無国籍者のすべてがアテナイへの居住を願い、収入を増加させるだろう。

第三章

一　さらに、この国が最も快適な最も恵まれた交易をしている様子を、これから述べていこう。まず第一に、この地には船にとって最も立派で安全な港があり、そこに入港した船は嵐でも安心して停泊できる。二ところが、大部分の国の商人は帰りの積み荷を受け取らねばならない。それは、通貨が外国では使用できないからである。だが、アテナイでは、商人が、帰りの積み荷を受け取りたくない場合、代わりに人間の必要とするものを最も多く持ち出すことができるのである。そして、銀を持ち出す者はすばらしい貿易をすることになる。というのも、彼らは、銀をどこで売ろうとも、投じた資本より多くの利益を得ているからである。三　出航を望む者が妨げを受けないように、市場の争いをきわめて公正、迅速に処理する監督官にも賞金が与えられるなら、はるかに多くの商人がいっそう快適に貿易をするだろう。四　商人や船主が、見事な船と商品により国家に役立っていると見なされて劇場に招待された場合、歓待のために最前列に座る名誉を与えられるのは、好ましく有益なことであろう。

五　なお、居住者や訪問者が増加すれば、これに応じて多くの物が輸入され、輸出され、売られ、借用され、税が払われるのは明らかなことである。

六　このように収入を殖やすには、人道的な立法と管理以外には何も前もって用いる必要はない。税収入になると思われる他の方法は資本を必要とする、とわたしは理解している。七　しかし、国民はこのようなことには積極的に貢献する、という希望を、わたしはもっている。それは、リュシストラトス[1]が指揮官のときアルカディアを救援したが、そのとき国が多額の拠出をし、ヘゲシレオス[2]のときにも多くの支出をしていることを、わたしは心に留めているからである。八　莫大な出費をともなう三段櫂船の派遣がたびたびなされていることもわたしは知っている。しかも、この派遣が事態をよくするのか悪くするのか不透明である一方、国民が払い込んだ金がその手にはけっして戻らず、また分けあわれることもないということが確実視されるにもかかわらず、国民は金を収めたのである。九　だが、国民はこの資金のために前もって納入すれば、そこから最も有利に貯えるだろう。なぜなら、一〇ムナ[3]の払い込みをする人は、一日三オボロスを受け取り、船舶抵当契約のように、約五分の一の利得を得るからである。さらに、五ムナを払い込む人なら払い込み金の三分の一以上の利得を得ることになる。一〇　しかし、たいていのアテナイ人は払い込んだ金額以上のものを一年間に受け取るだろう。それは、一ムナをさきに納入した人がほぼ二ムナの収入を得るからである。しかも、このことが、人間のすることのうちで、最も確実で最も永続性があると見られる国家の保証のもと

（1）アテナイの著名な政治家。
（2）アテナイの将軍（前三四九―三四八年）。エウブロス（「解説」二七三頁参照）の従兄弟である。
（3）一ムナは一〇〇ドラクマ、六〇〇オボロスである。

になされている。

一一　わたしは、善行者の名が永久に残るようにと記録されることになれば、多くの外国人も国家の資金に寄与すると思うし、また、この記録に憧れる国民もいるだろう。王、僭主、太守もこの恩恵に与ることを熱望する、とわたしは期待している。

一二　さて、資金ができると、船主にはすでにある屋敷のほかに港の近くに宿所が建てられ、商人には売買のための適切な場所を設置され、訪問者には公共の旅館が建てられるのは、好ましくまたすばらしいことである。一三　なお、ペイライエウス(1)と市内のアゴラに小売商人のための住居と店舗が設けられるなら、国には名誉なことであるだけではなく、そこから多くの収入が得られるだろう。

一四　さらに、国家が国有の三段櫂船を所有しているように、国有の商船を所有し、それらを他の公共物と同じように担保を取って貸し出すことが可能であるかどうかを試してみるのは、有益なことであると思われる。もし、このことの可能性が明らかになれば、これらの商船からも多くの収入が得られるのだから。

第四章

一　続いて、わたしは、銀山が適切に整備されるなら、他の収入とは別に、莫大な金銭が収入として入ってくる、と信じている。このことを知らない人にもこの可能性を明らかにしようと思う。実際、あなたがたがこの可能性を知れば、銀山をいかに活用すべきかをさらによく考慮するだろう。

二　銀鉱が遠い昔から採掘されてきたことは、たしかにすべての人の知るところである。だが、その採掘の着手がいつからであったのかを述べようと試みる人はもちろんいない。このように古くから銀鉱石の採掘と搬出が行なわれていたのにもかかわらず、鉱石滓《かす》の堆積山がまだ手の加えられていない銀鉱山の何分の一にも達していないことを、あなたがたは知るべきである。三　実際、銀を含んだ地域が縮小するどころかますます広がっているのは、たえず目につくところである。

さらに、銀鉱山に人間が最も多くいたときでも、鉱山での仕事がなくて困った人は全然いなくて、仕事はいつも働き手以上にあった。四　現在でも、鉱山に奴隷を所有している人も、奴隷の数を減らそうとする人は誰もいず、むしろできるだけ多くの奴隷をさらに手に入れている。そして、わたしは次のように思うのである。採掘者と探鉱者が少ない場合には、手に入る銀の額も少ないが、彼らが多ければ、銀鉱は何倍も見いだされる、と。したがって、わたしが知っている事業のうちのこの事業だけにおいても、事業を大きくする人に誰も悪意を抱かないのである。

五　なお、耕地の所有者はすべて、その土地には何対の牛と何人の耕作者がおれば十分であるかを語ることができるだろう。そして、必要以上に人や牛が投入されれば、それは損失と計算されるであろう。だが、銀採掘の事業においては、すべての人が労働者の不足に悩んでいるといっている。六　銅器製造人が多くなれば、銅器が値下がりし、銅器製造人は失職する。鉄器製造人も同様である。また穀物や葡萄酒が多くなれ

（1）アテナイの外港、アテナイの西南方にある。

ば、農作物が安くなり、耕作が有害になる結果、多くの者が農耕を離れて、卸売り業、小売り業、金貸し業に携わることになる。だが、銀の場合は以上のこととは異なっている。銀鉱脈が多く発見され、銀が多くなれば、それに応じて多くの者がこの事業にかかわることになるのである。七　たしかに、家具なら、家に十分整えれば、それ以上に人はさらに購入しない。しかし、銀の場合は、いかなる人も、多く手に入れているからといって、これ以上はもう必要でないということにはならない。そうではなく、銀をひじょうに多く所有している人は、余剰の銀を隠匿する場合でも、銀を使用するときに劣らない喜びを感じるのである。

八　ところで、国家が繁栄しているときには、人は銀を強く求める。男性は立派な武具、すぐれた馬、豪華な家と備品に出費しようと思うし、女性は高価な衣服と黄金の装身具に心を向ける。九　これに反し、国家が農作物の不毛あるいは戦争に苦しむ場合は、国家は休閑中の土地より、食物と傭兵に支払う金銭を切実に必要とする。

一〇　金は銀と同じように有用であるという人がいれば、わたしはその人に反論しない。しかし、わたしは、金が多く産出されると、金はその価値を失い、銀を高価にすることを知っている。

一一　したがって、わたしが以上のことを明らかにしたのは、銀鉱が将来尽きることもないし、銀が価値を失いもしないから、われわれができるだけ多くの人間を心配なく銀山に投入し、そこに安心して居を定めるためなのである。一二　このことは、わたしより先に国家も認識していたと思う。とにかく、国家は異国人のうちの希望する者に、同じ税納入の条件のもとに[1]、鉱山で働くことを許していた。

一三　扶養についていっそう明確にするためにも、銀鉱山が国家のために最も有用に整備される方法をこれから詳述しよう。もちろん、これから語る事柄によって、見つけがたいものを自分が見いだしたという尊敬を受けようなどとは、わたしはまったく期待していない。なぜなら、わたしの語る一部のものは現在でもなおわれわれすべてが目にするものであり、他の過去のことも同じようにわれわれが聞いているからである。

一四 しかしながら、まったく驚くべきことは、国家が、多くの個人が国家により豊かにしてもらっていることを知りながら、これら個人のまねをしないということである。すなわち、以前この問題に関心をもったわれわれは、ニケラトスの息子ニキアス[2]がかつて銀山に一〇〇〇人を保有し、その者たちをトラキアのソシアス[3]に貸したのだが、その条件は一日一人あたり税引き一オボロスを、しかも貸した期間を通じて同人数分の金額を支払うということであった、と聞いたことがある。**一五** ヒッポニコス[4]も同じ方法で六〇〇人の奴隷を貸し出したが、これらの奴隷は一日あたり税引きで一ムナの収入を彼にもたらしていた。ピレモニデス[5]は、三〇〇人の奴隷を貸し出し、二分の一ムナを得ていた。わたしの推測するところでは、他の人々もそれぞれ金銭を得ていただろう。**一六** しかし、なぜ過去のことを述べる必要があるのだろう。いまでも銀山で

---

(1) アテナイは国民と同じ条件で異国人に税を納入させていた。

(2) アッティカの南端にある銀鉱山の所有者。アテナイの政治家で、ペロポンネソス戦争の前半は将軍であった。貴族階級の指導者でもあり、一時スパルタと平和条約を結んだ。なお、ニケラトスは最裕福な人間として三十人委員会の犠牲になった。彼はまたホメロスの詩を暗記してラプソドス（吟遊詩人）の競演にも参加した。

(3) いかなる人物であるか不明。

(4) 富裕で高名なアテナイ人カリアスの息子で将軍であった。彼は前五世紀のやはり裕福な人で、クセノポンが記している六〇〇人の奴隷所有で有名であった。

(5) いかなる人物であるか不明。

は、多くの人間がこのようにして貸し出されているのだから。一七　だがそれにもかかわらず、わたしの述べていることが実現すると、個人が奴隷を所有して恒久的な収入を得ているように、国家もアテナイ人の各々に三人の奴隷が割り当てられるように国有の奴隷を確保するだろう。そうなれば、そのことだけはこれまでにない新しいことであろう。一八　われわれが可能なことを述べているのかどうか、望む人がその各々について考察し、判断を下せばよいだろう。

人間の代価を支払うためには、個人よりも国家のほうがよりよく金銭を供給できるというのは、明らかなことであろう。いや、評議会のほうが、奴隷を連れてきたいと思う者には連れてくるように告知し、連れてこられた奴隷を買い取りやすいのである。一九　奴隷が買われると、同じ条件で手に入れようとする人なら、個人からよりも国から奴隷を借りようとするのは、当然だろう。とにかく、人は国から神域や家を借用したり、税金の取り立てを請け負ったりするのである。二〇　さらに買われた奴隷が保護されるために、国家は、徴税請負人からも保証を取っているように、奴隷借用者からも保証を取ることができる。実際は、奴隷借用者よりも徴税請負人のほうが不正をしやすいのである。二一　個人の金も国の金と同じに見えるのだから、国庫の金が流出するのは見つけられないだろう。しかし、奴隷に国家の印がつけられ、奴隷を売ったり連れ出したりする者に罰が下されるようになっていると、奴隷は盗まれないだろう。

この点までは、たしかに、国家が人間を所有し保全するのは、可能であるように思われる。二二　だが、他方、労働者が多くなったときに雇い主になってくれる人も多く現われるには、どのような方法があるのかが考慮される場合、鉱業を営む多くの人は、多くの財産があるから、国有の労働者を追加して雇ってくれるだろうし、現在鉱山で働いている労働者の多くは老いていく、と理解して安心するのがよい。ほかにも、身体を動かして働く意欲も能力もないが、頭を使って管理する仕事をして生活の資を得るのを好むアテナイ人や外国人が多数いる。

二三　しかしながら、最初、奴隷の数が合計一二〇〇人であると仮定すると、その後五年ないし六年のうちには、奴隷の数がその収入だけで少なくとも六〇〇〇人になることは、おそらく間違いないだろう。さらに、各人が一日税引き一オボロスをもたらすとすれば、この人数からは年六〇タラントンの収入になる。二四　この金銭から二〇タラントンが上記以外の奴隷の獲得に投資されると、国家はさらに残りの四〇タラントンを必要なほかのことのために使用することができよう。奴隷一万人の確保が達成されれば、収入は一〇〇タラントンになるだろう。

二五　しかし、国家はこの何倍をも得るだろうという点については、デケレイアの事件[1]以前に奴隷労働の代価として納入される税金がどれほどの額になっていたかを記憶している人がいまなおいるなら、その人がわたしに証言してくれるだろう。銀山においては最初から現在まで無数の人が働いてきているが、現在の銀山がわれわれの祖先の記憶しているものと異なっていないことも証拠となってくれる。二六　そして、銀鉱

(1) アテナイの北北東二五キロメートルにある地区。前四一三年この地区の銀山で奴隷の脱走があり、銀山の労働力が著しく低下した。

では仕事が必要とする人数以上に奴隷が多くなることはけっしてないだろうという現在の実情が、すべて証明しているのである。なぜなら、坑夫が立坑や坑道の限界を見いだすことはないのだから。二七　ところで、以前と同じように現在も新しい鉱脈を発掘することができる。しかし、銀鉱が未採掘の鉱区よりも既採掘の鉱区のほうが大きいのかどうかは、誰も知らないからいうことはできない。

二八　現在では、以前のようには、多くの人が新しい鉱脈を発掘していないが、その理由はいったい何か、と人はいうかもしれない。その理由は、鉱山に関心をもつ者は比較的貧しい者たちであり、新鉱脈発掘者は大きな危険を冒すことになり、再度の発掘の準備も最近になってやっとなされているぐらいだ、ということにある。二九　そして、新鉱脈発掘者が、採掘の結果、よい鉱石を見いだせば富める人になるが、発見しない発掘者はすべてを失うのである。したがって、現在の人はこのような危険をあえて冒すようなことはまったくしない。

三〇　しかし、わたしは、この新鉱脈発掘について、最も安全に発掘されると思われる方法は助言できると信じている。アテナイ人は一〇部族に分けられている。国が各部族に同数の奴隷を付与するなら、すべての部族は新鉱脈発掘においてその運不運を共有することになる。こうなれば、一つの部族が銀鉱を発見すれば、その利益をすべての部族に委ねるだろう。三一　また、二、三、四あるいは半数の部族が銀鉱を発見すれば、その利益がいっそう大きくなるのは明白であろう。

しかも、過去の経過からして、すべての部族が鉱脈の発掘に失敗することはけっしてないと思われる。

三二　このように個人も一体となって運命をともにすれば、冒す危険の程度もより小さくなりうるのである。

ところで、国家がこのような体制を整えれば、個人の新銀鉱脈発掘者をさらに苦しめるか個人の発掘者が国家の発掘を妨げるのではないかと心配になるかもしれないが、その心配はすべきでない。同盟軍は多くの味方が集まるほどいっそう強力になるように、銀鉱においても多くの人がこの仕事に携われば、それに応じて多くの銀鉱石が発見され採掘されるだろう。

三三　国家がどのような体制をとれば、全アテナイ国民が国から十分な生活の糧を得られるかということについてもすでに語り終えている、とわたしは思う。三四　これらすべての計画には莫大な財力が必要であると計算し、十分な資金がもたらされることはけっしてないだろうと見なしている人がいるなら、それらの人はそのように悲観すべきではない。三五　というのは、これらすべての計画は同時に達成されねばならず、でなければこれらの計画はどれも役に立たない、というのではないからである。家が建てられたり、船が建造されたり、奴隷が買い取られたりした場合、その数がいくらであろうと、それらはただちに役立つだろう。三六　次の点からも、計画は分割して順番に実現されていくほうが、一度にすべてが完成されるよりも、有益であろう。事実、われわれが、一斉に家を建築すれば、順番に計画を成就していくよりも多くの費用をかけながら、粗悪な家を得ることになる。また、われわれが、莫大な数の奴隷を求めることになれば、劣った奴隷を高価な値で買い取らざるをえなくなるだろう。

三七　なお、われわれは、能力に応じて計画を実行に移せば、すぐれた知識を再度自分のものにすることができると思う。また、誤りがあれば、われわれはそれを避けることができるだろう。三八　しかも、すべての計画が一度に手がけられることになれば、われわれは計画実現に必要なすべてのものを同時に調達しなければならなくなる。だが、計画の一部が着手され、ほかが先送りされるなら、計画の達成による収入がこの後の必要な計画の実現に役立つだろう。

三九　すべての人は、国家が奴隷を多く所有しすぎると、仕事に対して人間が多くなりすぎないかということが最大の不安であると思っているのではなかろうか。しかし、年々の仕事自体が必要とする人数以上に多くの人間を投入しなければ、われわれはこの不安から解放されるだろう。

四〇　このように、最も容易である方法により、計画をも最もすばらしく達成しうる、とわたしは思う。他方、あなたがたが、最近の戦争(1)において課せられている特別税を収めているために、どれほどの額であれ寄付することはまったくできないと思うなら、講和前に税金が産み出していた財貨だけで、来年も国家の行政を司るがよい。そして、国家が、平和であって在留異国人と商人に配慮し、人間がより多く集まるようにより多くのものが輸出入され、港と市場が大きくなることにより得るものを、あなたがたは、国家から受け取り、収入が最も多くなるように、制度を整えるべきである。

四一　また、戦争が起これば、制度自体が無になるのではないかと心配する人がいるなら、その人は、この制度が機能するかぎり、戦争は国家にとってよりも攻撃者にとってのほうがはるかに恐ろしいものであるということを、心に留めるがよい。四二　戦争には人間より有用なものはないのである。彼らは国家のために多くの船に乗組員を配備することができるだろう。また、多くの人間が、入念に訓練されると、［国のために］歩兵としても敵に激しい攻撃を加えることができるだろう。

四三　わたしは、戦争の間でも銀山は放棄されることはありえない、と思っている。なぜなら、鉱山の近くにはもちろん城塞があり、その一つは南の方向のアナプリュトス、[2] 別のものは北の方向のトリコス[3]にあるからである。これらの城塞はたがいに約六〇スタディオン[4]離れている。**四四** したがって、両城塞の間すなわちベサ[5]の最も高い地点にも第三の城塞があると、城塞はすべて一つに繋がるだろう。また、戦いの報せを聞いた場合でも、各人は、少し退くだけで、安全な場所に行けることになる。**四五** 敵が大挙して攻めてきた場合、城壁の外で穀物あるいは葡萄酒あるいは家畜を見つければ、敵がそれらを略奪するのは明らかである。しかし、敵は、銀鉱を手に入れたとしても、石を使用する以上のことができるのだろうか。**四六** また、敵はいったいどのようにして鉱山を襲撃するのだろうか。実際、最も近い国のメガラ[6]でも銀鉱からは五〇〇スタディオン[7]よりはるかに遠く離れているのであり、メガラの次に近いテバイでも六〇〇スタディオンよりずっと遠いのである。**四七** したがって、敵は、どこかそのようなところから銀鉱山へ向かって進撃するなら、どうしてもアテナイの都市を通過しなければならないだろう。そして、敵が少数であれば、騎兵や警備兵に全滅させられるのは、いうまでもなかろう。しかも、大部隊で進軍するとなれば、敵は自分の領土を無防備にすることになるが、それはむずかしいことである。なぜなら、アテナイ人の国と敵の国との距離のほ

(1) 前三五六―三五五年の同盟都市戦争。
(2) アッティカの一地区。
(3) アッティカの一地区。
(4) 約一一キロメートル。
(5) アッティカの一地区で山がある。
(6) アッティカの西、イストモス(コリントス地峡)の北にあるメガリスの首都。
(7) 約九二キロメートル。

うが敵自身と鉱山との距離よりはるかに近いからである。**四八**　かりに敵が侵入した場合でも、食糧を保有せずに、踏みとどまることはとうていできないだろう。また、敵が兵力の一部で食糧の調達をするのは、食糧を求めに行く兵士にも、敵の戦いの目的達成にも危険になる。だが、全兵力が食糧の探索に向かえば、敵は相手を包囲攻撃するよりも、むしろ自分のほうが封じ込められるだろう。

四九　ところで、奴隷から得られる賃貸料が国家のために食糧を増加させるだけでなく、鉱山近辺には多数の人が集まるから、その土地の市場、銀鉱周辺の国有家屋、溶鉱炉その他すべてのものからの収入も多くなるだろう。**五〇**　というのは、さきに説明したように、制度が整えられるなら、人口稠密な都市が力強く生まれ、その地域に土地を所有する者にとっては、その土地の価値は都市周辺の価値とまったく変わらなくなるからである。

五一　さて、わたしの述べたことが実現すると、国家の財産はさらに豊かになるのみならず、国民はいっそう服従的になり、より規律正しくなり、戦闘能力をさらに高めることにもなるということに同意しえよう。**五二**　なぜなら、体育訓練を受ける者は、松明リレー競走[1]の体育監督官が与えるより多くの生活費を受け取れば、体育学校において戦闘能力を高める訓練をさらに激しく行なうからである。さらに、要塞の警備、楯兵としての勤務、土地の巡察を命じられた者も、これらの仕事の各々に対して生活費が与えられるなら、これらの任務のすべてをいっそうよく果たすだろう。

第五章

一　国がすべての収入を得るには、平和でなければならないことが、自明の理であるなら、平和監視委員会を設置するのも正当なことではないか。たしかに、平和監視委員自体も、選ばれたとなると、この国をすべての人間が押しかけていきたくなるようなひじょうに好ましい、したがって人口密度もはるかに高い国にするだろう。二　この国が平和維持をしつづけるなら、勢力と栄誉と名声をギリシアにおいて失うことになると考える人がいるなら、少なくともこの人は愚かな考えをしている、とわたしは思う。というのは、最も長い期間にわたって平和でありつづけるような国家が、おそらく最も幸福なのであり、すべての国のうちでアテナイが平和において本来最も繁栄することになっているからである。三　国家が平穏であれば、船主や商人をはじめとする人々はたしかに国家を必要とするだろう。穀物の大量所有者、葡萄酒の多量保有者もそうだろう。オリーブ油や家畜を豊富に所有する者が国家を必要としない理由はないだろうし、頭脳と金銭で利益をあげることができる者も同じだろう。四　職人、ソフィスト、哲学者、詩人と詩人の作品を利用する者、聖なるものにしろ俗なるものにしろ見る価値のあるもの、あるいは聞く価値のあるものを求める者は、

（1）聖なる火をチームが祭壇から祭壇へ運ぶ競走。アテナイではプロメテイア祭、ヘパイスティア祭、パンアテナイア祭の一部になっている。

国家を必要とするだろう。さらに、多くのものを早く売りあるいは早く買う必要のある者も、アテナイ以外ではどこであっても、このような効果のある早い売買には恵まれないだろう。

五 以上のことには誰も反論しないが、国家が他国に対する支配権を取り戻すのを望む者が、平和によってよりも戦争によってそれが達成されると思うなら、その者は、まずペルシア戦争のことを思い浮かべ、われわれが艦隊の指揮官(1)やデロス同盟の財務官になれた(2)のはギリシア人に圧力を加えたからであるのか、それとも彼らに好意を示したからであるのか、を考察すべきである。**六** なお、この国が島々をあまりにも苛酷に統治したと見なされたために(3)支配権を失ったが、その後でも、われわれは、不正をやめるとそのときに、島民の自由意思に基づき艦隊の指揮官になった(4)のではなかったのか。**七** またテバイ人も、好意を受けたから、自分をアテナイ人の支配下に置いたのではなかったのか。それだけではない。ラケダイモン人も、われわれに強制されたからではなく、好意的な扱いを受けたから、彼らの望みどおりアテナイ人が主導権を握るのを許したのである。(5) **八** 現在、ギリシアには動乱が起こっているゆえに、この国が苦労もなく危険も冒さず出費もせずにギリシア人との友好を取り戻す機会に恵まれたと思う。なぜなら、わが国はたがいに戦いあっている国々を和解させる試みをすることもできるし、それらの国々に党派争いがあるのなら、その調停をすることもできるからである。**九** もしあなたがたが戦争をともにすることによるのではなく、ギリシア中に使節を送ることにより、デルポイの神殿が以前のように独立するようにと努力しているのが明確になるなら、全ギリシア人が心を一つにして誓いを結び、ポキス人が放棄した神殿(6)を占拠しようと試みる者を敵視する同盟者になるのをあなたがたが目にしても、わたしはけっして驚かないと思う。**一〇** さらに、わたしは、陸上でも海上でもいたるところが平和であるようにとの、あなたがたの配慮が明らかになるなら、すべての人が自分の祖国の次にアテナイの安全をとくに祈願するだろう、と思うのである。

一一　これに対して、財政的には戦争のほうが平和より国家にとって有益であると信じている人がいるとすれば、この点に関しては過去の事件が国家にとってどのような結果をもたらしたかをもう一度考え直せば、それが最もよい判断を下す方法である、とわたしは思う。一二　昔は莫大な財貨が平和時に国庫に納入されたのに、戦時にはそのすべてが支出されたということが分かるだろうから。また、現在でも注意すれば、戦争によって収入の多くが止まり、収められたものもあらゆる種類の支出に向けられていることに気づくだろう。だが、海上が平和になれば、収入は増加し、国民はそれを望む目的に使用することができるのである。

---

(1) ペルシア戦争のサラミスの海戦において、テミストクレス(前五二八―四六二年)が海軍を率いてペルシアの艦隊を撃破した。

(2) サラミスの海戦後、ペルシアに対抗するためにエーゲ海周辺諸国がアテナイを中心に同盟を結んだ。これをデロス同盟といい、アテナイは同盟資金を管理した。

(3) デロス同盟諸国はアテナイの統治下に置かれたという表現にふさわしい状態になり、同盟諸国はアテナイに貢納するのみならず、領域内の港を通す輸出入品には五パーセントの関税が課せられた。このようにデロス同盟＝アテナイ帝国となり、圧政が続いたために、同盟諸国の反乱が起こった。

(4) 第二次アテナイ同盟のことが述べられている。一〇九頁註(1)参照。

(5) ラケダイモン人がペルシア戦争においてアテナイの主導権下で戦ったことが示唆されている、と思われる。

(6) 第二神聖戦争(前四四八年)において、アポロンの神殿のあるデルポイはポキスから独立し、ポキスはアポロンの神殿を放棄した。

一三　しかし、わたしは、「お前は、国家に不正を加える者がいる場合でも、その者に対してさえ平和を護らねばならないというのか」と問われれば、それを否定する。むしろわれわれは、いかなる者に対しても先に不正を犯していなければ、不正な者にいち早く懲罰を下すのだ、とわたしはいう。不正な者には同盟する者がいないからである。

第六章

一　ところで、これまで述べてきたことには、事実、不可能なこと、むずかしいことがなく、これらのことが実行されることにより、われわれはギリシア人にとってより好ましい者になり、はるかに安全に住めるようになり、いっそうの称賛を受けるようになるだろう。また、国民は十分な食糧を手に入れ、富める者は戦争のための支出を免れる。他方、われわれもありあまるほど豊かになって、いまよりもさらに盛大に祭りを祝い、神殿を再建し、城壁と造船所を修復し、神官、評議会、行政職、騎士に伝来の権利を返そうとするだろう。そうなれば、われわれの時代のうちに、国家が安全に繁栄するために国家に寄与しようと、われわれができるだけ早くわたしの述べたことに着手するのは当然だろう。

二　さらに、あなたがたが以上のことを実行するのがよいと信じるなら、ドドナ(1)とデルポイ(2)に使節を送り、国家がさきに述べたような対応をすれば現在も将来もよくなるのだろうかと神々に尋ねるのがよい、とわたしは助言する。三　神々がこれに同意すれば、これをすばらしく立派に成し遂げるにはいかなる神々の意に叶うようにすべきかを、さきに挙げた神々に尋ねなければならない、とわたしは再度述べる。そして、さきの神々が選んだ神々には当然のことではあるが犠牲を捧げたうえで、神々の同意したことを実行しはじめるべきであることも、わたしはつけ加える。というのも、神の助力を得て行動すれば、その行為がつねに国家のいっそうの幸福と繁栄に向かうことになるのはいうまでもないからである。

(1) ギリシア本土西部地域エペイロスの中部にある都市。そこにゼウスの神殿があり、神託が下される。

(2) デルポイの神殿に祭られる予言の神アポロンが神託を下す。

騎兵隊長について

第一章

一　何よりもまず、君は神々に犠牲を捧げて次のように願わなければならない。神々にこのうえなく喜ばれると同時に、君自身と友人と国家に最大の愛情、栄光、利益をもたらす指揮をとりうるような思考、言説、行動をさせてください、と。二　神々が好意を示されると、君は騎兵隊員の法定数(1)が満たされるように、また現在の隊員が少なくならないように騎兵を募らなければならない。騎兵が新たに加わらなければ、隊員はたえず減少していくだろう。ある者は老齢のために退役し、ある者は他の理由で去っていくからである。

三　騎兵隊員の数が充足すると、君は馬が激務に耐えうる訓練を受けられるよう配慮しなければならない。激務に耐えられない馬は逃げる敵を捕らえることもできなければ、追いかけてくる敵から逃げることもできないからである。また、君は馬が有用であるように注意しなければならない。従順でない馬は、味方よりむしろ敵を利することになる。四　乗馬の際に暴れる馬は除外されねばならない。このような馬はしばしば敵よりも多くの害を与える。さらに、荒れた土地をも乗れるように、馬の足にも気を配らねばならない。駆けるときに苦痛を感じるようであれば、そのような馬は荒れた土地では役に立たないということは、君には分かっているところである。

五 馬が意のままになると、まず、それに必要な騎兵を馬に飛び乗れるように訓練しなければならない。すでに多くの者がこれにより助かっている。次に、あらゆる種類の土地で馬を駆れるように練習しなければならない。戦争はそのときによって異なった場所で行なわれるからである。**六** 騎乗を確実にこなすようになると、できるだけ多くの者が、馬上から槍を投げられるように、さらには騎兵に必要な他のあらゆることをこなせるように心がけねばならない。

このあと、馬と騎兵に、自らはできるだけ傷を受けず、しかも敵には最も大きな損害を与えることができるように武装させねばならない。**七** それから、兵士たちが従順であるように工夫しなければならない。でなければ、すぐれた馬も、熟練した騎兵も、立派な武器もなんの役にも立たない。

以上のすべてが都合よくいくように、騎兵隊長がこれらの指導をするのは、当然のことである。**八** だが、これらのすべてを騎兵隊長一人で成し遂げるのは困難であると国家も見なし、彼の協力者に分隊長(2)を選び、評議会(3)には騎兵隊の監督を一部分担させるように命じた。だから、君が自分と一緒に分隊長も騎兵隊に役立つことを熱望するように仕向けること、評議会のなかに自分に対して好意を抱く弁論家をもつことが有益である名称は分隊長ではないかと思う。

（1）「解説」二七四頁参照。

（2）軍隊の組織から見れば、部下の数は多すぎるが、騎兵隊長が五〇〇人を指揮するのであるから、これと釣り合いのとれる名称は分隊長ではないかと思う。

（3）アテナイでは重要な役割を果たす会議で、行政に関することなどを討議、決定した。

る、とわたしは思っている。後者の意図は、(兵士が、恐怖を覚えれば、よりよい行動をするから、)弁論家が弁論により騎兵を恐れさせること、また評議会が不都合なときに怒れば、それを宥めることにある。

九 以上は、君が注意しなければならないことの覚え書きである。これらの各々を最もよく達成しうる方法をこれから述べよう。

ところで、騎兵は法に則り財力と体力において最もすぐれた者を法廷に呼び出すか、説得するかして任命しなければならないのは、いうまでもない。**一〇** 法廷には、召喚されないのは賄賂のおかげで召喚されないのだと思われるような者を召喚すべきだ、とわたしは思っている。君が最も能力のある者を最初に強制しなければ、それはそのまま能力の劣る者にとっての任命拒否の口実になるからである。**一一** さらに、馬術のすばらしさを説くことにより、若者には騎兵になることへの願望を抱かせ、彼らの後見人に対しては、被後見人が騎兵になることに彼らが反対すれば、代わりに自分の財力で馬を飼うように、君でなくても他の者により、強制されると教えれば、その反対をやわらげることになる、と思われる。**一二** また、彼らの子供が君の指揮下で馬に乗るなら、その子供が途方もない浪費をして馬を買うようなことをやめさせるように、彼らが速やかに有能な騎手になるべく君が配慮するといえば、後見人の反対はやはり小さくなるだろう。このように述べた以上は、君はこのことを実行しなければならない。

一三 現役の騎兵に対しては、評議会が、将来二倍の騎乗をしなければならず、それに適応できない馬は除外しなければならないという布告をして、馬によりよく飼料を与えるとともに馬への注意をより多く払わせるようにするのがよいと思う。**一四** 悍馬が排除されると布告することもよいことだ、と思われる。実際、この脅しは、このような未調教の馬をいっそうよく調教するとともに、より慎重に馬の購入をするように仕向けることになる。一五　乗馬訓練中に跳びはねる馬は除外されると公示されることも、よいことである。このような性格の馬を整列させることは不可能であり、敵に向かって突進しなければならない場合でも、そのような馬は最後からついていかざるをえなくなり、その結果、馬の性悪のために騎兵も無能になる。

一六　馬の足を最もよい状態であるようにするのに、より楽で安価な練習法があるなら、その方法が採用されるとよい。だが、もしそのような方法がなければ、経験からして、わたしは次のようにいう。一ムナ(1)前後の重さの石を道路から多数集め、それらの石をばら撒き、廐から馬が出てくると、その石のなかに馬を立たせて、馬櫛で梳《す》くべきである、と。このようにすると、馬は梳かれるときも、蠅に悩まされる場合でも、たえず石の上を歩くことになる。以上のことを試みる人は、馬の足が丸く見え、わたしのいう他のことをも信じるようになるだろう。

一七　馬が必要とされる能力を身につけたとなると、次にわたしは騎兵自身が最も有能になる方法を述べていこう。

われわれは、彼ら騎兵のうちの新兵には、馬に飛び乗る方法を自分で習得するように説得するのがよいが、教師をつけてやると君は当然称賛されるだろう。この一方で、古参兵をペルシア方式で他の者の助けを受け

---

(1) この場合は重さの単位で、約六〇〇グラムにあたる。

て乗馬すること(1)に慣れさせれば、君は彼らを助けることになるだろう。

一八　騎兵がさまざまな土地を走っても、馬にしっかり乗っていられるようになるには、戦争のないときでも、しばしば騎兵を野外に連れ出さねばならない。だが、それはおそらく面倒なことであろう。だから、君は、騎兵を集めて田舎へ馬を駆るときにも、他のどこかへ行くときにも、彼らに馬を道路からはずれさせ、あらゆる種類の場所で速駆けの訓練をするように勧告すべきである。こうするのは、馬を野外に連れ出すのと同じような効用があり、しかもこれにかかる苦労は同じでない。一九　そして、戦争になれば、騎兵隊を探し求める必要がなく、すでに準備の整った騎兵隊をただちに出動させることができるのである。また、このために国家は、騎兵隊への年約四〇タラントンの出費にも耐えている。以上のことを騎兵隊員に思い出させるのは有益である。このようなことを念頭におけば、騎兵も、戦争の起こった場合には、国家と名誉と生命のために未熟でない兵士として戦わねばならない、と馬術にいっそう励むようになるのは当然だろう。二〇　また、いつかは自分が騎兵を率いてあらゆる土地を通っていく、と君も彼らに予告しておくのは、役に立つことであろう。さらに、模擬戦の演習においてそのときどきに違った場所へ連れ出すのはよいことだ。それは騎兵にも馬にも有益なことである。

二一　分隊長は槍投げの訓練のためには隊の先頭に立って馬を駆らねばならない、と君が分隊長に告知するなら、大多数の者が馬上から槍を投げる訓練をする、と思われる。なぜなら、各分隊長は、当然のことながら、できるだけ多くの槍投げ手を国家に提示しよう、と熱心に努めるからである。

二二　そのうえ、国家の視点からして、自分の武装より隊の輝かしい装備で飾られるほうが、はるかに名誉なことであると納得すると、分隊長は騎兵が正しく武装するのに最大の寄与をする、とわたしは信じている。二三　栄光と名誉を求めて分隊長であろうと努力するのであれば、以上の点に関しては彼らはおそらく説得しづらくないだろう。［また、］彼らは法に従い自ら出費することなく騎兵に武装させることができる。(2) すなわち、法の定めるところにより騎兵の給料で武装させることを強制できるのである。

二四　君の指揮下にある兵士が服従するようになるには、服従することにいかに多くの利点があるかを言葉でも教え、行動でも［法に従い］服従する兵士には利益を受けさせ、不服従の兵士には不利益を被らせることが重要である。

二五　君の指揮下の前衛騎兵(3)にできるだけ立派な武装をさせ、槍投げの訓練をできるだけ多くするよう強要し、君自身が槍投げに熟練して、彼らに教えるのがよい。それが、すぐれた装備をした隊の指揮をとることを各分隊長に名誉だと思わせる最も強い励ましとなる、と思われる。二六　わたしは思うに、観閲式において、騎兵隊が示した訓練成果のすぐれていると見なされるすべての者に賞品が与えられるなら、すべてのアテナイ人の競争心をとりわけ強く駆り立てるだろう。このことは、コロスにおいてもわずかな賞品のために多くの労苦と大きな支出がなされていることから、明らかであろう。しかし君は、勝利を獲得した場合で

(1) 鐙《あぶみ》のなかった時代には、ギリシア人は馬に飛び乗らねばならなかった。馬丁は背の低い人や不器用な人あるいは老人に対して、ペルシアでしているように自分の両手を合わせたうえに彼らの膝を乗せて持ち上げ、乗馬を助けたのである。

(2) 新兵の払う入隊金をこの武装にあてることをいっている。この入隊金は退役のとき返還される。

(3) 騎兵隊長が自分のそばに置いている騎兵のこと。

も、それを公平な審判のもとで獲得したと誇れるような審判を見いださねばならない。

第二章

一　そこで、君の騎兵がこれらすべてのことに熟達すると、彼らは当然次のような隊形をも習得しなければならない。それは、この隊形をとることにより、彼らが、神々のために最も美しい行列を行ない、最もすばらしく馬を駆り、必要なら最も勇敢に戦い、このうえもなく容易にしかも見事な隊伍を組んで道路を行進し、川を渡れるようにするものである。だから、いまから、彼らが最もすぐれたことを実行しうると思われる隊形を説明しよう。

二　さて、騎兵は国家により一〇の隊に分けられている。わたしは、まずこれらのうち、男盛りで、すぐれた働きをし、しかもその働きが評判になるという名誉をとりわけ強く求める騎兵のなかから一〇人担当の班長[1]を、各分隊長の意見を徴して、任命すべきである、と主張する。そして、これらの班長は、最前列に位置しなければならない。**三**　これら班長の次には、最古参で最も思慮のある者のうちから、班の一〇人の最後尾に位置する騎兵を班長と同数選ぶべきである。比喩を使用すると、刀の刃が強く、峰がしっかりしている場合には、鉄である刀が鉄をとりわけよく切るようなものであろう。

四　先頭と最後尾の間に入る騎兵については、班長が自分のすぐあとに位置する兵士を選び、他の者もそのようにして自分のあとに並ぶ兵士を選ぶと、当然各人のすぐあとにいる兵士が最も信頼している騎兵である、ということになるだろう。
五　最後尾を指揮する最古参者には、もちろんあらゆる点から見て、すぐれた兵士を任命しなければならない。最後尾指揮官がすぐれているなら、敵を攻撃すべき場合は、自分の前にいる騎兵を鼓舞して勇気を与え、また、退却すべき時機がくれば、おそらく隊員を慎重に先導し、彼らの安全を計るだろう。
六　班長が偶数であればたしかに奇数である場合より、隊を多くの等しい部分に分けられる。この隊形がわたしの気に入っているのは、次のような理由からである。それは、まず第一には、最前列に位置する兵士はすべて指揮官になるから、同じ兵士であっても、指揮するようになれば、一兵卒である場合よりも自分が立派な働きをしなければならないと考えるようになる、ということである。次には、何かしなければならないときでも、兵卒にではなく、指揮官に命じるほうがはるかに効果がある、ということである。
七　ところで、このような隊形をとると、騎兵隊長から分隊長に各自の騎行する土地が前もって通告されるのと同じように、分隊長から班長にもそれぞれの進むべき方向が指示されなければならない。というのは、このように前もって知らされておれば、ちょうど劇場から出ていくことになる人々が押しあいへしあいするような場合より、はるかによく秩序が保たれるだろう。八　そして、前方から攻撃される場合は、最前列にいる騎兵は、そこが自分の場所だと認識しているから、また背後から何者かが現われると、最後尾の騎兵は、隊列を離れるのは恥辱であると自覚しているから、戦闘への意欲をいっそう高めるのである。九　だが、隊

（1）一〇人の部下を担当するのは、軍隊組織における班長にあたると見てよいのではないか。

形を整えていないと、狭い道路や橋において味方どうしで混乱し、敵に対して誰もすすんで戦闘配置につこうとしない。

すべての騎兵は、指揮官に対して揺るぎのない協力者であろうとするなら、以上のすべてに熟達していなければならない。

第三章

一　以下のことは、騎兵隊長自らが配慮しなければならない。まず第一は、騎兵隊のために神々に犠牲を捧げて吉兆を得るようにすること、次には、祭りに見ごたえのある行列をするようにすること、さらには、国家に示さねばならない他のことを、すなわちアカデメイア(1)、リュケイオン(2)、パレロン(3)、ヒッポドロモス(4)における観閲式をできるだけ見事に行なうようにすることである。

そして、以上のことは、さきのものに加えられる覚え書きであるが、これらの各々が最もすばらしく挙行される方法を正確に述べていこう。

二　ところで、アゴラ(5)にある神殿や神像を、ヘルメス像(6)から始めて、騎馬で［アゴラと神像の周りを］巡回し、神々に畏敬の念を示す行列をすれば、神々にとっても見物人にとってもこのうえなくその意に叶うものであろうと思う。ディオニュシア祭(7)においても、コロスが他の神々、とりわけ一二神を舞踊により喜ばせるのである。

そして、彼らが巡回し終わって再びヘルメス像に戻ったとき、そこからエレウシニオン(8)まで分隊ごとに騎馬を全力で疾駆させるのはすばらしい、と思われる。三　また、槍ができるだけ交錯しないようにするすべについて付言しておこう。槍が恐ろしくしかも整然と並んでおり、同時にその数が多く見えるようにするには、騎兵は各自馬の両耳の間に槍を構えねばならない。

四　彼らが全力疾走を終えると、今度は以前と同じ道を神殿へ騎馬に乗ってゆっくりと戻るのがよい。こうすれば、人が乗った馬に関することがすべて、神々と人間に示されたことになるだろう。

五　騎兵が以上のことをするのに慣れていないのをわたしは知っている。だが、それらのことが立派ですばらしく、かつ見物人には好ましいことである、とわたしは信じている。さらに、騎兵隊長が自分の計画したことを騎兵に納得させる能力をもっていた時期には、騎兵が他のすばらしい技術をも見せたことを、わたしは知っている。

六　彼らがリュケイオンにおいて槍投げの前に騎馬行進する場合には、騎兵隊長と分隊長たちが指揮する

---

(1) アテナイ付近のオリーブの森。
(2) アテナイ付近の森と体操場。
(3) アテナイの古い港。
(4) ペイライエウスの北西地区にあったと思われる。Loeb Classical Library, Xenophon VII, *Scripta Minora*, The Cavalry Commander, III, 1, p.250, n.1 に従った。
(5) 市民生活の中心になっている広場。
(6) ストア・バシレイオスとポイキレーの両建物の間に二列になって立っているヘルメス神像。
(7) 春の初めに行なわれるディオニュソス神の祭り。
(8) デメテルとその娘コレの神殿。アゴラの東南、アクロポリスの北西にある。

それぞれ五箇分隊が先頭になり、横幅全体が走路になる隊形を組んで、戦闘に向かうように駆けるのがよい。**七**　そして、彼らが向かい側に見える劇場[1]の最高所を過ぎると、相当数の集団であっても斜面を一気に駆け降りる能力が騎兵にあることを君が示すなら、それも疑いなく有益なことであると思う。**八**　実際、騎兵に速く駆ける自信があれば、彼らがそれを示すのをひじょうに喜ぶだろうということをわたしはよく知っている。だが、彼らが騎馬走行の練習をしていなければ、敵が彼らにこの走行を強要しないように注意しなければならない。

九　観閲の際にこのうえもなく見事に駆けうる隊形は、すでに述べたところである。なお、班長が、丈夫な馬をもっている場合には、つねに外側に並ぶようになる縦列を率いて馬を円形に走らせるようにすれば、彼自身がいつも速く走ることになると同時に、順番に彼と一緒に外側に位置するようになる騎兵もまた速く駆けることになる。この結果、評議会は速く駆ける騎兵隊をいつも見ることになる一方、馬は順番に休むことになるので、疲れることはない。

一〇　ところで、競馬場で観閲式がある場合には、まず競馬場を横隊で並ぶ馬で埋めて、中央から人々を追い出すように、隊形を組むのがよいだろう。**一一**　また、分隊は模擬騎兵戦において迅速に逃走したり追跡したりしあうのであるから、騎兵隊長が五箇分隊を指揮するときには、両側の分隊はそれぞれ相互の間を駆け抜けるのがよい。このような観閲式において騎兵がたがいの前面に向かって突進するのは壮絶なことであり、競馬場を駆け抜けたあと騎兵が再び向かいあうのは、すばらしい。ラッパの合図で再度さらに速い次の攻撃が行なわれるが、それは見事なものである。**一二**　休止のあと、またラッパにより分隊は三度目の攻撃をする。この攻撃はたがいに全速力で行ない、相互の間を走り抜ける。が、そのときにはすでに、観閲式を終えるために、すべての分隊は、諸君がつねにしているように、隊列を整えて評議会に向かって進んでいかねばならないのである。一三 わたしの思うところでは、以上のことはより斬新で戦争らしく見える。だが、分隊長より遅く駆けたり、彼らと同じ仕方で騎行するのは、騎兵隊長にはふさしくない。

一四 なお、アカデメイアの堅い土地で馬を走らさねばならない場合には、次のようなことをわたしは推薦する。それは、馬から振り落とされないように、自分の身体を後ろに反らした姿勢で騎乗しながら馬を駆けさせ、方向転換の際には馬の倒れるのを防ぐということである。しかし、直線路においては疾駆すべきである。実際、このようにすれば、評議会は安全で見事な乗馬を見ることになるだろう。

第四章

一 行進の際には、騎兵隊長は、適度に騎行させ、また適度に歩行させて、馬の背を休ませる一方で、騎兵を休ませるよう、つねに配慮しなければならない。注意さえしておれば、適度ということを間違えることはないだろう。各人自らが尺度であるから、疲れすぎていれば、それに気づかぬはずはない。

二 しかし、敵に遭遇するかどうか分からずに、どこかへ行進するときには、君は隊を交代で休息させる

(1) ディオニュソス劇場のこと。

べきである。全員が下馬しているところへ敵が攻め寄せてくると危険だからである。

三　狭い道路を馬で進むときには、君は命令を下して縦隊を作らせ、騎兵を率いていかねばならない。だが、広い道路に出ると、君は各隊の前面を再び広くしなければならない。なお、諸君は平坦地に到着すれば、すべての隊に戦闘隊形を組ませるべきである。というのは、このようにすることは、訓練のためにもなることであり、また、種々の騎馬隊形をとることにより、行軍に変化をもたせ、より容易に道程を走破するために有益である。

四　しかし、道路をはずれて困難な地形を進んでいくときには、敵地であろうと味方の土地であろうと、若干の先導騎兵が各分隊に先行するのがよい。彼らは通過できない森林に行き当たると、迂回して開けた土地に到着し、進むべき方向を騎兵に示して、全軍を迷わないようにするのである。

五　どこか危険な地域を諸君が通過するときには、斥候が偵察しながら前衛の先導をするのが、賢明な騎兵隊長の責務であろう。敵にできるだけ遠くから気づくことは、攻撃にも防御にも役立つのである。渡河の際には、後衛が指揮官を追いかけて、馬を乗りつぶすことのないように、後衛を待つのも有益である。以上はほとんどすべての人が知っていることであるが、このことに留意しつづける人は多くない。

六　平時においてもなお敵の国と味方の国について知るように努めるのは、騎兵隊長にふさしいことである。だが、隊長自身がその知識をもっていない場合には、他の者たちのうちでそれぞれの土地について最もよく知っている者に助力を求めるのがよい。道を知っている指揮官と知らない指揮官との間には雲泥の差があるし、敵を攻撃するにしても、土地を知っている者は知らない者よりはるかに有利である。

七　戦争が起こる前でも、諜報活動者が敵味方の双方に友好的である国の出身者、とりわけ商人の出身者であるように計らねばならない。というのは、何かを輸入する者を、すべての国々が、つねに好意を寄せている人間として受け入れているからである。ときには脱走者を装う諜報活動者も役に立つ。八　しかしながら、諜報活動者に信頼をおいて監視をなおざりにするのではなく、敵が接近していると報告された場合のようにつねに準備を整えておくべきである。諜報活動者が全幅の信頼をおける者であっても、時機を失せず報告するということはむずかしいことなのである。戦争においては多くの障害が起こるのであるから。

九　騎兵隊の出発については、それが伝令あるいは通告書により伝えられる場合よりも、口頭で順次伝えられる場合のほうが、敵に気づかれにくいだろう。したがって、口頭による順次の伝達で出発するためにも、各人ができるだけ少数の騎兵に口頭伝達するように、班長が自分以外に班長補佐を任用するのがよい。また、このようにすれば、班長補佐は時機がくれば混乱なく騎兵を前方に向かわせて、隊の前面を拡大させるだろう。

一〇　哨戒する必要のある場合には、わたしは、いつも人目につかぬ歩哨や監視兵の配備を勧める。このようにすれば、それらは、一方では友軍の防衛兵となり、他方では敵に対する待ち伏せ兵になる。一一　と同時に、彼ら自身も、人目につかないから、それだけ奇襲を受けにくくなるし、敵に対してはより恐ろしい存在になる。それは、どこかに監視兵がいると分かっていても、監視兵がどこにいて、どれだけの兵力であるのかが分からなければ、敵は安心しておれず、あらゆる場所に疑念をもたざるをえなくなるからである。これに反し、人目につく監視兵は、危険な場所と安全な場所を敵に明らかにすることになる。一二　監視兵を潜ませておく指揮官は、前方に配置された少数の明らかに人目につく監視兵を利用して、敵を潜んだ監視兵の待ち伏せへ誘い込む企てをすることもできる。また反対に、隠れた監視兵の背後に、ときにより明らかに目につく他の監視兵を置いて見張ることも、罠への誘導になるだろう。このことも、さきに述べたことと同じように、たしかに敵を欺く計略になる。

一三　しかし、賢明な騎兵隊長なら、自分のほうが敵よりも優勢であることが前もって明白である場合を除いては、すすんで危険を冒すようなことはすべきでない。敵の最も好むことに協力するのは、勇敢な行為であるというより、むしろ味方に対する裏切り行為であると判断されるのも、当然である。一四　そして、敵の弱いところがあれば、それがたとえ遠くにあろうとも、そこを襲撃するのが賢明なことである。というのは、優勢な敵軍と戦うよりも、おおいに苦労するほうが危険が少ないからである。一五　だが、敵が自国の城塞と友好国の城塞の間に侵入してきた場合には、敵がはるかにまさっていようとも、敵に気づかれずにいるその場所から君が敵を襲うのは立派なことであり、また、同時に両側から敵を攻撃するのもすばらしいことである。実際、味方の一方が退却するとき、味方の他方が即座に敵の反対側へ突進すれば、敵を混乱させ、味方を救えることになる。

一六　諜報活動者により敵情を知る努力をすることが有益であることは、さきに述べたところである。だが、隊長自らが、安全な場所があれば、そこから敵を偵察し、彼らの犯している過ちを見つける努力をするのがすべてにまさっている、とわたしは信じている。一七　そして、盗みができるのなら、それに見合った兵士を盗みに行かせるべきであり、略奪ができるのなら、兵士に襲わせて略奪するのを許すべきなのである。また、敵がどこかへ進んでいくとき、君自身の兵力よりも劣勢な敵の一部が敵の本隊から離れていたり、あるいは大胆にも散開しておれば、それを見逃すべきではない。たしかに、より力のない者に奇襲をかけるのは、より力のある者のつねにできることなのである。

一八　注意をよく払う人には、以上のことは次のような理由から理解しうることであろう。それは、人間より知能の低い動物、たとえば鳶《とび》は、見張られていないものをさらい、捕らえられる前に安全な場所へ逃げ込むことができる、という理由である。また、狼は、守られていないものを捕らえ、人目につきにくいものを盗み、一九　そのとき犬が追跡し、襲ってきても、その犬が自分より弱ければ、これを攻撃するが、犬が自分より強ければ、自分の盗んでもっているものは奪ったまま去っていく、という理由もある。さらに、狼は、見張りを侮っている場合は、自分らの一部の狼に見張りを遠ざけさせ、他の狼に獲物を奪うように指示さえするのである。二〇　たしかに、動物が知恵を働かせてこのような分捕りをすることができるのであれば、人間は、人間である以上、これらの動物より賢明であると見られるのは当然であろう。これらの動物自身が人間の策によって捕らえられているのであるから。

第五章

一　ところで、騎兵が歩兵に追いつく距離と遅い馬が速い馬から逃れられる距離を知っておくのは、騎兵のつとめである。また、歩兵のほうが騎兵より優位に立てる土地と騎兵のほうが歩兵より有利になれる土地を判断することも、騎兵隊長の仕事である。二　そして、少数の騎兵であるのに多数の騎兵であると、逆に、多数の騎兵が少数の騎兵であると思われるように、また、いるにもかかわらずいないのだと、いないのにいるのだと信じるように、さらには、敵の土地を奪取するすべのみならず、自分の騎兵を隠しておいて不意に敵を攻撃するすべを心得うるようにする工夫をこらせる者でなければならない。三　なお、自軍が劣勢である場合には、敵が攻撃しないように、敵に恐怖心を起こさせ、自軍が優勢である場合には敵に勇気を与えて自軍に攻撃してくるように仕向けることができるのは、すぐれた術策である。実際、このようにすれば、君自身は、最小の被害ですませながら、最大の過ちを犯した敵を捕捉することになる。

四　わたしが不可能なことを命じていると思われないために、この命令のうちで最も困難であると思われたことが達成されていることをも、これから記していこう。

追撃や退却を企てる者に失敗させないようにするのは、馬の能力に対する経験である。では、この経験はどのようにして得られるのであろうか。それは、友軍との模擬騎兵戦の際、追撃と退却を終えた馬に君が注意を払うなら、得られることなのだ。

五　そこで、騎兵が多数であるように見られるのを君が意図する場合には、次の一事が最初に述べられるべきである。それは、許されるなら、敵の近くで敵を欺く計画を立てないことである。遠いほうが、敵を欺くのには安全であり、欺きの効果もあがるのである。次に、馬は、密集していると馬の大きさのために数多くいるように見え、散らばっていると数えやすくなるということを、知らねばならない。六　なお、停止中の騎兵隊であろうと、移動しているときの騎兵隊であろうと、君が騎兵隊を見せようとする場合には、とくに槍で武装した、槍がなければ槍に似たもので武装した馬丁を騎兵の間に立たせるなら、君の騎兵隊の人数は実態より多く見えるだろう。このようにすれば、隊の大きさは事実より大きく、しかも、なかが詰まっているる、と見えるに違いないのである。

七　これに反し、騎兵が多数であるのに少数であると思われるように願い、しかも、騎兵を潜ませる土地があるのなら、騎兵の一部を人目につく地点に配備し、ほかは見えないところに隠せば、君が騎兵の実勢力を偽れるのは、確かである。しかし、土地がすべて見通せる場合には、君は、班を縦隊から横隊にし、横隊の間隔をとらせながら、横隊で進ませなければならない。そして、各班のうち敵を面前にする騎兵は槍を敵に向けて高く水平に構え、他の騎兵は槍を低く見えないように持つべきである。

八　さらに、偽りの待ち伏せがあるといったり、偽りの援軍が来るといったりして、偽りの情報を流すことにより、敵に恐怖を与えることができる。しかし、敵を勇気づけるのは、自軍に難問が生じ、自軍がそれに手をとられているのを敵が知るときである。

九　以上のことが指示されているが、君自身はつねにそのときの状況に応じた策略を案出しなければならない。事実、戦いにおいては策略より役立つものはないのである。一〇　たしかに、子供でさえ、「数当て遊び」をするとき、石を少ししか握っていないのに多く握っていると思われるように、また多く握っているのに少ししか握っていないと見えるように手を差し出して、欺くことができるのである。成人が、策略に専心すれば、そのような策を考案するのは間違いないだろう。一一　戦いに勝利を得ることを心がける人は、その勝利の大部分が策略によって達成されるのを見いだすだろう。したがって、君は指揮することを企てるべきでなく、他の準備をしながら勝利のための策略を講じることができるよう神々にも願うとともに、自身が策を考え出さねばならないのである。

一二　海の近くにいる者が、船の艤装をしながら陸上で何かをすることも、陸上で何かを企てていると見せかけて海上で攻撃することも、策略である。

一三　歩兵を欠いた騎兵隊が、軽装歩兵に従われた騎兵隊に対して、いかに無力であるかを国家に理解させるのも、騎兵隊長の務めである。また、歩兵をともなった場合に彼らを活用することも、騎兵隊長の役割である。そして、騎兵のなかにばかりでなく、背後においても歩兵を隠すことができるのである。騎兵は歩兵よりはるかに背が高いからである。

一四　以上のすべての考えと、これに加えて、武力あるいは策略により敵を屈伏させようと意図する者が考案することを、神の加護を得て行なうよう、わたしは助言する。それは神々が好意的であるなら運命も賛意を示すようになるからである。

一五　異常に用心深く、けっして大胆ではないふりをすることも、ひじょうに有効な策略であることがある。このことは、敵をしばしば無警戒にしてひどい過ちを犯させるからである。また、一度大胆であると思われると、じっとしながら何かをしているふりをすることにより、敵を困惑させることができる。

第六章

一　しかしながら、芸術家の願いに応じるような素材が用意され、その素材から作られるというのでなければ、いかなる人も思いどおりには創作できないだろう。だから、兵士が神の加護により指揮官に親近感をもち、敵との戦いに関しては兵士より指揮官のほうが賢明な指揮をとるという信頼を寄せるように鍛えられているのでなければ、兵士を役立てることはまったくできないだろう。

二　たしかに、指揮官が部下に親切にし、彼らが食糧を得、安全に退却し、十分な見張りが立てられた状態で休憩するように配慮していると思われると、そのことから［も］部下が指揮官に好意をもつようになるのは、当然である。三　そして、守備隊においても、指揮官は飼い葉、天幕、水、薪その他の必需品の面倒を見、部下の心配をして睡眠をとらないことを示さなければならない。なお、何か余分に得たものがあれば、それを部下に分け与えるのは、上司にとって有益なことである。

四　要するに、指揮官が部下に要求するいかなることにおいても、彼自身が部下よりすぐれた仕事をするなら、部下が彼を軽視することはほとんどないだろう。五　したがって、指揮官は乗馬したまま危なげなく濠を越え、低い塀を跳び越え、丘を駆け下り、見事に槍を投げるのを部下たちが目にするように、馬に乗ることから始めて馬術に関するすべてのことの訓練をしなければならない。これらはいずれも、軽蔑されないようにするのに、なんらかの点で寄与している。六　また、指揮官が戦闘隊形をとらせることを理解し、敵に対して優位に立つように準備する能力をもっていると部下が判断し、さらに、彼が神々への畏敬の念をもち、犠牲の予兆に従って敵を攻撃する指揮をとるというように理性的に振る舞うと部下が信じるなら、これらすべてのことが部下を指揮官に心服させるようにするのである。

第七章

一　指揮官はたしかに賢明でなければならない。しかし、アテナイの騎兵隊長は、神々を崇拝し勇敢である点において、はるかにすぐれていなければならない。というのは、アテナイの騎兵隊長には、自軍の騎兵に匹敵する敵(1)の騎兵のうえに多数の敵の重装歩兵が国境に屯《たむろ》しているからである。二　国家の他の軍事力をともなわずに敵国へ侵攻しようとすれば、敵の騎兵と歩兵の両軍に対して騎兵のみで戦う危険を冒すことになるだろう。また、敵がアテナイの領域に侵入してきたときには、敵は自軍の騎兵のほかにも他国の騎兵を率い、さらに全アテナイ人をもってしても戦うのに十分でないと思われるほどの重装歩兵を率いてくるのにまず間違いはないだろう。三　だが、これほどの多くの敵に対しても国家全体が国土防衛のために立ち上がるならば、よい期待がもてるのである。騎兵に対して必要に応じた注意が払われれば、騎兵は、神の加護を受けてよりすぐれた者になり、重装歩兵も、神の加護のもとに正しい訓練を受ければ、身体については劣る者にならず、精神に関してもより功名心に駆られる者になるのだから。たしかにアテナイ人はボイオティア人に劣らず祖先を誇りにしている。四　だが、ラケダイモン人が全ギリシア人とともに侵入してきたとき(2)のように、国家が艦隊に撤収し、城壁を防衛することで国家が満足し、騎兵が城壁外にあるものを護り、すべての敵に対して独力で戦い抜くのがよいと国家が判断するならば、そのときには、まず第一に国家には神々が強力な味方として必要になるのであり、第二には騎兵隊長が完璧な人間でなければならない、とわたしは思う。はるかに優勢な敵に対しては、多くの思慮と、時機を得たときの勇猛果敢さが必要とされるのである。五　わたしが思うのに、騎兵隊長には事前に考慮する能力がなければならない。国家全体としては対抗しようと思っていない目前の敵軍に彼が雌雄を決する戦いを敢行すれば、優勢な敵軍が思いどおりの損害を彼に加わえうるのに対して、彼がなんの反撃もできないだろうことは明白である。六　しかし、敵を監視し、必要な物をできるだけ遠くの安全な場所へ移動させるほどの兵力でもって城壁外の物を護ることになるなら、騎兵隊長は少数の兵力でも多数の兵力に劣らぬ監視ができる。しかも、自分自身にも馬にも自信をもてない兵士であっても、味方の財産を移動させるのには適している。七　実際、恐怖心が力強い守備協力者であると見なされているとおりである。この自信のない兵士で守備隊を編成する者はおそらく正しい決定を下している。しかし、守備隊以外の残余の兵力を戦闘部隊として保持しようと考える者がいるなら、その者はこの兵力を少ないと思うだろう。平原で勝敗を決するのに、あらゆるものが不足しているからである。だが、この残余兵力を略奪兵として用いる者には、略奪には十分すぎる兵力を保有することになるのはいうまでもなかろう。八　わたしの思うところでは、騎兵隊長は攻撃のためにつねに兵士に出撃の準備を整えさせておき、しかもそのことを敵に悟られずに、敵軍が何か過ちを犯さないか、と見張らねばならない。九　とにかく、兵士の数が多くなればなるほど、失策も多くなるものである。兵士が多いと、食糧を求めて意識的に分散するか、無秩序に行進して必要以上に前進しすぎたり、遅れすぎたりする。一〇　したがって、敵を監視する

（1）テバイを指す。「解説」二七四頁参照。

（2）前四三一－四〇四年のペロポンネソス戦争のときを指す。

指揮官は、敵の失態を懲らしめずに見逃すべきではない。(見逃せば、この地域はすべて敵の軍隊で占められることになるだろう。) このような場合、指揮官は、事を成し遂げると、敵の主力が援軍として攻撃してくる前に退却することを、十分心得ていなければならない。

一一 軍隊は、行軍中もしばしば多数の兵力でも少数の兵力に対してなんら優位に立つことのできない道路を進むことがある。敵の渡河に際しても、賢明な指揮官は、安全に敵を追撃し、意のままに敵を扱い、攻撃したいと思うだけの敵を攻撃することができる。一二 敵が野営し、朝食をとったり、夕食をとったり、さらには寝床から起きあがったりしたときに襲撃するのも、ときにはよいことである。これらすべての場合において、重装歩兵は短時間、騎兵は長時間にわたり、武器を携帯することがないのだから。一三 しかし、敵の斥候や歩哨に対しては、策を講じることをけっしてやめてはならない。これらの兵士はつねに少数が任命されており、往々にして本隊から遠く離れていることがあるからである。一四 だが、敵がこのような攻撃に対してすでに十分に警戒しているのであれば、各地点の兵力と歩哨の位置を調べたうえ、神の加護を受け、敵に悟られずに敵の領域内へ侵入するのがよい。歩哨が捕虜になれば、これほどよい戦利品はない。一五 しかも歩哨は欺かれやすい。歩哨は、目にする少数の敵兵を追跡するのであり、また、そうするように自分たちは命じられていると信じている。だが、退却が敵の援軍とぶつからないように注意しなければならない。

第八章

一　しかしながら、はるかに優勢な敵軍に自らは被害を受けずに損害を加えうる者は、騎兵術の戦闘において自軍は専門家であるが、敵軍は素人であると思われるほど明らかに優位に立っていなければならない。二　この優位は、まず第一に、遊撃を命じられた兵力が戦いの労苦に耐えうるように騎兵戦の徹底的な訓練を終えておれば、獲得されうる。この点においていいかげんな訓練をした馬や兵士は、当然のことながら、女が男と戦うような戦いをすることになる。三　だが、濠を跳び越え、低い城壁を越え、丘の斜面を駆け上がりまた丘から確実に駆け下りる、それも急斜面を速く馬で駆け下りることを教え込まれて慣れている騎兵であれば、この点における訓練を受けていない騎兵に対しては、鳥が歩行動物よりすぐれているように、優位に立つだろう。また、荒れた土地に対しては、十分に足を鍛えた兵士は、身体健全な人間が肢体不自由な人間と相違しているように、足を鍛えていない兵士にまさっている。さらに前進する場合と後退する場合に、地形に精通している者と土地に不慣れな者とは、目の見える者と盲目の者のように、相違している。

四　十分に飼料を与えられた馬が、よく訓練をほどこされると、苦しい仕事においても息を切らさないように立派に鍛えあげられるということも、承知していなければならない。はみと乗馬用の布[1]は革紐で結ばれ

（1）古代ギリシアでは鞍がなく、その代わりに布を馬の背に敷いていた。

ている［有用なものである］から、騎兵隊長は革紐をけっして途切れさせてはならない。わずかな出費さえしておけば、騎兵隊長は窮地に陥る騎兵を有用な騎兵にすることができるのである。

五　ところで、このような馬術の練習をしなければならないのなら、多くの苦労をすることになると思う人は、体操競技のために修練する者が、馬術をとくに訓練している者より、はるかに多くの、辛い労苦をしていることに思いを致すべきである。**六**　なぜなら、体操訓練の多くは汗を流す苦労をしながらするものであるが、馬術のほとんどは楽しみながらするものであるから。実際、鳥になりたいと願っている人がいるなら、その人にとっては、人間の行動のうち乗馬ほど鳥の飛行に似ているものはない。**七**　また、拳闘において勝つより戦いにおいて勝利を得るほうが、はるかに誉れは高い。たいていの場合、神々も戦争の勝利に対しては国家に至福の冠を被せるから、国家もこの栄光に与ることになる。だから、なぜ軍事の訓練よりも熱心に他の訓練をする必要があるのか、わたしには分からない。**八**　海賊も、苦難において鍛練をした結果、はるかに強力な者の財産を獲得して生きることができるのだ、と心に留めねばならない。陸上においても、自分の作物を収穫する者は略奪に関係ないが、食物を手に入れられない者は略奪せざるをえない。われわれは働かねばならないか、他人の作物を食べて生きねばならないのである。でなければ、生きることも平和の確保も容易ではない。

九　馬の通行しにくい土地を背後にして優勢な敵を攻撃しようと馬を駆るべきではない、と記憶に留めねばならない。落馬でも、退却する場合と追跡する場合では、同じではないからである。

一〇　なお、次のことを用心するように付言しておこう。それは、敵に向かって攻撃する場合、その敵よりも自分のほうが優勢である思っていても、実際は弱体な兵力で攻撃しているのであり、敵に加えようと思っていた損害を敵からしばしば被る者がいるということである。しかも、敵より自軍が劣勢であるのをよく知っていながら、この敵に保有する全兵力を率いて向かっていく者もいる。一一 わたしは、これとは反対のことをしなければならない、と主張する。すなわち、指揮官は、勝利を得られると考えて進軍する場合には、自分の率いるすべての兵力を投入するのを躊躇してはいけないということである。決定的な勝利を後悔する人はまったくいないのだから。一二 しかし、圧倒的に優勢な敵を襲撃し、できるだけのことをしたあと逃げなければならないことを指揮官が知っている場合、そういうことには全兵力より少数兵力を攻撃に向かわせるほうがはるかによい、とわたしはいう。だが、この少数兵力には最もすぐれた馬と兵が選ばれなければならない。こういう精鋭は、何かを成し遂げたあと、たいした被害もなく後退することができるのである。一三 これに反し、優勢な敵を攻撃するのに全軍を投入し、そのあと退却を意図すれば、最も遅い馬に乗っている兵士は捕虜になり、他の兵士は馬術が未熟なために落馬し、不整地のために抜け出られなくなってしまう。望ましい広い土地は見いだすのが困難だからである。一四 さらに、多数であるために、騎兵は衝突し、邪魔をしてひじょうな損害を与えあうことになる。しかし、すぐれた馬と騎兵は自力でもって退路を開くことができる。とくに、追跡する敵に予備の騎兵で脅威を与える工夫をする場合はそうである。一五 このためには偽りの伏兵も役に立つ。また、味方が姿を現わして追跡する敵を遅らせることができるような安全な場所を見つけておくことも、有益である。一六 しかし、耐久力と速度の点では、少数の兵力が多数の兵力にまさっている度合いが、多数の兵力が少数の兵力にまさっている度合いよりはるかに大きいということも、また明白である。しかも、わたしは騎兵が少数であるから耐久力と速度を増すというのではなく、必要に応じて馬に注意を向け、自分で賢明に馬術を学ぶ騎兵は、多数よりも少数のほうが容易に見いだせる、ということを主張するのである。

一七　ほぼ同数の騎兵と戦うことになる場合、分隊を二隊に分け、その一隊を分隊長が、他の一隊を彼以外の最も有能と見なされる騎兵が指揮するのがよいと思う。一八　そして、この有能な騎兵は、しばらくの間分隊長の指揮する隊列の後尾に続き、敵が近くになって命令が伝達されると、展開して敵への攻撃に馬を駆るのである。このようにすれば、この騎兵分隊は敵軍にとって、より恐ろしくより戦いにくくなるだろう。一九　両隊が歩兵を率いている場合、歩兵が騎兵の背後に隠れていて突然姿を現わし、敵に突撃するなら、勝利をいっそう確かなものにしうると思う。わたしの理解するところでは、思いもよらぬことは、よいことであれば人間をいっそう元気づけるが、恐ろしいことであれば人間をいっそう驚愕させるからである。二〇　伏兵に襲われた兵士は、はるかに優勢であっても、狼狽するということ、また軍隊が敵対して向かいあっている場合は、初めの数日間が最も恐怖を抱くということに思いいたる人なら、以上のことはとくによく分かるだろう。

二一　これらの命令を下すことはむずかしいことではない。だが、賢く、忠実に、積極的に、勇敢に敵に向かって突進する騎兵を見つけること、このことこそすぐれた騎兵隊長にしかできないことなのである。

二二　騎兵隊長は言葉と行動により規範を示すことができねばならない。この規範により、部下は彼に服従し、彼に従い、敵に向かって馬を駆るのが立派なことであると認識し、称賛されることを願い、自分の意図を遂行できるようになるのである。

二三　また、敵と味方の戦列が対峙し、両者の中間に空地がある場合に、騎兵が方向転換したり、追跡したり、退却したりすることになると、［これらの諸行動の］直後は一般に、双方とも遅い速度で進みはじめ、中間の空地において全速力で駆けるのがつねである。二四　しかし、このような振る舞いをするように見せながら、方向転換の直後に全速力で追跡したり、退却したりすれば、敵に大打撃を加えることができ、しかも自軍の主力の近くにいるかぎりは、最少の被害で迅速に追跡できるし、敵の主力からいち早く退くことができるのは、当然である。二五　さらに、各隊列から最強の馬と兵士を四人ないし五人、わからぬよう後に残しておくことができれば、再度方向転換する敵を攻撃するうえで、彼らはおおいに貢献するだろう。

第九章

一　以上のことは二、三度読むだけで十分であるが、騎兵隊長はつねにそのときの状況を考察し、それに対応する配慮をし、適切に事を運ばねばならないのである。騎兵隊長がなさねばならないことをすべて書き記すことは、未来のことをすべて知るのと同様で、不可能なことである。二　わたしの言及したすべてのことのうちで最も重要であると思うのは、よいと判断したことはすべて実行するように心がけることである。正しい判断が下されても、神々の加護を受けて実現される配慮がなされなければ、農業においても、航海においても、支配においてもなんの成果もあげられないだろう。

三　ここで、わたしは、もし二〇〇人の外国人騎兵が配備されれば、［そのことと］騎兵隊の総数が一〇〇〇人の騎兵(1)を、はるかに早く、市民にははるかに容易に満たすようになる、と主張する。これらの騎兵が加わると、全騎兵隊をいっそう信頼しうるように、また相互に勇敢さを競いあうようにする、と思われる。**四**　わたしは、ラケダイモン人が外国人騎兵を受け入れたときに、ラケダイモンの騎兵隊が高く評価されはじめたのを知っている。他の国々においてもいたるところで外国人騎兵隊が名声を博していることに、わたしは気づいている。必要は大いなる努力を生むものであるから。**五**　騎兵隊に配属されている兵士でさえ馬に乗らないためには喜んで金を払うのであるから、馬に乗ることを強く拒否する人々から、また裕福であっても肉体面では役に立たない人々から、外国人騎兵の馬のために支払われる金が拠出される、とわたしは信じている。さらに、わたしは多くの財産を保有している孤児(2)からも金が出される、と思っている。**六**　また、外国人居住者のうちで、騎兵隊に配属された人々はそのことを誇りにしていると思う。国民が外国人居住者に他のよい仕事を分担させると、彼らの幾人かは喜んで自分に課せられたことを熱心にやり遂げることに、わたしは気づいている。**七**　馬に従う歩兵も、敵に対して最も強い敵意をもった兵士で編成されると、きわめて有能である、と思われる。

以上のことは、神々が同意すれば行ないうることである。**八**　しばしば神の助力のもとに行なうようにと書き記されていることに驚く人がいるだろう。だが、その人は、たびたび危険な目に遭い、戦争があるときには敵対している国々がたがいに術策を弄しながら、その策がどのようになるのかをほとんど知らないでいることに気づけば、神の加護が記されていることにそれほど驚かなくなるということをよく知るべきである。

九　そのような場合には、神々以外に相談相手は見いだしえないのである。神々はすべてを知っており、予告しようと思う人には犠牲において、鳥占いにおいて、神託において、夢において予兆を与えている。だから、窮境にあるときにどうすればよいのかを尋ねるばかりでなく、順境にある場合でも全力で神々に仕える人々に神々が喜んで助言するのは、むしろ当然のことであろう。

（1）「解説」二七四－二七五頁参照。
（2）孤児は成人になった一年後まで国費負担を免れていた。この免除されていた間、孤児は騎兵隊に資金的寄与をしてもよいではないか、という意味のようである。

馬術について

第一章

一　われわれは長い間乗馬をしてきたので馬術の経験を積んでいると思うから、若い友人たちにも馬を最も正しく扱えると信じる方法を、示したいのである。シモン(1)もたしかに馬術論を書いた。このシモンはアテナイのエレウシニオン(2)にも青銅の馬を献納し、台座に自分の業績を浮き彫りにして記録した。しかし、われわれは、彼とたまたま同じ意見のものであっても、この著作から削除せず、むしろおおいに喜んで伝えるだろう。それは、すぐれた騎手であるあの人もわれわれと同じ認識をもっていたということで、われわれの作品がいっそう信用される、と思うからである。なお、彼が言及せずにいたことも述べることにする。

まず第一に、馬を買う際、騙されるのが最も少なくてすむ方法を書き記そう。

まだ馴らされていない若駒については、その馬体を調べなければならないのはいうまでもない。まだ一度も人に乗られていない馬は、その気性の明確な特徴を示していないからである。

二　未調教の若駒の馬体については、まず足を調べなければならないというのがわれわれの主張である。家は、上部が立派であっても下部に必要とされる土台がなければ、なんの役にも立たないように、軍馬も、他のすべての部分がよくても、足が悪ければなんの役にも立たない。馬というものは、足が悪ければどんな長所も役に立てることができないのである。

三　まず、蹄《ひづめ》を吟味して足を調べるべきである。厚い蹄は、足のよさという点では、薄い蹄とはおおいに異なっている。次に、蹄が前でも後ろでも、高いか低いかに気づいていなければならない。高い蹄は、いわゆる馬蹄軟骨を地面から遠く離して維持することになるが、低い蹄は、人間の扁平足のように、足の最も強い部分と最も弱い部分を同じように地面に着けて歩くことになる。よい足はその足音でも分かるとシモンはいっているが、正しい意見である。中空の蹄は地面を踏むとシンバルのように響くからである。

四　蹄から始めたのだから、馬体の他の部分にも上がっていくことにしよう。蹄の上と球節(3)の下の骨が、山羊の骨のようにまっすぐすぎるのはいけない。そのような脚は普通より弾力がないから、騎手を上下に振動させて苦しめ、そのうえ炎症を起こしがちである。なお、球節の下の骨があまりに低くてはいけない。馬が土の塊や石の上を駆けさせられると、球節が擦りむけて傷を受けやすい。

五　脛《すね》の骨は太くなければならない。この骨は馬体の支えであるのだから。しかし、それは血管や肉で太くなっていてはいけない。血管や肉で太いと、堅い地面の上を駆けさせられれば、脛の部分は必ず血で充満

(1) 前五世紀のアテナイの人。多分前四二四年には騎兵隊長であったのだろう。彼の作品は二つの写本によって知ることができる。この写本には馬の外観を扱った一章が含まれている。その文体は技術論にふさわしい簡素なものである。

(2) エレウシスにあるデメテルの神殿。

(3) 馬の足のけづめの毛の生える部分。

し、血管腫が生じ、さらには脚が太くなり、皮膚が剝離する。また、皮膚が緩むと、腱はしばしばずれて馬を跛《びっこ》にする。

六　若駒が歩くとき膝を柔軟に曲げれば、駆けるときも脚は柔軟である、と判断してよい。すべての若駒は、年とともにいっそうしなやかに膝を曲げるからである。柔軟な脚が高い評価を受けるのは、当然である。柔らかい脚は、堅い脚より馬を躓かせず、疲れさせないようにする。

七　人間の場合と同じで、肩甲骨の下の前脚の腿は、太っていると、より強くより美しく見えるものである。胸幅が広ければ、美しさや強さに対してばかりでなく、脚を交差せずに離して動かすのにもいっそう有効である。

八　若駒の首は、猪の首のように生まれつき胸から下へと前傾しておらず、雄鶏の首のようにまっすぐに上へと向いていて、関節の部分が柔軟で、頭が骨ばっていて小さな顎をしているのがよい。このようであれば、首は騎手の前にあり、目は足の前方を見ることになる。また、このような体型をしている馬は、ひじょうに勇敢でありながら、反抗する可能性は最も少ない。馬は首を反らせるときではなく、首と頭を前方に伸ばすときに反抗を試みるのである。

九　両方の顎が柔らかいか堅いか、それとも片方だけが柔らかいのか堅いのか、を調べなければならない。同じ堅さの顎をもっていない馬は、たいてい片方の顎のみが堅い馬か柔らかい馬になる。

馬は目が突き出ているほうが、目が窪んでいるより活発に見え、しかもこのような馬は、より遠くのほう

西洋古典叢書

——第Ⅱ期第2回配本——

月報 17

哲学者クセノポン　中務 哲郎……1
リレーエッセー
西洋古典と私(2)　藤澤 令夫……5
第Ⅱ期刊行書目

2000年6月
京都大学学術出版会

哲学者クセノポン

中務哲郎

クセノポン（前四三〇頃—三五五年頃）は幸運な作家である。ディオゲネス・ラエルティオス（三世紀前半）の『ギリシア哲学者列伝』（二-五七）には彼の手になるものとして一四の作品名が挙げられているが、それが全て今日まで伝えられているのである。同様にプラトン（前四二七—三四七年）の著作も、真作と認められるもの五六篇とする説が『列伝』（三-五七）に紹介されているが、『国家』一〇巻と『法律』一二巻をそれぞれ一と数えるなら五六篇は三六篇となり、今日われわれの持つ「プラトン全集」の作品数と一致する。古代に知られていたプラトンの作品は全て今日まで生き残った、ということである。アリストテレス（前三八四—三二二年）については初期の対話篇を主体とする所謂公開的《エクソテリック》著作はほとんど失われ、リュケイオンの学頭時代の共同研究に基づく歴史・科学資料集も『アテナイ人の国制』以外は散逸したが、別の経路で伝承された「アリストテレス著作集」だけでも、量的には「プラトン全集」の一・六倍ほどのものが残されている。

これらはしかし稀有な例なのである。プラトンの甥でアカデメイアの学頭職を継いだスペウシッポス（前四〇七頃—三三九年）は、約三〇篇、四万三千行以上のものを書いたと伝えられるのに（『列伝』四-四）、今は断片しか残っていない。アリストテレスの弟子でリュケイオンの二代目学頭となったテオプラストス（前三七一頃—二八七年頃）については、二二三万行にも及ぶ二二六の書名が『列伝』には記されているが（五-四二）、現存するのは『植物誌』『形而上学』

『感覚について』『性格について』等ごく僅かである。

クセノポンがプラトン、アリストテレス並みの僥倖に恵まれたことについては、これを妬む者はあるまい。トゥキュディデスの『ペロポネソス戦史』が途切れたところから書き継いで貴重な史料となった『ギリシア史』、凛とした夫婦愛の物語を含む歴史小説『キュロスの教育』、従軍記録であると同時に人間性の記録でもある『アナバシス』、ソクラテスの俤《おもかげ》を伝える作品群と話題の豊富な小品の数々、これらは作品そのものの価値とそこで用いられる美しく明快なギリシア語のゆえに、二千数百年を生き延びたのであるから。クセノポンのギリシア語は、今日われわれが学ぶギリシア語文法の基礎であるし、ギッシングなどは、ギリシア語で書かれたものが『アナバシス』一つしか残っていなかったとしてもギリシア語は学ぶ値打ちがある、と述べているほどである（『ヘンリ・ライクロフトの私記』夏九）。

クセノポンの作品が一つも欠けずに伝わることには誰も異存はないのに対し、彼が『ギリシア哲学者列伝』に取り上げられ、しかもソクラテスの衣鉢を継ぐ者のうち最も重要な三人とされる（二-四七）ことについては、怪訝《けげん》に思う人があるかもしれない。他の二人、プラトンが学園アカデメイアを開いて一〇の学派の源流となり、アンティステネスがキュニコス学派の祖となったのに対し、クセノポンには哲学の書も弟子もないからである。

『列伝』の著者がクセノポンを哲学者の列に加えた理由は、彼が若年の頃ソクラテスに親炙したこと、ソクラテスの生き方からは離れたものの終生ソクラテスを景仰したこと、プラトンが描くのとはまた違ったソクラテス像を『ソクラテスの思い出』や『家政論』や『弁明』によって提示したこと、これだけでも十分であろう。しかしその上になお、息子に死なれた時のクセノポンの態度も、彼を哲学者に押し上げる一要素になったのではないかと思われる。

『列伝』によると、クセノポンは花冠を被って犠牲式を行なう最中に息子グリュッロスの戦死の報に接し、一旦冠を脱いだが、それが華々しい討ち死にであったと知るや、冠を被り直し、「息子を死すべきものとして生んだことは知っていた」と答えたという（二-五四）。これは、哲学者アナクサゴラス（前五〇〇頃-四二八年頃）が息子たちの死を告げられた時に「彼らを死すべきものとして生んだことは知っていた」と答えたのと同じ態度である（二-一三）。

人間を死すべきものとする考えはギリシア語そのものの中に深く組みこまれていた。ホメロスの叙事詩以来、人間には thnetos（トネートス、死すべき）という枕詞が付いたが、これはthnesko（トネースコー、死ぬ）から作られる形容詞であり、時には実質名詞としても用いられた。人間を表わすもう一つの単語brotos（ブロトス）も、ラテン語morior（死ぬ）、mortuus（死せる）などと対応している。

人間のこのような定めを受け入れることは哲学の第一歩であり、したがってわが子の死を毅然と耐えた人は繰り返し称えられた。プルタルコス（四六頃―一二〇年頃）はそのような例として、哲学者アナクサゴラス、アテナイの政治家ペリクレス、作家クセノポン、プラトンの弟子ディオン、アテナイの弁論家デモステネス、マケドニア王アンティゴノス二世などの場合を語っている（『アポロニオスへの慰め』一一八D以下）。同様の徳を発揮したローマ人としてはキケロ（前一〇六―四三年）が、凱旋式の前後に相次いで二子を亡くした武将アエミリウス・パウルス、天文学者スルピキウス・ガルス、政治家大カトーの名を挙げ（『ラエリウス・友情について』九）、さらに第二次ポエニ戦争の時の智将ファビウス・マクシムスについては、「立派な息子の死を見事に耐え、その追悼演説を読めばいかなる哲学者を軽蔑せずに済もうか」と記している（『大カトー・老年について』一二）。

魏の国の東門呉《とうもんご》という男は子供が死んだのに悲しまなかった。そしてその訳を訊かれて、「わたしは以前、子供はなく、その子供のなかった以前には悲しむということもなかった。いま子供が死んだのは、それこそ以前の子供のなかった時に戻ったのだ。何の悲しむことがあろうか」と答えたという（『列子』力命篇第六、福永光司訳）。このような理由づけを聞けば、キケロは何と評したであろうか。

子供の死を毅然と耐える話は美談として伝えられることが多いが、いささか不人情ではないかと思われる場合もある。アンティゴノス王が息子の戦死を知らされた時に、「ああ、アルキュオネウスよ、お前は身の安全も父の忠告も顧みず、いつも敵に突進していったのだから、死ぬのが遅すぎたくらいだ」と言ったとされるようなのがそれである（プルタルコス『アポロニオスへの慰め』一一九C）。それにまた、「平和の時には子が父を、戦争になれば父が子を葬る」（ヘロドトス『歴史』一-八七）のが世の習いであり、「親死ぬ、子死ぬ、孫死ぬ」（一休宗純）のがめでたい順序であるならば、子が親に先立つのはやはり何がしか自然に悖るところがあり、それを悲しむのが人間性に適うのではなかろうか。

孔子の弟子の子夏は、子が死んだとき哭泣《こっきゅう》のあまり失明したという（司馬遷『史記』仲尼弟子列伝第七）。ペルシアの神話時代の王フェリドゥーンは世界を三つに分けて三子に与えたが、イランの黄金の王座を受け継いだ末子が兄たちに謀殺され、王は泣きすぎて失明した（フェルドウスィー『王書』）。これは死別ではなく生き別れを嘆くものであるが、安寿と厨子王の母も、「明くれば、厨子王、恋いしやな。暮るれば、安寿の姫が、恋いしやと、明け暮れ嘆かせ、給うにより、両眼を、泣きつぶして、おわします」と語られる（説経節『山椒太夫』）。これらの父母を指して、哲学の訓練が足りぬと言う者はあるまい。

「真に哲学する人は死ぬことを練習しているのであって、彼らこそ死を怖れることが誰よりも少ない」とするプラトン（『パイドン』六七E）の考えは、キケロ（『トゥスクルム荘対談集』一-七四）を経てモンテーニュ『エセー』（一-二〇）の章題にもなっている。ギリシア人は、死とは魂が肉体という牢獄から解き放たれて神的な魂の世界に戻ることだと考えて、あるいは、肉体も魂も原子の集合体で、死とはそれらがばらばらの原子に解体して感覚もなくなることだから、われわれが存在する限り死は現存せず、死が現存する時にはわれわれは存在しないと考えて、あるいは、不死なる神神と死すべき人間の越えられぬ分を弁えて、あるいは、神に愛された者は若死にすると呟いて、死を受け入れた。息子の死に際して死すべき人間の定めを思いおこし、『キュロスの教育』（第八巻七-一七）では臨終のペルシア大王に魂の永生不死を語らせているクセノポンは、恐らく自身の死をも従容として迎えたことと思われるが、それについては『列伝』は何も記していない。

（西洋古典文学・京都大学教授）

西洋古典と私（2）

藤澤令夫

西洋古典学会の設立をめぐって

日本西洋古典学会（The Classical Society of Japan）の設立は一九五〇年（昭和二五年）。先般その五〇周年を記念して、「日本における西洋古典学の五〇年」と題する講演会が東京大学で催され、私も演者の一人として話をした。

前回この稿で、今を時めく「二〇〇〇年」という年代表示にいろいろと疑義を呈したが、しかしこの絶対的でも自明でもない現行の西暦年代が、右の講演のためには俄然、絶妙のメリットを発揮する。まず、学会設立からの五〇年が、一九五〇年から二〇〇〇年という、西暦二〇世紀の後半を画する節目と、ぴったり重なる。「昭和二五年から平成一二年」では、こうすっきりした印象を与えない。

さらに、学会設立の年から逆に一〇〇年を遡ると一八五〇年。日本が鎖国を解いて西洋文明を受け入れ始めた、一九世紀の中ごろに当たる。そしてこの、

一八五〇年（西洋文明受容開始のころ）――一九〇〇年（日露戦争直前）

――一九五〇年（「戦後」最初期。西洋古典学会発足）――二〇〇〇年（現在）

という西暦年代の区切りは、おのずから次のような、西洋古典学をめぐるわが国の文明・学問全般の状況を告げる道標となるだろう。

一九世紀の半ばから、列強諸国の外圧を受けて「富国強兵」「和魂洋才」の掛け声のもと、ひたすら西洋文明の最先端部分を摂取したわが国には、その西洋の伝統を培ってきた母胎である、ギリシア・ローマの古典に目を据える余裕は全くなかった。こうして「近代化」を急いだ日本は、ほぼ半世紀後には日露戦争（一九〇四―〇五年）に勝利して、国の安泰を保ちえたものの、その「皮相上滑りの開化」（夏目漱石）はしだいに軍部の国政主導を許すようになって、やがて太平洋戦争に突入、敗戦（一九四五年）で叩きのめされる。その間細々と命脈を保ってきた西洋古典学が、冒頭に記した全国大会を設立し、洋学

年後であった。

輸入以来一世紀の歳月を経て初めて、その最基層を本格的に学ぶための拠点が確保されたのは、その五年後であった。

私がギリシア哲学を中心に、西洋の古典と本式に関わるようになったのは、学会の発足とほぼ同じころである。だから、前記の講演会の題名である「日本における西洋古典学の五〇年」を回顧することは、そのまま、私自身の五〇年間を回顧することと重なるのである。そしてこの場合は、大正一四年（一九二五年）に生まれた私の満年齢が昭和の年代と合致することもあって、西暦よりも元号の年代のほうが、ずっと実感を伴った記憶心像を喚起してくれる。昭和二五年の学会設立のとき、私は二五歳だった。以来五〇年、光陰が矢のごとく過ぎて、いま階前の梧葉《ごよう》すでに秋声。

しかし五〇年前に私は、なぜギリシア哲学研究の道を選んだのだろうか。

近来は、この「西洋古典叢書」もそうであるが、ギリシア・ラテンの原典の信頼できる邦訳が、哲学・史学・文学の領域にわたってかなり出そろっているので、それらを読んで古典に興味を引かれ、専門的研究を志す学生も多いようである。

だが私の場合は、そうではない。半世紀前には、事情は違っていた。私も旧制高校的な教養の一環として、プラトンの対話篇などの訳書をあれこれ読んだけれども、正直言って、特に興味や感動を覚えたことは一度もなかった。今にして思えば、その理由の大半は明らかに、訳がまずかったことにある。先達に対する不遜の言辞となって恐縮であるが、先に述べたようなわが国の文明・学問の全般的状況の中では、西洋古典の学問を本格的に研究する者は数少なく、すぐれた例外を別として、ほとんどはただその稀少価値のゆえにのみ、古典の邦訳という大任を与えられていたのが実情と言ってよいだろう。

顧みればどうやら、五〇年前の私のギリシア哲学志望の決定には、それに先立って私の二〇歳までの長い年月を重苦しく蔽っていた戦雲の暗翳《えい》が、幾重にもまつわっているようである。（つづく）

（編集委員代表・京都大学名誉教授）

リレーエッセー　2

トゥキュディデス　歴史 ★1〜2　藤縄謙三 訳

ペロポンネソス戦争を実証的に考察した古典的歴史書。

ピロストラトス他　哲学者・ソフィスト伝　戸塚七郎他 訳

ギリシア哲学者やソフィストの活動を伝える貴重な資料。

フィロン　フラックスへの反論 他　秦　剛平 訳

古代におけるユダヤ人迫害の実態をみごとに活写する。

ピンダロス　祝勝歌　内田次信 訳

ギリシア四大祭典の優勝者を称えた祝勝歌を中心に収録。

プルタルコス　モラリア 2　瀬口昌久 訳

博識家が養生法その他について論じた倫理的エッセー集。

プルタルコス　モラリア 6☆　戸塚七郎 訳

生活訓や様々な故事逸話を盛り込んだ哲学的英知の書。

リュシアス　リュシアス弁論集　細井敦子他 訳

簡潔、精確な表現で日常言語を芸術にまで高めた弁論集。

●ラテン古典篇

スパルティアヌス他　ローマ皇帝群像 1　南川高志 訳

『ヒストリア・アウグスタ』の名で伝わるローマ皇帝伝。

ウェルギリウス　アエネイス　岡　道男他 訳

ローマ最大の詩人が10年余の歳月をかけた壮大な叙事詩。

ルフス　アレクサンドロス大王伝　谷栄一郎他 訳

大王史研究に不可欠な史料。歴史物語としても興味深い。

プラウトゥス　ローマ喜劇集 1〜4　木村健治他 訳

口語ラテン語を駆使したプラウトゥスの大衆演劇集。

テレンティウス　ローマ喜劇集 5　木村健治他 訳

数多くの格言を残したテレンティウスによる喜劇集。

西洋古典叢書 第II期全31冊

★印既刊　☆印次回配本

●ギリシア古典篇

アテナイオス　食卓の賢人たち　3〜4　柳沼重剛 訳
グレコ・ローマン時代を如実に描く饗宴文学の代表的古典。

アリストテレス　魂について　中畑正志 訳
現代哲学や認知科学に対しても豊かな示唆を蔵する心の哲学。

アリストテレス　ニコマコス倫理学　朴　一功 訳
人はいかに生きるべきかを説いたアリストテレスの名著。

アリストテレス　政治学　牛田徳子 訳
現実の政治組織の分析から実現可能な国家形態を論じる。

アルクマン他　ギリシア合唱抒情詩集　丹下和彦 訳
竪琴を伴奏に歌われたギリシア合唱抒情詩を一冊に収録。

アンティポン／アンドキデス　弁論集　高畠純夫 訳
十大弁論家の二人が書き遺した政治史研究の貴重な史料。

イソクラテス　弁論集　2　小池澄夫 訳
弁論史上の巨匠の政治論を収めた弁論集がここに完結。

クセノポン　小品集★　松本仁助 訳
軍人の履歴や幅広い教養が生かされた著者晩年の作品群。

セクストス　学者たちへの論駁　金山弥平他 訳
『ピュロン主義哲学の概要』と並ぶ古代懐疑主義の大著。

ゼノン他　初期ストア派断片集　1〜3　中川純男他 訳
ストア派の創始者たちの広範な思想を伝える重要文献。

デモステネス　デモステネス弁論集　3〜4　北嶋美雪他 訳
アテナイ末期の政治情勢を如実に伝える公開弁論集。

まで見ることができる。一〇　そして、開いた鼻孔は、閉じた鼻孔より呼吸が楽であると同時に、馬をいっそう精悍に見せる。馬は、他の馬に怒ったり、人が乗馬しているときに興奮したりすると、鼻孔をさらに拡げるからである。

一一　大きめの額と小さめの耳は、頭部をより馬らしい頭に見せる。

鬐甲《きこう》(1)が高ければ、騎手の騎座は安定し、騎手を肩［と馬体］にしっかりと密着させる(2)。

また、二重の背(3)は、一重の背より騎座するのに柔らかであり、見た目にも心地よい。

一二　高めの肋骨が、腹部にいくにつれて膨れていると、馬を騎手に対して座りやすくすると同時に、力強くて栄養状態のよいものにする。

腰が幅広くて短いほど、馬は前脚を上げたり、後脚を前へ運んだりするのが、より容易になる。このような馬の腹もきわめて小さく見える。腹が大きいと、馬の姿をある程度醜くもし、馬そのものをある程度弱く鈍重にする。

一三　尻は脇腹や胸にふさわしいように、幅広く肉づきがよくなければならない。すべてがしっかりしていると、走行は軽やかになり、馬をより速く駆けさせる。

---

(1) 馬の肩甲骨間の隆起。

(2) この密着度は、騎手の臀部、腿、ふくらはぎ、膝と馬体との接触により測られる。馬上の騎手のよい姿勢は馬の背の形によって助けられる。

(3) 栄養がよく、背骨の両側の肉のもりあがっている背のことと思われる。

一四　尾の下にある馬の尻の割れ目が広く分かれている状態であると、馬は尻の下の後脚も拡げて立てることになる。このようにすれば、うずくまっているときでも、駆けているときでも、馬はより精悍であるとともに、より力強い態度を示し、あらゆる点で自分自身を凌駕する能力を発揮することになる。このことは人間からも推測しうる。地面から何かを持ち上げようと思えば、人はすべて脚を閉じずに開いて持ち上げようと試みるからである。

一五　馬は大きな睾丸をもっているべきでないが、若駒の睾丸は見分けることができない。
また、後脚の下の部分すなわち足首の関節あるいは脛骨、球節、蹄に関する意見は、前脚のそれらの部分について述べたのと同じである。

一六　馬の大きさについての判断を下すのに、過ちを犯すのが最も少なくてすむ方法を記述しよう。生まれた直後の脛がきわめて長い馬はひじょうに大きくなる。すべての四足獣の脛は年をとってもそれほど生長しないが、肉体の他の部分も脛と均整がとれるように生長するものである。

一七　若駒の体型を以上のように調べる人は、よい足をした、たくましい、肉づきのよい、端正で大きさのよい馬が得られると思う。生長するにつれて変化するにしても、このような検査は信頼してよいだろう。というのは、このような若駒が醜い馬になるよりは、醜い若駒が有用な馬になるほうがはるかに多いからである。

第二章

一　若駒をどのように調教すべきかは記述する必要はないと思う。われわれの国家においては、騎兵に任命されるのは、申し分のない資力を有し、国家におおいに関与する者である。だから、若者にとっては、自分の体力づくりに励み、馬術を修得し［たうえで］騎乗訓練をするほうが、若駒の調教師である［こと］よりはるかにまさっている。また、年長者にとっても、家庭、友人、政治、軍事に携わるほうが、若駒の調教で時間を費やすよりよいのである。二　若駒の調教についてわたしと同意見の者は、当然、若駒の育成を調教師に委ねるだろう。しかし、職業を身につけさせるために子供を修業に出した場合のように、馬も修得したことを書き留めて戻させるように、調教師に任せねばならない。調教師にとって、この覚え書きは報酬を得ようとするなら留意しなければならないものである。

三　だが、若駒は柔和で、扱いやすく、人懐っこくなった馬として調教師に委ねられるよう、配慮されねばならない。馬が腹をすかし、喉を渇かし、蠅に苦しむのは、人気のないときに起こるものであるが、これに反し、馬が飲食をし、蠅の悩みが解消されるのも人間のおかげであるということを馬丁が理解するなら、飲食と蠅の解決は、たいてい家で馬丁によりなされることになる。このようになれば、人間は必ず若駒に好かれるばかりか、慕われさえするのである。四　そして、触られると馬が最も喜ぶところに触れてやらねばならない。その部分は最も毛深いところや、馬が悩まされても自分ではどうにもできない場所である。五群衆のなかを引いていき、あらゆる種類の光景と騒音に若駒を近づけるよう、馬丁に命じるのがよい。若駒の怖がるものがあっても、叱らないで宥め、それが怖いものでない、と教えなければならない。

若駒の調教については以上のことをするようにと述べたことで、素人には十分であろう。

第三章

一　さらに、騎乗しうる馬を購入する場合、購入に際して騙されないようにしようとする人が、知っておかなければならない注意点を記述しよう。まず、購入者は馬の年齢を知っておくべきである。すでに乳歯のなくなってしまった馬は、もう期待がもてなくなっているのであるから、容易には売却されない。

二　また、明らかに調教を終えたばかりのまだ若い馬は、はみを口にくわえうける様子や耳に面繋《おもがい》を被る(1)様子に注意を払わなければならない。このことは、購入者が見ているときに、はみが着けられたり、はずされたりすると最もよく分かる。

三　次に、馬が騎手を背に乗せる様子に注意すべきである。多くの馬は、乗馬を許すと仕事をさせられるということが分かっているから、乗馬させたがらないのである。

四　さらに、馬が、人が乗ったときに他の馬から離れようとするか、立ったままでいる馬のそばを通るとき、それらの馬のほうへ駆けていかないかということも、調べなければならない。なかには悪い訓育のため

（1）『馬術について』で語られるさまざまな馬具に関しては J.K. Anderson, *Ancient Greek Horsemanship*, Univ. of California Press, 1961 に詳細な説明がある。ここでは、本文中に見える語句を図解によって示すにとどめる。はみは、馬の口に入れ、顎のところでとめる轡《くつわ》の金具。面繋は、馬の頭の上から轡にかけて飾りにする紐。

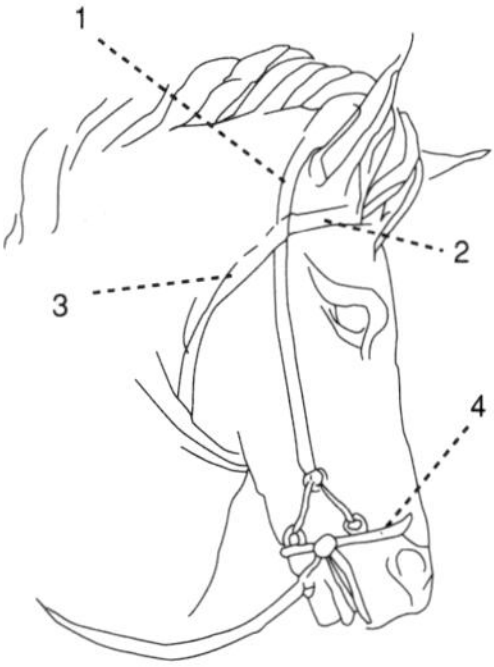

1．面繋（*κορυφαία*）
2．額革（*κεκρύφαλος*）
3．顎革（*ὑποχαλινιδία*）
4．はみ（*χαλινός*）

[はみを装着した図]

1．はみを固定する輪
2．手綱を着ける鉤
3．心棒（*ἄξων*）
4．歯型（*ἐχῖνοι*）
5．円板（*τροχοί*）
6．輪（*δακτύλιοι*）
7．継手（*συμβολαί*）

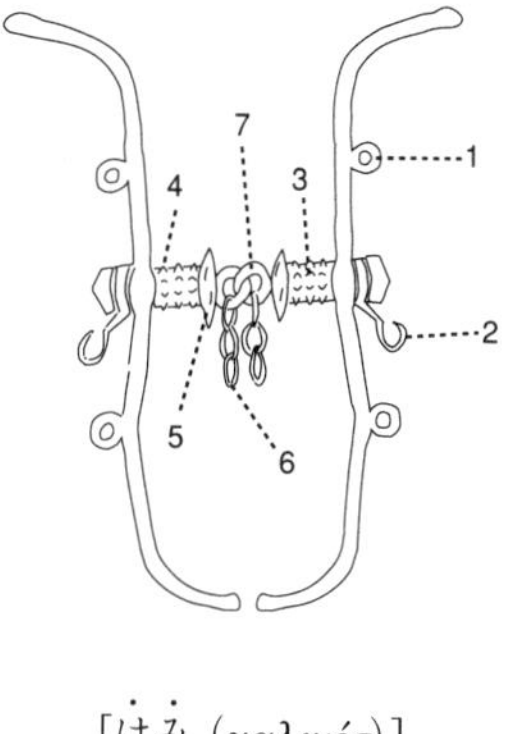

[はみ（*χαλινός*）]

に、騎行の途中に廐舎《きゅうしゃ》へ逃げ戻ってしまう馬もいる。

五　顎の堅さが左右異なる馬は、輪乗りといわれる騎乗によっても明らかになるが、手綱の握り手の変更によりはるかによく分かる。それは、正常でない顎のある側と廐舎への逃げ道の方向が一致しなければ、多くの馬は逃げ出そうとしないからである。なお、馬が全速力で駆けているとき、急停止したり、方向転換しようとするかどうかを知らなければならない。**六**　馬が、叩かれて興奮しても、服従するかどうかを知るのはよいことだ。従順でない召使や軍隊はたしかに役に立たないが、従順でない馬は役に立たないどころか、まさに裏切り者のするようなことをしよう、と努めるのである。

七　われわれは、軍馬の購入を前提にしているのであるから、戦争において出合うと思われることをすべて試みねばならない。それは、塀を跳び越えたり、柵を跨いだり、丘を駆け上がったり、丘から跳び下りたりすることである。さらには、山を登ったり、下ったり、斜面を駆けたりして試さなければならない。これらのすべては、馬の精神がたくましいか、肉体が健全であるかを吟味するものである。

八　しかし、これらすべてをうまくやれなかったからといって、その馬を不適格であると拒否する必要はない。多くの馬は、能力がないためではなく、経験がないために、これらのことに失敗するからである。他の点が健全で、欠陥がなければ、馬は、学んだり、慣れたり、さらには修練することにより、これらのすべてを立派に成し遂げる。**九**　だが、生まれつき臆病な馬には用心しなければならない。臆病な馬は、敵に対して損害を与えるのを自分のほうから妨げ、騎手をしばしば落馬させて、このうえない危険な羽目に陥れる。

一〇　他の馬や人間に対して嫌がられる性癖がないか、また、ひじょうにくすぐったがりはしないかも知らなければならない。このようなことはすべて、所有者にとって困難な問題になる。

二　馬勒(1)を着けたり、乗馬するのを妨げたりすることや、その他の意志表示については、乗馬を始める前にしたのと同じことを再度しようとすると、よく分かる。仕事を終えたあとでも喜んで仕事を再び引き受ける馬は、辛抱強い性質をもっていることの十分な証拠をこれにより示している。

三　要するに、よい足をもち、おとなしく、足が十分に速く、仕事に耐える意志と能力を有し、とくに従順であれば、この馬が戦闘においては騎手にとり最も不安のない、安心のできる馬であるのは当然である。愚鈍のためにひじょうにせきたてなければならないか、高慢であるために多くの追従や世話をしなければならない馬は、騎手の手を休ませず、危機にあっては騎手を不安に陥れる。

第四章

一　気に入った馬を購入し、家に連れて帰る場合、主人の目がつねに届く家のなかの場所に廐舎があるのがよい。また、主人の貯蔵庫から食糧を盗まれないようにするのと同じように、馬の食糧も盗まれないように廐舎を整備するのがよい。廐舎に対する注意を怠る者は自分自身をおろそかにしているのだと思う。というのは、主人は危急の際には当然自分の身体を馬に委ねることになるからである。二　よく配慮されている

(1) 馬具の一部で、頭に着ける面繋《おもがい》、轡、手綱の総称。

厩舎は、飼料が盗まれないためのみでなく、馬が飼料をこぼしている［のでない］場合にも、そのことがよく分かるから、よいのである。もし飼料をこぼしているのに気がつけば、馬が馬体に血が多くて手当てを必要としているのか、疲労がたまり休息を求めているのか、大麦の過食あるいは他の病気にかかっているのかを、知るだろう。馬も人間と同様で、病気はすべて初期の段階であれば、慢性化したり、誤診を受けたあとよりも治療しやすいのである。

三　馬体が丈夫になるには、馬の飼料と運動に注意しなければならないが、それと同じように足の世話もしなければならない。厩舎の湿気と滑りやすさは、生来のすぐれた蹄をも駄目にする。厩舎に湿気がないようにするには、水はけがよくないといけない。また、滑りにくいためには、蹄とほぼ同じ大きさの石を床に敷きつめねばならない……。厩舎をこのように……すれば、そこに立つ馬の足も丈夫にする。

四　次に、馬丁は馬を櫛で梳く場所に引き出さねばならない。そして、馬が喜んで夕食に向かうためには、朝食のあと、飼料桶から放してやるのがよい。また、一ムナほどの手で握れる大きさの石を馬車四、五台分撒き、周りを鉄の囲いでかこえば、馬の屋外での居場所としては最高であり、馬の足を強くする。これらの石の上に立っていると、石の道を毎日数時間歩くのと同じ効果がある。**五**　馬は櫛で梳かれたり、蝿に悩まされたりするときは、歩いているときと同じように蹄を使用しなければならない。このような撒かれた石が足の蹄叉《ていさ》をも強固にするのである。

蹄がどうすれば強くなるかに注意するのと同じように、口もどうすれば柔らかくなるかに配慮する必要がある。同じ方法が人間の身体と馬の口を柔らかくするのである。

第五章

一　馬についてしなければならないことを馬丁に教え込むよう心がけることも騎手の役割である、と思う。その第一は、馬を秣桶《まぐさ》に繋ぐ端綱(1)の結び目を面繋が被せられる箇所に作らないということを、馬丁は知っていなければならない。耳の周りの端綱に支障があれば、馬はしばしば頭を秣桶に擦りつけて傷を受ける。頭部に傷を受ければ、馬が面繋を着けられるときや櫛で梳かれるときにいっそう不機嫌になるのは、避けられない。二　馬丁が毎日馬の糞と敷藁を一定の場所に捨てるようにと命じられることも、よいことである。このようにすれば、馬丁自身がきわめて容易に汚物を処理しうると同時に馬を喜ばせられる。三　また、馬丁は、馬の肉体を梳いたり、馬の寝転がる場所へ連れ出す場合はいつも、馬に口籠をはめることを知っていなければならない。口籠は、呼吸の邪魔をせず、嚙みつくのを防ぐ。さらに、はめられた口籠は、馬の悪企みを除去するのである。

四　馬は頭の上で繋がれねばならない。それは、頭の周りに不快なものがあれば、それらをすべて馬は頭を上へ振り上げて落とそうとする癖が生まれつきあるからである。また、頭の上で繋がれておれば、頭を振り上げても、綱を引きちぎるよりもむしろ緩めることになる。

(1) 馬の口に着けて引き歩く綱。面繋のうち、轡の金具のついていないもの。

五　馬を櫛で梳く場合には、頭とたてがみから始めるべきである。上のほうが綺麗にならなければ、下のほうを綺麗にしても無駄だからである。次に、馬体の他の部分については、手入れ道具をすべて使って毛を起こしてから、毛並みにそって埃を落とさねばならない。ただし、背骨の毛は道具を使って処理せず、生まれつきの毛並みにそって手で擦り、柔らかくすべきである。そうすれば、騎手の座る部分を傷つけるのが最も少なくなるだろう。六　馬の頭は水で洗わなければならない。頭は骨ばっているから、金や木の櫛で清潔にすると、馬を傷つける。前髪も濡らしておくべきである。この毛は長くても馬の視力を妨げず、目の邪魔になるものを追い払ってくれる。神々は驢馬《ろば》と騾馬《らば》には目を保護するものとして長い耳を与えたが、馬にはその代わりにこの毛を与えた、と見なすべきであろう。七　尻尾は邪魔になるものを馬が追い払うために、たてがみは騎手にはこのうえなく気前のよい援助者であるように、伸びるべきである。だから、尻尾とたてがみは洗わなければならない。八　たてがみと前髪と尻尾は装飾のために神々から与えられたものである。その証拠は次のとおりである。雌馬は、長い毛を装飾としてもっているかぎり、騾馬からの交尾を一様に退けている。この事情から、騾馬の飼育者はみな交尾をさせるために馬の毛を切り取っていた、ということである。

九　さらに、四肢を洗うのは避けるべきである。それはなんの役にも立たないし、毎日濡れていると、蹄を傷める。下腹部が綺麗すぎることも評価してはいけない。これは馬をとりわけ苦しめる。この部分が清潔になるほど、馬を悩ませるものが多く下腹部に集まるのである。一〇　下腹部を徹底的に綺麗にしても、馬は引き出された途端、清潔でない馬と同じになる。したがって、この部分は清潔にしないほうがよいし、四肢の毛を梳くのも手だけですれば十分である。

第六章

一　では、自分にとって最も危険が少なく、馬にとって前脚を最も有効に梳く方法を、述べよう。馬と同じ方向を見て清潔にする場合には、膝と蹄で顔を打たれる危険がある。**二**　しかし、清潔にするとき、馬と反対の方向を見ながら脚の外側で、肩甲骨の下に腰を屈めながら前脚を擦るのであれば、なんの危害も受けずに蹄を持ち上げて蹄叉の手当てをすることもできる。後脚を清潔にするのもまったく同じようにするべきである。**三**　また、馬についての仕事をする者は、馬の手入れおよびその他しなければならないすべてのことをする場合、できるだけ顔や尻尾のほうから近づかないようにする必要がある、ということを知らなければならない。というのは、馬は害を加えようとする場合、頭と尻尾の箇所では人間より強いからである。だが、人が脇から近づけば、自分にとって最も害がなく、最も巧く馬を扱うことができる。

四　引いていかねばならないときには、馬を背にして引いていくのは、次の理由から褒められない。それは、このような引き方をすれば、人は馬をまったく見張れないのに対して、馬は自分のしたいことを思う存分することができる、という理由である。**五**　なお、馬が人の前方を長い引き綱によって指示されながら進んでいくことを教えるのも、次の理由で非難される。すなわち、馬は、この場合行こうと思えば左右のどちら側へも行って悪事をすることもできるし、方向転換して引き手のほうに向かうこともできる、ということである。六　だが、馬は、つぎのようにして集団で連れていかれる場合、どうすればたがいから離されるのだろうか。つまり、脇で引いていかれるのに慣れている馬は、他の馬にも人間にも害を加えることなど全然できない。しかも、騎手が急に乗馬しなければならないときでも、馬の脇にいると、騎手にとっては最善の準備状態にあることになる。

七　馬丁は、はみ[1]を正しくはめるには、まず馬の左側へ行くべきである。次に、手綱を頭部に置いて、それを鬐甲に垂らし、頭にかける面繋を右手で持ち上げ、はみを左手で口にはめるのがよい。**八**　馬がそれを口に受けると、額革が被せられねばならないのは、いうまでもない。ところが、もし馬が口を開かなければ、はみを歯に押しつけ、左手の親指を馬の上下両顎の間に押し込まなければならない。このようにすれば、多くの馬は口を開く。こうしても、馬がはみを口にくわえない場合は、馬の唇を犬歯に押しつけるのがよい。このようにされても、はみを口に入れない馬は、ごく少数である。**九**　馬丁は、以下のことも教えられるべきである。それは、まず、けっして片方の手綱だけで馬を引いてはならない、ということ、次は、はみが顎から離れているべき距離を知っておく必要がある、ということである。これには、はみが顎に近すぎると、口を堅くし、鋭い感覚をもてなくするし、逆に口先に行きすぎると、馬ははみを嚙んで服従しなくなる、という理由がある。**一〇**　馬が、仕事をしなければならないということを知っても、素直にはみをくわえるかということにも注意する必要がある。はみを口に入れない馬はまったく役に立たないのであるから、馬がはみを口に入れようとしないのは重大な意味をもっているのである。**一一**　しかし、仕事にかかろうとする場合だけでなく、食事に連れていかれるときや乗馬訓練から厩舎に連れ戻されるときにも、はみを口に着けるようにすれば、馬ははみを前に出されると、すすんで口に入れるようになるのも、けっして不思議ではない。

一二　また、主人自身が病気になったり年をとったりして、馬に乗せてくれる人をもつ場合や、他の人に乗馬を助ける人を貸したくなったときのことを思い、馬丁が人を乗せるペルシア風の方法を知っておくのも、よいことである。

一三　怒っているときにはけっして馬に近づかないこと、このことが馬についての最良の教訓の一つであり、慣習である。怒りは思慮を失わせ、しばしば後悔しなければならないことをさせるのである。一四　馬が何かを恐《こわ》がって近づこうとしない場合は、それは恐くないということを教えなければならない。その最もよい方法は、それが恐くないということを勇敢な馬によって教えることである。だが、それができないときは、自分で恐ろしいと思われているものに触れてから、馬を穏やかにそこへ近づけるのがよい。一五　しかし、その際、打擲により強制されると、馬はいっそう恐怖を覚えることになる。このようなときに何か苦痛を受けると、馬は恐怖を与えるものが苦痛の原因だ、と思うのである。

一六　馬丁が騎手に馬を渡すとき、騎手が乗りやすいように馬がうずくまることができれば、そのことは非難されない。が、騎手は馬の助けがなくても、乗馬できるように訓練しなければならないと思う。というのは、時によっては別の馬が当たるかもしれないし、同じ馬であってもいつも同じようにしてくれる、とは

（1）一七一頁註（1）の図を参照。

かぎらないからである。

第七章

一　乗馬のために馬を受け取ったとき、騎手は馬術においてどのようにするのが自分のためにも馬のためにも最も有益であるかということを、これから記していこう。

まず、騎手は、はみの顎革か鼻革に繋がる引き手綱を左手にあらかじめ握っておいて、耳の側のたてがみをつかんで乗馬する場合でも、槍で支えて飛び乗る場合でも、馬を引っ張らないように緩く握っていなければならない。乗馬のとき馬の口をけっして引っ張らないように、騎手は、鬐甲の近くで、手綱をたてがみと一緒に握るようにすべきである。二　騎手は自分を馬に乗せるとき、左手で身体を引き上げると同時に、右手を伸ばして身体を上げるのを楽にするのがよい。このようにして馬に乗れば、後ろから見ても、脚を曲げた不恰好な姿を見せなくてすむ。また、膝を馬の背に置かずに、脛を右側へ跨がるようにすべきである。脚を馬に跨げてから、尻を背に下ろすのがよい。

三　騎手がたまたま右手に槍を持っていて、左手で馬を引いている場合は、右側からも飛び乗る練習をしておくのはよいことであると思う。そのときは、身体の右でしていたことを左で行ない、左でしていたことを右でする以外に、何も学ぶ必要はない。四　この乗馬法を勧めるのは、騎手が乗馬し終わるや否や敵と戦わねばならないときでも、あらゆる用意が整えられているからである。

五　騎手が馬の背に乗った場合には、裸の背であろうと、布の上であろうと、椅子に腰掛けるような姿勢でなく、腿を伸ばしてまっすぐに立つ姿勢をとることを勧める。このようにすれば、騎手の腿は馬といっそう密着し、まっすぐに立った姿勢であるから、必要ならより力強く馬上から槍を投げたり、敵を叩きつけたりすることができるのである。

六　脛は足と一緒に膝から力を抜いて楽に下がっていなければならない。騎手が脚を堅くしていると、何かがぶつかれば、脚を折ってしまうだろうが、脛が柔軟であれば、何かが当たっても、脛が揺れるだけで、腿の位置を変えさせるようなことはまったくないからである。七　騎手は腰から上の身体の部分ができるだけ柔軟であるのに慣れていないといけない。このようにしておれば、騎手は仕事もいっそうよくできるし、誰かが引っ張ったり、突いたりしたときでも、落馬する可能性ははるかに少なくなる。

八　乗馬するとまず必要なら尻の下から衣服の裾を引き抜き、手綱を均等に持ち、槍を最も扱いやすいように握るまでは動かないでいるよう、騎手は馬に教え込むべきである。次に騎手は左腕を自分の脇腹に密着させるのがよい。このようにすれば、騎手は最もよい姿勢をとりうるし、手は最も強靭になる。九　手綱は、左右同じ強さで、弱くなく、滑りにくく、必要な場合には手が槍も持てるような太くないものを推薦する。

一〇　馬に前進を命じるときは、並足で進みはじめるのがよい。これが最も不安にさせないものである。馬が頭を低く垂れているときは手綱を高くとり、頭を高くしすぎているときは手綱を低くとるのがよい。こうすれば、馬は最もよい姿勢をとれる。一一　このあと、馬は自然の速歩に移り、馬体の力を抜いて最も楽にし、鞭により快適このうえない駆け足に入っていく。だが、左足から駆け足を始めるほうがよいと見なされているから、速歩をして右足を上げたときに馬に駆け足をするよう鞭で合図をするようにすれば、きわめてうまく左足から駆け足を始められる。一二　なぜなら、そのときには左足を上げようとしはじめているからであり、また馬を左側へ方向転換させようとする場合には、左足で第一歩を踏み出せるからである。馬は、右へ旋回するときは右足を、左へ旋回するときは左足を先行させるように生まれつきなっているのである。

一三　輪乗りといわれる乗馬を推薦する。これにより馬の左右の顎は両方向への回転に慣れる。左右の顎が両方とも騎乗訓練において平等に慣れるように騎乗を変化させるのは、よいことである。一四　さらに、輪乗りよりも楕円形騎乗のほうを推薦する。馬は直線進路に満足すれば、喜んで旋回するのであり、しかもこのようにすれば、直線と旋回の駆け足を同時に訓練しうるのである。一五　旋回に際しては騎手は、馬の速度を遅くしなければならない。馬が全速力で走っているときに、急に方向転換するのは、容易でなく、危険である。とりわけ土地が堅いか、滑りやすい場合はなおさらである。一六　なお、騎手が馬の速度を遅くするときは、馬をできるだけ馬勒で傾けないように、また自分の身体もできるだけ傾けないようにしなければならない。そうしなければ、些細なことが騎手と馬を転倒させるのに十分であることを、よく知るべきである。一七　馬が曲線から直線の進路に向かうと、ただちに馬を疾駆させるのがよい。戦いでは、方向転換が追撃や退却のためのものであるのは、いうまでもない。したがって、転回後急速に走る訓練を馬にさせるべきである。一八　また、馬がすでに十分訓練をしたと思えば小休止をし、その後急に全速力で駆けさせるのがよい。だが、それも他の馬のいるほうへではなく、他の馬から離れるように駆けさせるのである。また、疾走中でもできるだけ短時間に停止し、しかも停止状態から方向転換して再度急発進する練習をす［べきである。将来これらのいずれをも必要とする時がくるのは、明らかである。
一九　最後に下馬する時がきた場合、騎手は他の馬のなかや人間の集まっている近くや馬場の外で下馬するのではなく、馬が仕事を強制される場所で休息も受けるようにすべきである。

第八章

一　馬は坂を登ったり、下ったり、また斜面にそって駆けたりしなければならないし、さらには跳び越えたり、跳び出したり、跳び下りたりしなければならないときがあるのだから、これらすべてのことも騎手は馬に教えながら、騎手自身と馬がこれらの訓練をすべきである。こうすれば、騎手と馬は相互に助けあえる。要するに騎手、馬ともにいっそう有用になるのである。
二　いまも以前も同じことについて述べているから、繰り返しているのだと思われるかもしれないが、繰り返しではない。以前は馬を購入するときに、馬がこういったことをすることができるかどうかを試してみるように勧めたのであるが、いまは自分の馬にそれらのことを教えなければならないといい、またどのように教えるのかを記そうとするのである。
三　跳び越えの経験をまったくもっていない馬を所有している騎手は、下馬して引き手綱を緩ませた状態に握って自分が先に濠を越え、次に馬が跳び越えるように引き手綱を引っ張らねばならない。四　だが、馬が跳び越えようとしないときは、鞭か棒でできるだけ強く打つのがよい。このようにすると、馬は適度な距離どころか必要な距離よりはるかに遠くまで跳ぶのである。それからは馬を打つ必要はなくなり、馬は、誰かが後ろから近づくのを見さえすれば、跳ぶようになる。五　こういうふうに馬が跳び越えるのに慣れてくると、騎手は乗馬状態で初めは狭い濠を、次には広い濠を跳び越えられるようにするのがよい。そして、馬が跳ぼうとするときには拍車を当てるべきである。同じように跳び上がったり、跳び下りたりすることを教えるときにも、拍車を当てるべきである。馬は身体を緊張させて、これらすべてのことをすれば、跳び越えたり、跳び上がったり、跳び下りたりするときに、馬体の後部が遅れる場合よりも、自分自身と騎手に対してこれらのすべてを安全に行なうのであるから。

六　下り坂を下りるのについては、まず柔らかい土地で馬にそれを教えねばならない。それに慣れれば、馬は、最後には、登り坂より下り坂のほうがはるかに快適に駆けられるようになる。しかし、以上の点については、坂を下へ駆け下りたりすると、馬は肩を脱臼するのではないかと心配する人がいる。が、そのような人は、ペルシア人やオドリュサイ人(1)はすべて下り坂を駆ける競馬をしているが、ギリシア人に劣らず馬を健康な状態に保っていることを知って、安心するとよい。

七　以上のすべての点において、乗馬している騎手はどのように馬に助力すべきであるかを、省略せずに述べていこう。馬が突然駆けだす場合には、騎手は前傾姿勢をとらねばならない。こうすれば、馬は滑りにくく、また乗っている騎手を落馬させにくくなる。だが、馬を急停止させるときには、騎手は身体を後ろに反らさなければならない。こうすると、騎手自身が馬に揺すぶられにくくなる。八　濠を跳び越えたり、坂を登ったりする場合は、馬が土地と同時に馬勒にも苦しめられないように、たてがみをつかむのがよい。なお、坂を下りるときには、騎手自身も馬も逆さまに落ちないよう、騎手は自分の身体を反らせ、馬を手綱で引っ張るべきである。

九　乗馬の練習は場所を変え、時刻を変え、それも長くしたり短くしたりするのが正しい。このようにするほうが、つねに同じ場所で同じように騎乗訓練をするより馬に嫌がられない。

一〇　騎手はあらゆる土地において馬を全速力で駆けさせるとき、馬にしっかりと座り、馬上で武器を間違いなく使用できなければならないから、適した土地で獲物の多い場所で、狩猟により乗馬訓練をすべきである。だが、このような状況にない場合は、二人の騎手が申し合わせ、一方の騎手が馬に乗ってあらゆる種類の土地を逃げ、槍を後ろ向きにして退却する、他方の騎手は先端を丸めた投槍および同じように後ろ向きにした槍をもって追跡し、投槍の届く距離に到達すると先を丸めた槍を投げ、槍で打つことができる距離まで近づけば追いついた相手を打つのも、よい練習である。一一　また、接近戦になれば、敵を自分のほうに引っ張っておいて突然突き放すのがよい。こうすると、敵を落馬させることができる。しかし、引っ張られる騎手のほうも、馬を引っ張られる方向へ進めればよいのである。こうすれば、引っ張られる騎手が落馬せずに、むしろ引っ張る騎手のほうを落馬させることになる。

一二　軍隊が対峙し、たがいに騎兵戦を行ない、一方の騎兵が敵の騎兵を敵の戦列まで追跡したあと、味方の戦列まで逃げ帰る場合は、味方の近くにいる間にまず方向転換して全速力で敵に向かい、敵に接近すれ

---

(1) 強力なトラキア族。

ば、馬をしっかり掌握しておくのが正しくて安全である、と知っておくのがよい。こうすれば、敵に大きな損害を与えながら、敵から害を被らずにすむのは、いうまでもない。

一三　神々はなすべきことをひとに言葉で教える能力を人間には与えたが、馬は言葉では何も教えられないのは明らかである。だが、馬があなたの思いどおりにすれば褒美を与え、いうことを聞かなければ罰するようにすれば、馬は騎手の部下としての義務遂行を最もよく学ぶようになる。一四　このことは数語で述べうることでありながら、馬術全体に通用するのである。はみをくわえると、何かよいものが与えられるようになっていると、馬は喜んではみを受けるだろう。また、指示されたことをすれば、休憩しうるという期待をもてるなら、馬は跳び越えたり、跳び出したり、その他のすべてを騎手の部下として成し遂げるだろう。

第九章

一　以上述べてきたことは、若駒や馬を購入する際に最も欺かれない方法、それらを使用するときの損害を最小限にする方法、さらに騎手が戦争のために求める能力を馬にもたせるべき方法である。いまは、気性の荒すぎる馬あるいは愚鈍すぎる馬をたまたま扱うことになった場合でも、両者を最も正しく扱える方法も記すときであろう。

二　まず、馬の荒々しさとは人間の怒りと同じであることを知る必要がある。したがって、不快なことをいったりしたりしなければ人を怒らせるのがきわめて少ないように、荒々しい気性の馬も嫌がらせなければ激しく怒らせることはほとんどないのである。**三**　だから、まず、乗馬においては、騎乗のときに馬を悩ませないように注意しなければならない。騎乗すると、普通の馬の場合より長く静止させておいたあと、このうえなく穏やかな合図を送って進ませるのがよい。次に、最もゆっくりした歩みで歩かせはじめ、馬が疾走状態に達したことに自分でまったく気づかないように、速度をあげさせるべきである。**四**　突然現われる光景や突然聞こえてくる音響、それに突然受ける衝撃が人間を驚愕させるように、騎手が突然与える合図は気性の荒い馬を惑乱させる。こういうわけで、突発事には馬も混乱するということを知らなければならない。**五**　また、異常に速く突き進もうとする気性の荒い馬を抑えようとすれば、手綱を突然引っ張るべきではなくて、馬を穏やかに落ち着かせながらはみを引き寄せるべきである。馬を無理やり静止させてはならない。**六**　長い騎乗のほうがたびたびの方向転換より馬を落ち着かせる。長時間の穏やかな騎乗は荒い気性の馬をやわらげ、鎮め、興奮させない。**七**　だが、速い速度の騎乗をたびたびすれば、馬を疲労させて穏やかにすると考えている人がいるなら、その人は事実と反対の認識をしている。このような状態になれば、とりわけ気性の荒い馬は力ずくで駆けようと努め、怒りっぽい人間と同じように、怒りのあまりしばしば自分と騎手に多くの取り返しのつかない害を加えるのである。**八**　気性の荒い馬には全速力で突進するのをやめさせねばならないし、他の馬との競走はどうしても避けさせねばならない。およそ馬のうちで最も荒い気性の馬は最も勝利に憧れるからである。

九　はみは柔らかいほうが堅いのよりも適している。それでも堅いはみがはめ込まれるときには、手綱を緩めることにより、堅いはみを柔らかいはみに似せるようにするのがよい。騎手は自分が動かないように騎座すること、とくに気性の荒い馬に乗った場合、安定した騎座のために接触する部分以外の馬体には、できるだけ接触しなくすることに慣れるべきである。

一〇　さらに、口笛を吹けば落ち着き、舌を鳴らせば元気になるように教え込むこともできるということを、知らなければならない。しかし、初めから馬を落ち着かせるのに舌を鳴らし、荒っぽくさせるのに口笛を吹くようにしておけば、馬は口笛を吹かれると元気づき、舌を鳴らされると落ち着くことを覚えるだろう。一一　だから、叫び声が聞こえても、ラッパが鳴っても、騎手自身が狼狽していると馬に思われたり、馬を混乱させたりすることは、けっしてするべきでない。むしろ、このような場合にはできるだけ馬を休ませ、機会があれば朝と夕べの飼料を与えるのがよい。一二　しかし、気性の荒すぎる馬は戦争のためには手に入れないようにというのが、最良の助言である。

さらに、愚鈍の馬については、荒い気性の馬を扱うのに関して与えた忠告と反対のことをすべてするように、と書き記せば十分であると思う。

第十章

一　戦いに有能な馬を、いっそう堂々と見え、注目を集める馬にしようと思って乗馬するのなら、多くの者が馬を引き立てることになると思うこと、つまりはみで馬の口を引っ張ったり、馬に拍車を当てたり、鞭を打ったりするようなことは、控えねばならない。この者は、自分の願っていることとは反対のことをしているのである。**二**　口を引き上げれば、馬を盲目にして前方を見えないようにし、拍車を当てたり、鞭を使ったりすれば、馬を驚かせることになる。この結果、馬は混乱し、危険に瀕する。以上の行為は、騎乗をとくに嫌がり、醜く、無様な恰好をする馬のものなのである。**三**　だが、馬はゆったりしたはみで進み、首をもち上げ、頭のほうから弓状に曲げることを教えられれば、馬自身が喜び、誇りにしていることをするように、仕向けられることになるだろう。**四**　馬が以上のことを喜ぶ証拠は次のとおりである。それは、馬が他の馬の前で、とりわけ牝馬の前で示したい姿勢をとろうとする場合には、首を最も高く上げ、興奮して頭をこのうえなく弓なりに反らし、脚をしなやかに上げ、尻尾を上に上げるということである。**五**　だから、馬が自分の美を最もよく誇示しようと思うときに、馬自身が示したい姿勢を馬にとれるようにしてやれば、馬は騎乗されるのを喜び、堂々として活発に周囲の注目を集める姿を示すことになる。そこで、こういったことを成し遂げるには、どのような考え方をすればよいのかを、いまから詳述することにしよう。

六　まず、少なくとも二つのはみ(1)を所有していなければならない。一つは滑らかで、適当な円板がついており、他は重くて平らな円板で鋭い歯型のついているものである。この意図は、馬は後者のはみをくわえた場合には、ざらざらしたのを嫌がってそれを吐き出すが、滑らかなはみをそのあとでくわえるとその滑らかさを喜び、ざらざらしたはみで教えられたことを滑らかなはみにおいても行なうようになる、ということにある。**七**　だが、馬が滑らかさを侮ってしばしばはみを噛んで無力にするなら、これをやめさせるために滑

（1）はみの各部分の名称については、一七一頁註（1）の図を参照。

らかなはみに大きな円板をつける。その目的は、この円板により馬に口を大きく開かせ、噛んでいるはみを放させることにある。また、ざらざらのはみでも覆いをつけたり、手綱を引っ張ったりして、いろいろ役に立てることができる。八　だが、はみは、どのような型状のものであれ、すべて柔らかでなければならない。堅いはみをくわえると、くわえたところがどこであろうと、馬ははみ全体を顎で受けとめるからである。それはちょうど、鉄串をどこでつかもうと、人が鉄串全体を持ち上げるのと同じである。九　ところが、柔らかいはみは鎖のような働きをする。人がつかんでいるはみの部分だけは曲がらないままであるが、他の部分は垂れ下がっている。そして、馬はといえば、口のなかで捕らえられないはみの部分をたえず追い求め、顎からはみをはずすのである。こうならないように、心棒の真ん中にも輪が掛かっているのであるが、その目的は、馬がこの輪を舌と歯で追い、はみを顎に受け入れるのを気にしなくなるようにすることにある。

一〇　はみが柔らかいということと堅いということはどういうことであるのかが分からなければ、このことも記しておこう。柔らかいというのは、心棒が幅広く滑らかな継手をつけていて、容易に曲がる場合のことをいう。そして、心棒の周りについているすべてのものが、大きな穴でゆとりをもってつけられており、密着していなければ、一段と柔らかい。一一　これと反対に、はみの各部分の動きも組み合わせもよくないなら、それが堅いということである。

しかし、これまで述べてきたように、騎手が馬を示したいと思うなら、どのような型であれ、はみは以下のすべての点において同じように扱われるべきである。一二　馬の口をあまり激しく後ろに引っ張って、馬が頭を振り上げることのないように、また口をあまりに緩く引いて、馬が何も感じとらないようにしてはいけない。馬が口を後ろに引っ張られて、首をもち上げると、すぐにはみを馬の自由に任せてやるのがよい。その他の点では、たえずいっているように、馬が立派に仕えてくれたときには、喜ばせてやらねばならない。

一三　また、馬が首を高く上げて喜んでいたり、手綱を緩められて喜んでいるのに気づくと、騎手は仕事を強制するような辛い目に馬を遭わせるのでなく、休もうとしているんだと思わせて、馬の機嫌をとるようにすべきである。こうすれば、馬はすっかり安心し、騎手を乗せて疾走するようになる。一四　馬が速く走るのを喜ぶということの証拠は、次のとおりである。つまり、逃げ出すとき、馬はゆっくりと歩かず、走っていくということである。過度に走ることを強制されなければ、馬は走るのを喜ぶように生まれついているのであるから。あらゆることにおいて度を越すというのは、馬にも人間にも好ましいことではない。

一五　誇らしげな態度で乗馬されるようになれば、初期の訓練において、馬は、われわれのために旋回から疾走へ突き進むことに、おそらく習熟し終えたのであろう。馬がこれを覚えると、騎手がはみを引っ張ると同時に何か突進の合図をすると、馬ははみで抑えられる一方で突進の合図を受けて興奮し、胸を前に出し[もするし]、怒って脚を上げるが、脚は柔らかくない。というのも、馬は、苦痛を感じるときは、脚を柔らかくしないからである。一六　だが、馬がこのように興奮したとき、騎手が馬にはみを委ねると、馬ははみの緩みにより自由にされたと思って喜び、誇りうる一切のことを他の馬に示しながら、しなやかな足取りを見せ、堂々とした態度で進んでいく。一七　そして、このような馬を見た人は、それは血統のよい、積極的な、乗り心地のよい、勇敢な、立派な馬であり、見る目を楽しませてくれると同時に恐れさせる、というのである。

以上のようなことを知りたいと思っている人がいるなら、その人への記述はこれで終わったことにしよう。

第十一章

一　騎手が観閲式に適した、頭と脚を高く上げる、堂々とした馬に乗りたいと思っても、すべての馬がそのようになれるわけでは、けっしてない。が、馬の心は誇り高く、肉体は強壮でなければならない。二　ところで、柔軟な脚の馬は身体を起こすことができると思っている人がいるが、けっしてそうでない。むしろ、柔軟で短い、強い腰をもった馬が、後脚を前に出して前脚の下に置くことができるのである。だが、ここでいう腰とは、尻尾のあたりのことではなく、肋骨と尻の間にある腹部のあたりのことをいう。三　後脚を前脚の下に置いたときにはみで引っ張ると、馬は後脚を膝で曲げて身体の前部をもち上げる。この結果、馬の対面にいる人には馬の腹と陰部が見えることになる。こういう姿勢をとったときには、馬は最もすぐれたことをすすんでしたんだと見ている人が思うように、はみを馬に委ねてやらねばならない。四　このようなことも、膝の下を棒で叩いて教える者や、馬のそばを走って太股《もも》の下を杖で打てと命じる者がいる。五　しかし、つねにいっているように、騎手の思いどおりのことをしたときには、必ず馬は騎手から休息が得られるということになっているのが、最もすぐれた訓練である、と信じている。六　シモンもいっているとおり、馬は強制されてする事柄を理解しないし、強制されてする事柄はまたすばらしい事柄ではない。それは、舞踊者が鞭で打たれたり、棒で叩かれたりして踊る場合と同じである。そのような目に遭えば、馬も人間もすばらしいことをするどころか、はるかに醜いことをする。馬は合図を受けると、あらゆる点において注目を集めるすばらしい姿をすすんで示すようでなければならない。七　馬が騎手を乗せてたくさん汗をかくまで走り、立派な姿勢で自分の身体をもち上げたとき、騎手はすばやく下馬してはみをはずしてやればよい。そうすれば、馬は自発的に自分の身体をもち上げるようになるのが、よく分かるはずである。

八　神々や英雄たちがすでにこのような馬に乗っていたことが描かれている。そして、このような馬を見事に乗りこなす人々の姿は立派である。九　老若を問わずすべての者の目を引きつけるほどに、実にすばらしく自分の身体をもち上げる馬が存在するのである。実際、馬がその輝かしさを示しているかぎり、誰も見飽きもしなければ、立ち去りもしない。

一〇　さらに、このような馬の所有者が騎兵分隊長であり、騎兵隊長であれば、所有者だけが栄光に輝くのではなく、自分のあとを行進する全軍が注目されるにふさわしいと思われるよう努力しなければならない。一一　ところで、先頭を切る馬が自分の身体を最も高く、しかもしばしばもち上げ、最も小さい歩幅で進む［このような馬を人々はとくに称賛する］と、他の馬も遅い足取りで先頭の馬に従うのはいうまでもない。しかし、このような光景がすばらしい、と見なされるのだろうか。一二　馬を引き起こして、速すぎも遅すぎもしないように進め、後続の最もはつらつとした馬がこのうえなく恐ろしくしかも端正になるように先導すれば、馬の鳴らす足音、嘶《いなな》き、鼻音がたえることなく続くから、先導する者ばかりでなく、あとに続く全軍が見事な姿に見えよう。

一三　馬を上手に購入し、仕事に耐えるように育成し、戦闘訓練、観閲式行進、戦闘において正しく扱うなら、神が妨げないかぎり、手に入れたときより馬を価値あるものにし、名声のある馬を所有し、馬術において有名になることに、もはやなんの支障もない。

第十二章

一　馬上で危険に出合うことになる騎手がどのような武装をすべきかも、記述しよう。

まず、胸甲が身体に合うように作られていなければならない、と主張する。よく合っている胸甲は身体全体が支えることになるが、緩すぎる胸甲は肩だけが支えることになり、窮屈すぎる胸甲は身体を縛って動けないようにするから、身体を護る武器どころではなくなる。二　首も身体の急所の一つであるから、首のためにも胸甲から直接続く覆いが首に合わせて作られねばならないと思う。これは、飾りになると同時に、騎手の必要に応じて作られるなら、その顔を鼻まで望みどおり覆ってくれるだろう。三　兜はボイオティア型が最もよいと思う。この兜は胸甲から上に出ている部分のすべてを最もよく護り、しかも視野を遮らないからである。また、胸甲は座ったり屈んだりするのに妨げとならないように、作られるべきである。四　なお、下腹部と陰部およびその周辺を護るのには、胸甲の垂れが飛び道具を防ぐような材料で作られ、その大きさもこれに応じたものでなければならない。五　だが、左手が傷つくと、騎手はその能力を失うから、そのために工夫された「小手」という防具を勧める。この防具は、肩、腕、肘と手綱をとる指を護り、伸びたり曲がったりするうえに、脇の下の、胸甲の当たっていない部分を覆うものである。六　なお、投げたり打ったりしようとする場合には、右手を上げねばならない。したがって、腕を動かすのに妨げとなる胸甲の部分を除き、代わりに腕を上げれば同じように開き、下げれば閉じるように、継目のところに垂れを着けるのがよい。**七**　さらに、前腕のためには、脛当《すねあて》と同じような、別個のものとして添えられた防具のほうが、胸甲に取り着けられているものよりよいと思う。右手を上げたときに露出している部分は、胸甲の近くで子牛の皮か青銅で覆われるべきである。でなければ、最も致命的な部分が無防備になる。

八　馬が負傷すると、騎手もまったく危険な状態に陥るから、額当、胸当、脇腹当で武装させねばならない。この脇腹当は騎手にとっても腿甲《ももかぶと》になる。しかし、あらゆるものにまさって、防護しなければならないのは、馬の腹である。腹は最も重要であるのに最も弱い部分であるから。だが、この腹も背覆い布で護ることができる。**九**　背覆い布は、騎手がより安定して座れるように、また馬の背が傷つかないように、縫われていなければならない。

このようにすれば、他の点でも、馬と騎手がともに武装したことになる。**一〇**　しかし、騎手の脛と足は当然腿甲からはみだしている。が、革のサンダルがあるのだから、この革で長靴が作られるなら、はみだした部分も武装されることになる。こうすれば、脛の武具とともに足の靴もあることになる。

一一　これらは、傷を受けないようにと、神々の恵みにより与えられた武具である。敵に害を加えるには、両刃の剣より反りのある刀を勧める。高いところにいる騎手にとっては、剣で突くより刀で打つほうが役に立つだろう。**一二**　長い柄の槍は弱くて扱いにくいから、ミズキの木で作った二本の投槍をその代わりに推薦する。練達の兵なら、一本を投げることができるうえ、残りの一本を前後左右に対して使用することができるからである。投槍は槍よりも丈夫で扱いやすい。

一三　投槍は最も遠くから投げるのがよい、と勧めたい。このように遠くから投げると、旋回してもう一つの投槍をとる時間的余裕が、より多くあるからである。最も力強く槍を投げる方法も簡単に述べておこう。騎手が身体の左側を前に出し、右側を後ろに引き、太股で立ち上がって、槍先を少し上に向けて投げると、槍は最も力強く、最も遠くまで飛ぶ。しかも投げられるとき、つねに槍先が標的を狙っておれば、槍は最も確実に命中するのである。

一四　以上の覚え書き、教訓、配慮は当然個人のために書かれたものである。騎兵隊長が知っておくべきことおよび行なわなければならないことは、すでに他の文書において示されている。

狩猟について

第一章

一　狩猟と犬はアポロンとアルテミス(1)の神々により発明された。彼らは、それをケイロン(2)に与えることにより、彼の正義を称えた。二　彼はこの贈り物を受け取って喜び、これを用いた。そして、ケパロス、アスクレピオス、メラニオン、ネストル、アンピアラオス、ペレウス、テラモン、メレアグロス、テセウス、ヒッポリュトス、パラメデス、オデュッセウス、メネステウス、ディオメデス、カストル、ポリュデウケス、マカオン、ポダレイリオス、アンティロコス、アイネイアス、アキレウスが、彼の狩猟と他のすばらしい技術の弟子となった。これら各々の弟子は、それぞれの時代に神々から栄光を与えられた。三　だが、彼らの多くが神々の気に入られていたにもかかわらず、不死身ではなかったことを、誰も不思議に思うべきではない。彼らは死ぬように生まれついていたのである。それだからこそ、彼らに対する称賛も大きくなった。さらに、彼らすべての世代が同じでなかったことにも、驚いてはいけない。このケイロンの生涯は、彼らすべての生涯に跨がっていたからである。四　ゼウスとケイロンは、同じ父方の兄弟であるが、前者の母はレアであり、後者の母はニンフのナイスであった。だからケイロンは弟子たちより以前に生まれていたが、死んだのは遅くて、彼がアキレウスを教育したときであった。
五　彼らは、犬と狩猟に対する努力と他の教育の結果、そのすばらしさが実に際立っていたので、賛美されたのである。**六**　ケパロス[3]は女神に［も］さらわれた。アスクレピオス[4]はもっと大きな贈り物を得ていて、死者を生き返らせ、病人を治療した。このために、人間たちの間では神として永遠に忘れられない名声を受けている。**七**　メラニオン[5]は労苦を好む点ではひじょうに抜きん出ていたから、当時の貴族たちが恋敵にな

(1) ゼウスとレトの息子と娘で双子の神々である。アポロンは音楽、医、弓、予言、家畜、光の神であるが、狩猟の神ではない。アルテミスは弓と野獣の女神であり、猟犬をともなった若い美しい狩人として神話に描かれている。ここでは、アポロンがアルテミスとともに狩猟と犬の発明者になっているが、理由は分からない。

(2) 馬身で腰から上が人間の姿になっているケンタウロス族の一人。クロノスとニンフであるナイスの子。妻レアを恐れたクロノスがナイスと馬の恰好で交わったためにケイロンがケンタウロスの姿になったといわれる。ケンタウロスであるが、賢明で、正しく、音楽、医、狩猟、競技、予言にすぐれ、多くの英雄は少年時代、彼の教育を受けた。

(3) アッティカのケパリダイ族の祖。アッティカ王ケクロプスの娘ヘルセの子あるいはアッティカ王パンディオンの子とされている。彼に関する最も古い伝説は、曙の女神エオスが彼をさらい、二人の間にシリアでパエトンが生まれた話である。オデュッセウスの祖父アルケイシオスはケパロスの子または孫ともいわれる。

(4) ギリシアの英雄で医の神。アポロンとテッサリアの王プレギュアスの娘との子。アスクレピオスはアポロンによりケイロンに預けられ、医術を教わって名医になり、アテナから授かったゴルゴンの血により、死者を蘇らせる力をもつにいたった。

(5) カリュドンの狩りに参加して有名になり、自分との競走に勝った男と結婚するといっていたアタランテに求婚し、彼女との競走に勝って、彼女を妻にした。

ったにもかかわらず、彼のみがそのときの最高の女性であったアタランテを得ることができた。ネストル[1]の立派さはすでにギリシア人の聞いているところであるから、わたしが知っている人に語る必要もないだろう。八　アンピアラオス[2]はテバイに遠征したとき最大の称賛を得たのち、神々から永遠に生きる栄誉を受けた。ペレウス[3]は、神々にさえ、彼に女神テティスを与え、ケイロンの邸で彼らの結婚を称える歌を歌いたいという気持ちを起こさせたのである。九　テラモン[4]は偉大になり、最大の都市から彼自身の望む妻としてアルカトオスの娘ペリボイアを得た。そして、ゼウスの息子ヘラクレスは、ギリシア軍の第一人者としてトロイア占領後、戦功褒賞をしたとき、彼にヘシオネを与えたのである。一〇　メレアグロス[5]が得た名誉は有名である。彼は父が老齢のために女神を忘れたから不幸な目に遭ったので、彼自身に責任があったからではない。テセウス[6]は全ギリシアの敵をただ一人で滅ぼした。彼は自分の祖国をまことに巨大なものにしたから、今日

(1) ピュロス王ネレウスとクロリスの子。トロイア戦争ではすでに老人であったにもかかわらず、アンティロコスとトラシュメデスの二人の息子とともに九〇隻の船を率いて参加した。陣営にあってそのすぐれた知をおおいに示した。メムノンに追撃されたとき、アンティロコスが身代わりになって死んだ。トロイア陥落後、彼は無事に帰国した。

(2) アルゴスの英雄で予言者。アルゴス王アドラストスの妹エリピュレを妻にした。このとき二人は、将来意見の合わないときは、エリピュレの判断に従う約束をした。オイディプスの息子ポリュネイケスが王位奪還を目指してテバイ攻撃に向かうとき、彼を支援するアドラストスがアンピアラオスに参加を求めた。このとき、アンピアラオスは、この遠征の失敗、アドラストス以外のすべての将軍の戦死を予知して、反対した。だが、ポリュネイケスはテバイの建設者カドモスの妻ハルモニアがもっていたヘパイストスの手になる首飾りをエリピュレに与えて遠征参加への断を下させる。アンピアラオスはやむなく出征するが、二人の子供に、母親を殺害し再度テバイを攻撃することを命じた。

(3)アイギナ島のアイアコスとエンデイスの子。テラモンの兄弟。イオルコスのアカストスのところにいたとき、アカストスの娘アステュダメイアに情交を迫られたと讒言された。彼を狩猟に連れ出したアカストスは、彼が山中で眠っている間に彼の刀を牛糞のなかに隠し、彼を見捨てて帰った。目覚めた彼が刀を捜しているとき、ケイロンが彼を救い、刀も捜し出して与えた。後、彼はネレウスの娘で海の女神テティスと結婚し、二人の間にギリシア第一の英雄アキレウスが生まれた。テッサリアのプティアとイオルコスの王。

(4)ペレウスの兄弟。サラミスの王キュクレウスのもとにあり、キュクレウスの娘グラウケを妻とし、王位を継いだ。妻の死後、ペリボイアを娶り、トロイア攻撃の勇士でソポクレス『アイアス』の主人公、大アイアスを生んだ。

(5)カリュドンの王オイネウスとアルタイアの子。オイネウスが収穫感謝の祈りに女神アルテミスへの犠牲を忘れた。怒った女神は巨大な猪を放って土地を荒らした。メレアグロスは狩人を集めて猪狩(有名なカリュドンの猪狩)をした。このときカリュドン人とクレス人との間に争いが生じ、彼はこの戦いでクレス人である母方の叔父を殺害した。母は嘆き、息子を呪った。メレアグロスはこれを怒り、戦線を離脱した。敵は勢いを得て町を陥落させようとする。父、姉妹、長老たち、いや母さえも彼に戦線への復帰を頼んだが、彼は拒否した。ついに敵が町に火をつけたとき、彼の妻クレオパトラが涙ながらに戦いへの参加を要請した。そこで、彼も立ち上がり、勝利をもたらしたが、彼も倒れてしまった。

(6)アテナイの国民的英雄。若かりし頃、ギリシア国内の怪人、盗賊、怪物、クレタの怪牛ミノタウロスを退治した。王位についたテセウスは、アッティカにある多くの村や町を合併し、アテナイを首都にする国家を形成した。その後、彼はアマゾン国に遠征し、ヒッポリュテを連れ帰った。このヒッポリュテとの間に息子ヒッポリュトスが生まれた。ヒッポリュトスは純潔を尊び、アルテミスを崇拝した。にもかかわらず、テセウスはパイドラと結婚した。このためにアマゾン族が攻め寄せたが、テセウスに撃退された。この戦いでヒッポリュテは戦死したともいわれている。ヒッポリュトスに恋して自殺したパイドラの遺書により、彼が継母にけしからぬ振る舞いをしたと思い込んだテセウスは、彼を追放する。追放された彼は、暴走して転倒した馬車から放り出されて死んでしまう。この後、テセウスは、ヘレナを奪ったり、ハデスへ行ったりする。彼がハデスに行っている間に、カストルとポリュデウケスがヘレナの奪還に来て、アテナイのエレクテウスの曾孫メネステウスを亡命から連れ戻し、王位につけた。ハデスから帰還したテセウスはメネステウスの攻撃を受け、スキュロス島の王リュコメデスのもとに行ったが、このリュコメデスはテセウスを断崖から突き落として殺した。

もなお称賛されている。一一　ヒッポリュトス[1]はアルテミスにより名誉を与えられ、彼女と言葉を交わし、その節度と敬虔さから、死んだときは浄福者として称えられた。パラメデス[2]は生存中は自分と同世代の人間より知においてはるかにすぐれていたが、不当に死刑に処せられた後も他のいかなる人間も得ないような処罰の権利を神々から与えられた。彼は、一般に思われているような人々が原因で、生を終えることになったのではなかった。でなければ、彼らのある者は、ほとんど最高の人物であったのに、そうでなかったことになるだろうし、他の者はすぐれた人物に匹敵する人ではなかったことになるだろう。彼を処刑するという行為をしたのは悪人だったのである。一二　メネステウス[3]は、狩猟の訓練の結果、労苦を好む点では抜きん出ていたから、ギリシア人のうちの第一人者たちも、軍事能力においては、自分らがネストルを除いて彼より劣っていることを認めていた。しかも、ネストルは、メネステウスよりまさっていたのではなくて、彼と競っていた、といわれている。一三　オデュッセウス[4]とディオメデス[5]は、個々の行為においても有名であるが、全体として見た場合でもトロイアの征服は彼らに負っているのである。カストルとポリュデウケス[6]は、ケイロンから学んだ技術をギリシアで示して得た名声により、不死になっている。一四　マカオン[7]とポダレイリオス[8]はすべて同じ教育を受け、技術と演説と戦《いくさ》においてすぐれた人物になった。アンティロコス[9]は父を守って死んだので、ギリシア人の間で彼だけが「父を愛する者」といわれた。一五　アイネイアス[10]は父方と母方の神々を救ったから、この敬虔さのために栄誉を担い、敵さえも、トロイアで打ち負かした者のうち、彼

（1）ヒッポリュトスは、清純を尊び処女神アルテミスを敬った。他の点については、二〇一頁註（6）参照。

(2) 知勇兼備の将。アガメムノンがトロイア遠征に参加する英雄を募っていたとき、彼は出征を拒否するオデュッセウスが狂気を装っているのを見破って、遠征に参加させた。オデュッセウスは、これを怨んで、パラメデスがギリシア軍を裏切っているように見せかけ、アガメムノンに彼を処刑させた。

(3) トロイア遠征に参加。木馬の胴に入った勇士の一人。他は二〇一頁註(6)参照。

(4) イタカの王。トロイア遠征におけるギリシア軍のアキレウスにつぐ勇士で知将。アキレウスの戦死後、木馬の計略によりトロイアを攻略する。『オデュッセイア』の主人公。トロイア攻略後、長年の漂流と苦難を経て、貞節な妻ペネロペイアと再開する話は有名。註(2)参照。

(5) カリュドンの王オイネウス(二〇一頁註(5)参照)の子テュデウスと、アドラストス(二〇〇頁註(2)参照)の娘デイピュレの子。トロイア遠征のギリシア軍においてはアキレウスにつぎオデュッセウスと並ぶ勇士。トロイア遠征には八〇隻の船を率いて参加し、知将オデュッセウスとつねに行動をともにしていた。

(6) ゼウスとレダの間の双子の兄弟。六三頁註(1)、二〇一頁註(6)参照。

(7) 医神アスクレピオス(一九九頁註(4)参照)の子。ポダレイリオスの兄弟。母は普通エピオネといわれる。彼は、ポダレイリオスとともに、三〇隻の船にテッサリアのトリッケ、イトメ、オイカリアの軍勢を乗せて、トロイア遠征に参加し、医師としてまた戦士として活躍した。ピロクテテスやメネラオスの傷を治療した。木馬の勇士の一人でもある。

(8) マカオンと同じく医師である。前註参照。

(9) ネストルの息子。二〇〇頁註(1)参照。

(10) トロイア軍の英雄。ゼウスの子であるダルダノスの息子アンキセスと彼を見初めたアプロディテの間に生まれる。神の命令には敬虔に従う。ギリシア軍をしばしば破った。トロイア軍のなかで彼一人がトロイア陥落後も有望な未来をもっていた。トロイア陥落の際、彼は父や部下とともにトロイア城から逃れ出た。彼のトロイア滅亡後の物語がホメロス以後創り出され、ローマ建国と結びつけられた。

のみからは略奪することを許さなかった。一六　アキレウス(1)は、このケイロンの教育において育てられ、記憶になるようにとひじょうにすばらしい偉大なことを残しているので、誰も彼について話したり聞いたりするのをやめることはない。

一七　すぐれた人間が今日でも愛し、劣った人間が嫉妬するこれらの人たちは、ケイロンの訓練の結果、実にすばらしい人物になった。そして、ギリシアにおいて国や王に困難な事件が起こったとき、それらの事件は彼らにより解決されたのである。さらに、全ギリシアと異国人全体の間に争いや戦が起こった場合、ギリシア人はこれらの人物によって勝利を得、ギリシアを不敗にしたのであった。

一八　したがって、わたしは若者たちに狩猟と他の教育を軽視しないように、という助言をする。なぜなら、これらのことから若者は戦争およびその他の点に［おいて］有能になり、この結果、彼らはすぐれた思考、言説、行動をしなければならなくなるからである。

第二章

一　すでに少年を終えて［財産をもって］いると見なされる男性は、まず狩猟のこと、次に他の教育を受けねばならない。財産を十分にもっている者は教育において自分の役に立つのに応じた支出をすべきであり、十分に財産をもっていない者でも熱意を示して力を出しきるべきである。

二　人々は予備知識をもって狩猟に着手するようにしなければならない。だから、どれほどの、またどのような種類の準備をして、それに取りかからねばならないかということ、およびその各々の知識を説明しよう。誰もこれをくだらぬことと思ってはいけない。この知識なしでは事を運べないのである。

三　網番は狩猟に強い興味をもち、言葉はギリシア語を話し、年齢は二〇歳ぐらい、見たところ活発で丈夫、精神力は十分で、苦労に打ち勝ち、仕事を喜ぶ男でなければならない。四　罠網、獣道網、平地網は、パシス(2)産かカルタゴ産の細い亜麻で作られているべきである。

罠網は三本の撚《よ》り糸で作られた九本の糸のものでないといけない。そして、それぞれの撚り糸は三本の糸から作られているのである。罠網の長さは五スピタメ(3)、網目は二パライステ(4)にし、網の周りは綱がよく滑るように結び目なく縁どられているのがよい。五　獣道網は一二本の糸で、平地網は一六の糸で作られていなければならず、獣道網の長さは二オルギュイア(5)、四オルギュイア、五オルギュイアに、平地網の長さは一〇

（1）ペレウスとテティスの子（二〇一頁註（3）参照）。ホメロス『イリアス』の主人公であり、総大将アガメムノンに対する彼の怒りがこの作品の主題である。彼の教育者がケイロンとポイニクスである。一つの伝説によると、母テティスは彼を不死にしようとハデスの川ステュクスに浸したが、そのときつかんでいた踵だけが水につからず、不死とならなかった。彼は五〇隻の船にプティアのミュルミドン人を乗せ親友パトロクロスとともにギリシア軍に加わり、トロイアを果敢に攻めたが、戦争の末期アポロンの援助を得たパリスの矢に射られて戦死した。

（2）コルキスを流れる川の名パシスに由来する。コルキスはコーカサスの南、黒海の東沿岸地域。

（3）一スピタメは約二二センチメートル。

（4）一パライステは約七・五センチメートル。

（5）一オルギュイアは約一・八メートル。

オルギュイア、二〇オルギュイア、三〇オルギュイアにすべきである。網はこれより長ければ扱いにくい。この二種類の網には三〇の結び目があるようにし、網目の大きさは罠網と同じにするのがよい。**六**　獣道網にはその袖に結び目があり、平地網には輪があり、網の縁どりは綱でされるのがよい。**七**　罠網の支柱は一〇パライステの長さのものか、それより短いものにすべきである。土地が斜面になっているところでは、網の高さが同じになるように支柱の高さを違え、平坦なところでは支柱の高さを同じにしなければならない。この支柱はその先端で容易に張れる、そして［この支柱は］滑らかなものでないといけない。獣道網の支柱は二倍の長さに、平地網の支柱は深くない切り込みの熊手をもち、五スピタメの長さにすべきである。すべての支柱は丈夫でなければならず、その太さも長さと不釣り合いであってはいけない。**八**　平地網のために使用しうる支柱の数は多かったり少なかったりする。網が張られる場合、強く張られると支柱の数は少なくてよく、緩んで張られると支柱の数は多くなければならない。**九**　罠網、獣道網、平地網および木を切って必要な穴を塞ぐようにと鉈《なた》を入れて運ぶ袋は、子牛皮製にすべきである。

第三章

一　犬には二種類ある。一種類はカストル犬で、他は狐犬である。カストル犬は、カストルが狩猟を喜んでこの犬をとくに保護したから、このように呼ばれている。狐犬は、犬と狐から生まれたから、そう呼ばれている。長い年月の間に彼らの性質は融合した。**二**　劣っているのは、つまり多くいるのは次のような犬である。小さな犬、鉤鼻の犬、灰色目の犬、瞬きする犬、醜い犬、身体の堅い犬、弱い犬、毛のない犬、ひょろ高い犬、均整のとれていない体型の犬、活気のない犬、臭覚の鈍い犬、足のよくない犬である。三 小さい犬は、小さいために、しばしば狩猟の仕事から脱落する。鉤鼻の犬は、口の働きが悪く、そのために野兎を捕らえない。灰色の目の犬と瞬きする犬は目が悪い。醜い犬は見るのも嫌である。見たところ身体の堅い犬は狩猟を巧く終えられない。弱い犬、毛のない犬は仕事ができない。ひょろ高い犬、均整のとれない体型の犬は、不恰好な身体をしているから、走り回るのに鈍重である。活気のない犬は狩猟の仕事をやめ、太陽を避け、陰に入って横になる。臭覚の鈍い犬は辛うじて野兎を嗅ぎ分けるが、それも稀である。足の悪い犬は、元気があっても、仕事に耐えられず、足の痛みのためにやめてしまう。

四 同じ犬の種族にも、追跡の方法にはいろいろある。ある犬は、獲物の臭跡を捕らえると、印をつけずに進んでいく。このために、その犬が臭跡を追っていることが気づかれない。他の犬は耳だけを動かすが、尻尾はじっとさせている。別の犬は耳を動かさないで、尻尾の先端を振っている。五 さらに、他の犬は耳を立て、臭跡の追跡中は厳しい顔をして尻尾を垂れ、それを後脚の間に入れて走り回っている。しかし、多くの犬は、これらのことを何もしないで、獲物跡の周りを狂ったように走り回って吠えたて、臭跡に行き当たると、愚かにもその跡を踏みつけている。六 また、ある犬は、しばしば旋回したり、はぐれたりしたあと、遠くのほうで臭跡を捕らえはするが、野兎は逃してしまう。この種の犬は臭跡に向かって走るときはいつも、嗅ぎ回って前方に野兎を見ると恐れおののき、野兎の動揺するのを見るまでは進まない。七 臭跡を求めて追跡しているときに、他の犬の発見したものにしばしば注意を向ける犬は、自分自身に信頼をおいていない。これに反し、厚かましい犬は仲間の熟達した犬に前を走らせず、騒ぎたてて邪魔をする。偽ることを喜ぶ犬は、出会ったものならなんでもそれに向かい、しかも自分が欺いているのだという意識をもちながら、ひじょうな熱意をもって先へと進んでいく。だが、それを知らない犬はこの犬と同じように先へ進んでいく。ずるい犬から離れられずに、本当のことが分からないでいる犬は、無能である。八　野兎の巣跡を見逃して、臭跡を求めて急ぎ走り抜けるのは血筋のよい犬ではない。ある犬は初めは熱心に追いかけるが、あとになると無気力になってやめてしまう。他の犬はあまりにも性急に走って失敗するし、さらに他の犬は呼びかけにまったく耳を貸さないで、愚かにも道路に出て道に迷ってしまう。九　多くの犬は狩りを嫌って追跡をやめ、他の多くの犬は人間への恋しさから戻ってくる。また、ある犬は臭跡から離れて吠えたて、偽りの臭跡を本当の臭跡として欺こうと試みる。一〇　こういうことはしないが、走っている最中に叫び声を耳にすると、自分の仕事を放棄して無思慮にもその声のほうへ進んでいく犬がいる。それも、ある犬は不確かに追跡しており、他の犬はひじょうに自信をもっているのだが、実は間違った思い込みをして追いかけているのである。終始臭跡へと一緒に走り回っていても、ある犬は迷って、他の犬は嫉妬から臭跡を失ってはずれていく。

一一　このような欠点の大部分は生まれつきのものであり、他の欠点は思慮のない訓練により身についたのである。これらの欠点のある犬は役に立たない。このような犬は狩猟を志す人々の意欲をそぐ。同じ種族であっても、外見やその他の点においてどのような犬でなければならないか、を述べていこう。

第四章

一　まず、犬は大きくなければならない。次に、犬の頭は軽い、低い鼻の、筋肉質のものでなければならない。額の下は繊維質で、目は突き出て、黒く輝いており、額は大きくて広く、両眼の間隔は広く、耳は小さく、薄く、その後ろの毛は少なく、首は長く柔軟で円く、胸は広くて肉がついており、肩甲骨は肩から少し離れており、前脚は短くまっすぐで、円くて引き締まっており、肘はまっすぐであり、肋骨は地面に向かって大きく下がらずに側面へ伸びており、腰は肉づきがよく、大きくもなければ小さくもない中間の大きさであり、柔らかすぎでもなければ堅すぎでもないものであり、脇腹は大きくもなければ小さくもないものであり、尻は円く後ろは肉づきがよく、上にせりあがっていないで内側に寄っており、腹の下部と腹そのものはほっそりとしており、尻尾は長くまっすぐでしなやかであり、太股は堅く、脛は長く円くしっかりしており、後脚は前脚よりはるかに長く、強靭でなければならない。二　以上のようであれば、犬は見たところ強健であり、敏捷で均整がとれ駿足である。これらの犬は明るい性格の顔をし、よい大きさの口をしている。三　犬は踏み固められた道からすばやく離れ、頭を地面に向けて斜めに保ち、臭跡を捕らえて喜び、耳を垂らして臭いの跡を追いかけるのがよい。そして、目を俊敏に動かして尾を振り、すべての犬が一緒に、たいていの場合円形になっている獲物の巣に向かい、臭跡を辿って進むべきである。四　犬が獲物の野兎のすぐそばまで行くと、そのことを狩猟家により速く動き回る行動で知らさなければならない。いや、感情、頭、目により、また態度の変化により、さらには上を見上げ、獲物の隠れ家を見つめて、つまり野兎の巣を見て、前へ後ろへ斜めへと跳びはね、実際に感情が動き、野兎のそばにいるのをおおいに喜ぶことにより、狩猟家に知らせるのがよい。

五　犬は力強く、気を緩めず、おおいに叫び吠えたてながら、野兎にどこまでもついていかなければならない。すばやく見事に追跡し、しばしば向きを変えて獲物を探し回り、当然ではあるが、臭跡を捕らえては繰り返し吠えつづけるべきである。臭跡を離れて狩猟家のほうに戻ってはいけない。

六　このような形態と行為とともに、犬は勇気があり、鼻がよく利き、足が丈夫で、毛がよくなければならない。暑さが厳しくとも、狩猟を放棄しなければ、その犬は勇気がある。草木のない乾いた真夏の日当りのよい場所でも、野兎の臭いを嗅ぎ分けるなら、その犬の鼻はよく利くのである。同じ季節に山を駆けたときに足が痛まなければ、その足は丈夫なのである。細くて密生した柔らかい毛をもっているなら、その犬はよい毛をもっているのである。**七**　また、犬の色はまったくの黄褐色や真っ黒や真っ白であってはならない。このような無地の色は血統のよい犬のものではない。一色のものは野生の血筋のものである。**八**　だから、黄褐色と黒色の犬には顔の周りに斑模様の白い毛が、白色の犬には黄褐色の毛が生えているのがよい。さらに、これらの犬には太股の最上部と腰、それに尻尾の下部にまっすぐで密生した毛が、それも上のほうには適当な密度の毛が生えているとよい。

九　犬は山へしばしば連れていくのがよい。耕地へ連れていくのは少ないほうがよい。山では妨げられずに臭跡を求め、獲物を追跡できるが、耕地では踏み固められた道のために、どちらもできない。**一〇**　犬を荒れ地へ連れていけば、野兎を見つけなくてもよい。犬は丈夫な足をもつようになり、このような土地で身体を鍛えて役立つようになるからである。一一　犬は、夏には正午まで、冬は一日中、秋は正午を除いて、春は夕方前に連れ出されるとよい。このような時間は適度な気温であるから。

第五章

一　野兎の臭跡は、冬は夜が長いために長く残り、夏はその反対の理由で短時間しか残らない。しかし、冬の夜明けに氷が張ったり、霜が降りたりしているときは、野兎の臭いはしない。霜は自分の力で熱を引き寄せ、自分のなかに熱をこもらせ、氷は表面を凍らせてその下に熱をもつからである。**二**　臭跡がそのように凍った状態であると、太陽がそれを融かすか、日中の時間が経過するまでは、犬も寒さで無感覚になっていて、その鼻も臭覚を働かすことができない。霜や氷が融けると、犬も臭いを嗅げるし、臭跡も臭気を昇らせる。**三**　露が多ければ臭跡を地下に流して臭いを消す。時の経過のうちに降る雨も臭いを土地から取り去り、土地が乾くまで臭跡を役立たなくしてしまう。南風も臭跡にはよくない。臭跡を湿らせて台無しにする。しかし、北風は臭跡が残っておれば、それを濃縮して保存する。**四**　驟雨《しゅうう》と霧雨は臭跡を消し、月も、とくに満月の場合には、その熱で臭いを弱める。満月のときは臭跡は最も希薄である。野兎は光を喜び、たがいに楽しみながら、空中高く跳び上がり、大きな歩幅で進むからである。それに、狐が先に通り過ぎていると、混乱することになる。**五**　春がくると、この一年の最高の時期において、臭跡はこのうえなく明確になる。

ただし、大地が花を咲かせ、野兎の臭いを花の臭いと一緒にして、犬を妨げる場合は除外しなければならない。夏は臭跡が弱く不明確である。大地が焼かれるから、野兎のもつ熱を消してしまう。野兎の熱が低いからである。また、この季節では犬の身体がだらけているから、臭覚は弱い。秋は臭覚が妨げられない。大地の産出するもののうち、耕作物は収穫され、野生のものは時期がきて枯死する。だから、植物の臭いが臭跡に混じって犬の臭覚を悩ますということがなくなるのである。六　冬、夏、秋には臭跡は一般にまっすぐであるが、春は入り組んでいる。野生物はいつも番《つが》いでいるが、春の季節はとくにそうである。野兎は番いで一緒にあちこち彷徨し、複雑な臭跡を残す。

七　巣の臭跡のほうが、走ったときの臭跡より、はるかに長い時間臭いがする。巣の場合、野兎は立ち止まりながら巣へ進んでいく。が、走っている場合は野兎は速く走っていく。だから、巣の周辺の大地は臭跡に満たされるが、走路になる大地には臭跡は多くない。森に覆われた土地のほうが、樹木のない土地より、臭いがよくする。野兎が森のなかで走り回ったり、起き上がったりするときに、多くのものに触れるからである。

八　野兎は大地が産出する、あるいは大地の上にあるすべてのものに身を横たえる。すなわち、すべてのものの下に、すべてのものの上に、すべてのもののなかに、すべてのものの近くに、すべてのものから遠く離れて、すべてのもののそばに、すべてのものの間に横たわるのである。いや、ときには、海上の届く地点へ飛び渡り、その上に、また水のなかから上に出ているものや生え出ているものがあれば、その上にさえも野兎は休息する。九　巣を求める野兎は、たいてい、冬であれば覆いのある温かい場所に、酷暑の際は陰になった涼しいところに、春と秋は日当たりのよいところに巣を作る。だが、走る野兎は、犬に驚かされることになるから、そのようなことはしない。一〇　野兎が休むときは、脛を脇の下に置き、たいていは前脚を揃えて伸ばし、その前脚の先端に顎を下ろし、耳を肩甲骨の上に拡げて、身体の弱い部分を保護する。野兎は自分の毛を覆いにしている。毛が密生していて柔らかいからである。一一　野兎は目覚めているときは瞬きをし、眠っているときは瞼を開いたまま動かさない。目はじっとしたままである。野兎は眠っているとき小鼻をしばしば動かすが、そうでないときはあまり動かさない。一二　大地が植物を繁茂させるときは、野兎は山地よりも耕地を好む。そして、野兎は臭跡を追われても、夜に驚かされないかぎり、どこであろうと留まっている。驚かされると居場所を変える。

一三　野兎は、ひじょうに多産であって、一方が産み終えたかと思うと、他方が続いて産んでおり、さらに他方が妊娠しているという状態である。また、小さい野兎のほうが大きい野兎より強い臭いがする。その四肢のすべてがまだ柔らかく、それが地上を這い回るからである。一四　だから、狩猟愛好家はひじょうに若い野兎を女神[1]に捧げる。すでに一歳になっている野兎は最初に走るときには最も速く走るが、その他のときにはもはや速くない。そのときには野兎は敏捷ではあるが、力を欠いている。

一五　野兎の臭跡が犬を上方の耕地から下方へと導いている場合には、その臭跡を捕らえるのがよい。ただし、その臭跡が耕地、牧草地、渓谷、川、石の多い場所、森の土地に入っていない場合にかぎる。野兎が少し動いても、大声で叫ばないようにすべきである。犬が驚いて臭跡に気づくのに困難にならないようにす

(1) 女神アルテミスのこと。

るためである。一六　野兎は犬に見つけられて追われると、ときには流れを渡ったり、逆の方向に走ったり、岩の裂け目や穴に身を潜めることがある。野兎は犬ばかりでなく、鷲をも恐れている。野兎が一歳になるまでは、登り坂や空き地を通過するとき、空中に奪い去られる。より大きな野兎は犬が襲って捕らえる。

一七　最も足の速いのは山の野兎で、平地の野兎はそれほど速くなく、沼地の野兎は最も遅い。だが、これらの場所をすべて彷徨っている野兎は、近道を知っているから、追いかけて捕まえるのは困難である。彼らは登り坂か平地をとくによく走り、平坦でないところはそれほどよく走らず、下り坂を走るのは最も少ない。一八　野兎は追いかけられて耕地を過ぎるとき、身体に若干赤い色を着けていると、とくによく目立つし、切り株のところを走るときも、光が反射すると、そうである。踏み固められた道や道路においても、それらが平らであれば、よく分かる。彼らの身に着いている毛皮の明るい色が光に反射するのである。だが、彼らが石の土地、山、岩の土地、茂みのある土地を逃げるときは、同色のために気づかれない。一九　彼らが犬に先行している場合は、止まり、身体を起こして、伸びあがり、どこか近くで犬の鳴き声や足音がしないか、と聞き耳をたてる。それを聞くと、彼らは聞こえてきた方向とは違ったほうへ向かっていく。二〇　また、彼らは犬の追跡を聞いていなくても、聞いたと推測するか、自分でそう信じ込むときがある。この場合にも、彼らは跳躍に変化を加え、臭跡に臭跡を混ぜながら、その同じ臭跡のそばを過ぎるか、それを通り抜けて逃げていく。二一　空き地で見つけられる野兎は、目につきやすいために、最も長い距離を走る。が、茂みで見つかるのは、暗さが逃走の妨げになって、最も短い距離しか走らない。

二二　野兎にも二種類ある。一方は大きくて色が黒く、額にある白い毛の部分が大きい。他方はより小さく、黄褐色で、額の白毛は小さい。二三　大きいほうは尾に円い斑模様があり、小さいほうは尾に長い縞模様がある。大きいほうの目は薄碧色で小さいほうは灰色である。大きいほうは耳の先端あたりの黒色が大きく、小さいほうはそれが小さい。二四　野兎の小さいほうは多くの島に、それも人の住んでいない島にも人の住んでいる島にもいる。彼らの数は本土においてより島においてのほうが多い。多数の島には彼らとその子供を襲って奪い去る狐もいなければ、鷲もいないからである。鷲は小さな山より大きな山に住むが、島の山は一般に小さい。二五　狩猟家は人の住まない島には稀にしか訪れないし、人の住んでいる島の住民はわずかであって、その多くは狩猟好きではない。また、聖なる島へは、犬を運び込むことが許されない。だから、現存する野兎や生まれてくる野兎からわずかな野兎が捕らえられても、彼らがたくさんいることになるのはやむをえない。

二六　いろいろな理由で野兎は鋭い視力をもっていない。野兎の目は突き出ており、瞼は不十分な大きさで、日の光を防がない。このようなことから、その視力は弱くかすんでいる。二七　これと同時に、この小動物は多くの時間を眠って過ごしているが、その視力は弱い。そして、足の速さが視力の弱さにおおいに与っている。野兎は、すべてのものをちらっと一瞥するだけで、それが何であるかに気づいていないのである。二八　犬に追われているときは、これらの原因に加えて、犬への恐怖も彼らの注意を奪ってしまう。このために、野兎は知らぬ間に多くのものに出会い、捕獲網に落ち込んでしまうのである。二九　野兎がまっすぐに逃げるなら、このような目には稀にしか遭わないだろう。ところが、野兎は自分の生まれ育った場所を愛して、その周囲を回り、捕らえられるのである。野兎は、疾走しているときにはその速さから、犬に捕まることはそれほど多くない。身体の素質にもかかわらず、捕まる野兎は偶然の結果捕まっている。実際、野兎と同じ大きさの動物で、身体の構成において彼に匹敵するものはいない。野兎の身体は次のような部分からなりたっている。

三〇　野兎の頭は軽くて小さく、傾いていて、前のほうが狭くなっている。首は細くて円く、堅くなくて十分に長い。肩甲骨はまっすぐで、上部で繫がっていない。肩甲骨に繫がる前脚は機敏に動き、寄りあっている。胸は厚みがない。肋骨は軽くて均整がとれている。腰は円く、腿は肉づきがよい。脇腹は柔らかで十分に緩んでいる。尻は丸々と太っており、上部では当然のことながら分かれている。腿は小さく頑丈で、外側は筋肉が張っているが、内側は太っていない。脛は長くてしっかりしている。前足は極端にしなやかで、小さく、まっすぐである。後足は堅くて幅広い。足はすべていかなる荒れた土地も気にしない。後脚は前脚よりはるかに長く、少し外に曲がっている。毛は短くて軽い。三一　このような諸部分から構成された体格の野兎が強く、しなやかで、きわめて軽快であるのはいうまでもない。

野兎が敏捷である証拠は次のとおりである。野兎は、静かに進む場合、後足を前足の前方外側において跳ねる。彼はこうして走るのである。これまで誰も野兎の歩むのを見たこともないし、これからも見ないであろう。三二　以上のことは雪のときに明らかである。彼の尻尾は走るのに役立たない。その尾は短いために、身体を操縦するのに十分ではない。野兎はそれぞれの耳を使ってこの操縦をする。彼は、犬に追われたときには、どちらかの耳を垂らし、襲われている側へ斜めに置き、［それゆえ］それを支えにしてすばやく転回し、瞬時にして襲撃してきたものをはるか後に置き去りにする［のであるから］。三三　この光景はひじょうに魅惑的である。だから、野兎が臭跡を辿られ、発見され、追いかけられ、捕らえられるのを見ると、いかなる人もほかに見たいと熱望するものがあっても、それを忘れるほどである。

三四　耕作地で狩猟する者は、四季がもたらす作物を避け、泉や川もそっとしておくのがよい。これらのものに手をつけるのは、恥ずべきことであり、悪いことである。上記の場所で野兎を見る者が法の敵対者にならないためにも、それらの場所を荒らしてはいけない。禁猟期がくると、猟に関するすべてのことをやめるべきである。

第六章

一　犬の装具は、首輪、繋索、腹帯である。首輪は犬の毛を傷めないために、柔らかく幅広いのがよい。繋索には手にもつ輪がついていればよいので、ほかは一切不要である。首輪を繋索と同じ材料で一緒に作ってしまう者は、犬によく配慮していない。腹帯は、犬の脇腹の毛を擦らないように、幅広い皮帯でないといけない。首輪のスパイクは、品種の純粋さを保つために、輪に縫い込まれるべきである。

二　食事を喜んでとらない場合は、猟に犬を連れ出すべきではない。食事をとらないのは犬が健康でない証拠である。強い風が吹いているときも、犬を連れ出してはいけない。風が臭跡を消して、犬が臭いを嗅げなくなり、罠網も平地網も固定できないからである。三　このどちらの妨げもない場合は、三日に一度連れ出すのがよい。しかし、犬を狐の追跡に慣れさせてはいけない。それは最大の破滅であり、必要なときに犬はまったく居合わせないからである。四　犬がいろいろな猟場を経験し、狩猟家自身も土地を熟知するために、犬を連れ出すときは、猟場を変えるのがよい。犬が臭跡を失わないように、狩猟家は朝早く出発すべきである。遅く出かける者は、犬からは野兎の発見を、自分自身からは獲物を奪い取ることになる。臭跡も本来微《かす》かなものであるから、一日中残っていることはない。

五　網の番をする者は、重くない衣服を着用して狩猟に出かけるのがよい。彼は罠網を獣道、険しい道、登り道、狭い道、陰のある道、小川、峡谷、たえず流れる急流に仕掛けるべきである。野兎はこれらのところに最もよく逃げ込む。六　野兎が逃げていく他の場所を挙げれば際限がない。網番はこれらの場所への、よく見える、狭い通路や抜け道に、網を仕掛けるのを避けるべきである。網を張る場所が獲物の巣に近ければ、獲物が近くで音を聞いても驚かないように、夜明け頃の早くないときに、網を仕掛けるのがよい。（網の場所と獲物の巣が遠く離れていると、網を朝早く張っても、それほど妨げとはならない。）その際、網番は、網には何もくっつかないように、綺麗にして張る必要がある。七　支柱は引っ張られても、張りを保てるように、後ろに反らせて突き立てねばならない。支柱の先端には網の目を同じ数の間隔にして網を掛け、支柱を同じ高さにしっかりと立て、網袋は真ん中で持ち上げるべきである。八　周りの縁には長い大きな石を結びつけ、野兎を捕らえた場合でも、罠網が引っ張られないようにすべきである。野兎が跳び越えないように、支柱は長く、高く、並べて立てなければならない。

臭跡の追跡に度を過ごしてはいけない。それは狩猟の捕獲法ではない。あらゆる方法で早く捕らえるのが、骨の折れることではあるが、狩猟的なのである。

九　平地網は平坦な場所に張り、獣道網は道路に、そしていくつかの獣道が合流する箇所に仕掛けるのがよい。網の下縁にある綱は地面に固定し、網袖を結び、支柱は網の上縁の綱の間に突き立て、支柱の先端には網の上縁を乗せ、脇道を閉鎖しなければならない。一〇　そして、周囲を回って、網の監視をすべきである。並んで立つ支柱を罠網が歪めていると、立て直すのがよい。野兎が追われて罠網に向かうと、その方へ走りながら、前方へ追いたて、大声で叫ばなければならない。野兎が罠網に落ち込むと、撫でずに宥めながら犬の興奮を収めなければならない。網番は、大声をあげて、野兎を捕らえたこと、あるいは野兎がここやあそこを走り抜けたこと、あるいは野兎を見なかったことや見た場所を狩猟家に知らすべきである。

一一　狩猟家は普段の軽い衣服と靴を着用し、手に杖を持ち、網番を従わせて、猟場へ出かけるのがよい。野兎が近くにいる場合、声を聞いて逃げないように、静かに猟場へ向かわなければならない。一二　犬は放ちやすいように一匹ずつ別々に離して木に括りつけ、すでに述べたようにして、罠網と平地網を仕掛けるべきである。この後、網番は網の見張りをし、狩猟家自身は犬を連れて猟場の野兎を誘い出すように、進んでいくとよい。一三　狩猟家は、アポロンと狩猟の女神アルテミスに獲物の分与を誓願したあと、冬であれば日の出とともに、夏であれば日の出前に、他の季節にはこれらの時刻の中間に、臭跡の追跡に最も熟達した一匹の犬を放たねばならない。一四　その犬が錯綜した臭跡からまっすぐに伸びた臭跡を捕捉すると、他の犬も一匹放つとよい。臭跡がさらに続いていると、他の犬も短い間隔で一匹ずつ放ち、犬が早く興奮しすぎることのないように、ときどき一匹ずつ名前を呼びながら、犬に圧力がかからないようにして、臭跡を追っていかなければならない。一五　犬は喜び勇んで臭跡を嗅ぎ分けながら前進していく。だが、臭跡はその性質上、二重になったり、三重になったり、錯綜したり、円くなったり、まっすぐであったり、曲がったり、密集したり、疎らであったり、分かりやすかったり、分かりにくかったりしているから、犬は同じ臭跡に向かったり、同じ臭跡を通り抜けたりする。その際、犬は尾を速く振り、耳を立て、目を輝かしながら、たがいに追い越しあって走る。**一六**　犬は野兎の傍らに到達すると、狩猟家にそのことを、尻尾と一緒に身体全体を震わせたり、敵対的に突進したり、競いあって追い越したり、並んで熱心に走ったり、すぐに集まったり離れたり、また突進したりして、知らせるのである。最後に、犬は野兎の巣に到着し、野兎に跳びかかる。**一七**　すると、野兎は突然跳び出し、［自分に向かって］犬が吠え声や鳴き声をあげるのを後にして逃げる。このとき、狩猟家は、追いかける犬に、「さあ犬よ、さあいいぞ、犬よ、よくやったぞ、犬よ、いいぞ」と大声をかけるとよい。そして、着ている衣服を手に巻きつけ、杖を握って、犬と一緒に追跡しなければならない。だが、野兎と向かいあってはいけない。そのようなことをすれば、よい結果は得られない。**一八**　野兎は逃げて、すぐに見えなくなるが、たいていは引き返してきて、発見された場所に戻ってくる。そこで、狩猟家は網番に大声で次のように叫ぶのがよい、「叩け、小僧、叩け、叩け」と。網番は、また、野兎を捕らえたか、捕らえなかったかを狩猟家に知らせなければならない。

そして、初めに走ったときに野兎を捕らえると、狩猟家は犬に他の野兎を探すように呼びかけるとよい。だが、捕らえられない場合には、できるだけ速く犬と一緒に野兎を追いかけ、手を緩めないで精力的に仕留めるべきである。**一九**　また、狩猟家は再度追跡して野兎に出会うと、「よし、よし、おお犬よ、ついてこい、犬よ」と呼びかけるのがよい。だが、犬がひじょうに先に行ってしまい、犬と一緒に追いかけて野兎を襲うことができず、臭跡路からすっかりはずれてしまい、犬がどこか野兎の近くを走り回っていたり、臭跡をしっかり追いかけているのに、狩猟家が犬を見ることができないことがある。この場合には、一緒に走っている者を追い越していくときに、その者に近づき、大声で、「おい、犬を見なかったか」と尋ねて、犬の場所を聞き出すべきである。二〇 居場所が分かり、しかも犬が臭跡を辿っているとなると、狩猟家は犬に近づき、それぞれの犬の名をできるだけいろいろな方法で声を変えて、すなわち声の調子を高く、低く、小さく、大きくして呼びかけながら、元気づけるのがよいだろう。なお、山で獲物を追いかけるときは、数ある掛け声に加えて、次のような掛け声をかけるべきである。つまり、「すばらしいぞ、犬よ、すばらしいぞ、おお犬よ」と。しかし、犬が臭跡間近にいなくて、臭跡を越えてしまっている場合には、犬に「戻ってこないのか、戻ってこないのか、おお犬よ」と呼びかけるのがよい。二一 犬が臭跡のすぐ近くに到達しているのであれば、狩猟家は犬を連れて、臭跡の周辺を何度も円を描くように回るとよいだろう。臭跡が犬によく分からなければ、狩猟家は自分の目印に支柱を立て、その後、犬が明確に臭跡を見つけ出すまで、彼らを元気づけたり、機嫌をとったりしつづけねばならない。二二 臭跡がはっきりすれば、犬はそれを目掛けて突進し、勢いよく跳びかかっていく。彼らは、これらのことをともに行ないながら、臭跡を捕捉すると、合図を送りあい、自分らの分かる境界線を引きながら、ただちに追跡していく。こうして、犬が一団となって臭跡のなかを駆けていくことになると、犬が競争心から臭跡を走り越すことのないように、狩猟家は一緒に追いかけて、犬を駆り立ててはならない。

二三 犬が野兎の近くに到達し、このことを狩猟家に明確に示すと、狩猟家は野兎が犬を怖がって前方へこっそり抜け出さないように、注意しなければならない。犬のほうも尾を振りながら跳びつきあい、何度も跳び上がったり吠えたりし、頭を反らし、狩猟家のほうを見つめて、野兎がいるのは本当なのだ、と知らせる。そのうえ、犬は自らすすんで野兎を駆り出し、吠えたてながら襲いかかる。二四　野兎が罠網に落ち込んだり、網の外側でも内側でも通り過ぎたりすれば、それが起こるたびに網番は叫び声をあげねばならない。野兎を捕らえたときには、他の野兎を駆り出し、捕らえないときには、同じようにして元気づけながら、野兎を追跡しなければならない。

二五　犬が野兎を追いかけて、すでに疲れてしまい、しかも夕方になった場合には、狩猟家は何も見落としのないよう何度も行き来し、つまり地面に生えた、あるいは地面上にあるものを一つも見逃さないようにして、野兎を探索するのがよい。この小動物は小さな場所に休息しており、疲れと恐怖から立ち上がれないでいる。狩猟家は犬を、それもおとなしい犬はおおいに、わがままな犬は少し、平均的な犬は程々に刺激し、励まし、駆り立てて、最後には野兎を走っているときに殺すか、罠網に追い込まねばならない。

二六　このあと、罠網と平地網を仕舞い、犬を撫でてやって、猟場を去るのがよい。ただし、それが夏の正午であれば、犬の足が歩行中に熱で傷まないように、待つべきである。

第七章

一　休息を得た犬が春頃に血統のよい子犬を生むためには、冬に彼らを仕事から自由にして、交尾させるのがよい。この季節が犬の生育に最もよいからである。性衝動は一四日間持続する。二　交尾をしない犬はより早く妊娠するように、良犬に近づけるべきである。犬が妊娠すると、休みなく猟場へ連れ出すようなことをせず、間をおいて休ませなければならない。精力的に動けば、流産することになる。犬の妊娠期間は六〇日である。三　子犬が生まれると、それらは母犬に任せ、他の犬に押しつけるべきでない。他の母犬による生育は成長を促進しない。乳と気息は母犬のものがよく、母犬の愛撫が好ましい。**四**　子犬が走り回るようになったときには、それから一年の間は、乳と、これから生涯にわたり食べていく物は与えてよいが、他の物は何も与えてはいけない。健康によくない食べ物を十分すぎるほどにとるのは、子犬の脚を歪め、身体に病気の芽を植えつけることになり、内部の生育が正しくなくなる。

五　犬には、呼びやすいように、短い名前をつけるべきである。次のようなものであるのがよい。すなわち、プシュケ［霊］、テュモス［勇気］、ポルパクス［把手］、ステュラクス［槍柄］、ロンケ［槍］、ロコス［部隊］、プルラ［不寝番］、ピュラクス［見張り］、タクシス［戦列］、クシポン［剣製作者］、ポナクス［吸血者］、プレゴン［焼く人］、アルケ［勇気］、テウコン［原動者］、ヒュレウス［森人］、メダス［注意］、ポルトン［盗賊］、スペルコン［促進者］、オルゲ［激情］、ブレモン［唸り屋］、ヒュブリス［傲慢］、タロン［繁栄者］、ロメ［強さ］、アンテウス［花］、ヘバ［青春］、ゲテウス［楽しみ］、カラ［喜び］、レウソン［見る人］、アウゴ［陽光］、ポリュス［多い］、ビア［力］、スティコン［進む人］、スプデ［真面目］、ブリュアス［跳躍者］、オイナス［葡萄の木］、ステロス［頑固者］、クラウゲ［叫び］、カイノン［殺害者］、テュルバス［妨害者］、ステノン［強者］、アイテル［天空］、アクティス［光線］、アイクメ［槍先］、ノエス［臭跡追跡者］、グノメ［思慮］、スティボン［踏みつける人］、ホルメ［突撃］である。

六　子犬のうち雄犬は生後八ヵ月になると、雌犬は一〇ヵ月になると猟場へ連れていくべきである。だが、野兎の巣の臭跡に向けて彼らを放つべきではない。彼らを長い紐に繋いで、臭跡を追う他の犬についていかせ、あちらこちらと臭跡を辿らせるのがよい。七　野兎が見つかっても、子犬が美しい姿で走っておれば、すぐに子犬を放ってはいけない。だが、野兎が先を走り、子犬がそれを目にとめないときは、子犬を放ってもよい。八　よい姿をして勇敢に走る子犬を獲物の近くで放つと、まだ身体のまったく固まっていない子犬は、野兎を見て張り切り、身体を駄目にしてしまう。だから、狩猟家はこのことに注意深くならなければならない。九　しかし、走る姿が見劣っていても、そのことは子犬を放つのになんの障害にもならない。このような子犬には野兎を捕らえる見込みがまったくないから、野兎を見て張り切るような目に遭わないのである。この一方で、野兎の走った臭跡は、野兎を捕らえるまで、子犬に追跡させねばならない。野兎が捕らえられれば、それを子犬に与えて引き裂き解体させるとよい。一〇　子犬がこれ以上臭跡のところに留まろうとせず、そこから離れようとするなら、子犬を引きとめ、野兎を見つけるよう走るのに慣れさせるべきである。また、子犬がつねに適切に野兎を探し求めている場合には、臭跡からはずれないようにさせ、ひどい教訓を受けることのないようにしなければならない。

一一　犬が小さい間は、罠網が張られているときに、そのそばで犬に餌を与えてやるのがよい。それは、子犬が未熟さのために猟場で迷った場合、餌のほうに戻って助かるためである。しかし、子犬もすでに獲物を敵として扱うようになれば、この餌から離れられるようになる。一二　犬が空腹のときには、通常、狩猟家自身が食べ物を与えるのがよい。犬は、空腹でないときには餌を与えてくれる人を知ることはないが、食べ物を求めて得られると、与えてくれた人を大切にするのである。

第八章

一　神が雪を降らし、地面が見えなくなっているときに、野兎の臭跡を追うのがよい。雪中に地面の黒土が見えている場合は、臭跡は探しにくい。曇り空で北風のときは、臭跡はすぐには雪と一緒に融けてしまわないから、長い間明確に分かる。南風が吹き、太陽が照りつけると、臭跡はすぐに融け、短い間に消えてしまう。

雪が絶え間なく降る場合は、雪が臭跡を覆い隠すから、臭跡を追うべきでない。風が強い場合も、雪を吹き寄せて臭跡を消してしまうから、臭跡を求めないほうがよい。二　だから、犬を連れてこのような狩猟に出向いてはならない。雪が犬の鼻と足を凍傷にかからせ、野兎の臭いを極度の寒さで消し去るからである。むしろ、網を持って他の者と一緒に耕地を出て山に向かい、臭跡を捕らえると、それを辿って進むのがよい。三　臭跡が複雑に入り組んでいると、同じ複数の臭跡から出ても一つの同じ場所に戻ってくるように、円を描いてそのような臭跡を回って、野兎の出ていった方向を調べなければならない。野兎はどこで休めばよいのか分からなくなると、何度も迷い回る。だが、それと同時に、このような臭跡をもとにして追跡されるから、彼らは策を講じた進み方をする習性をもっている。四　臭跡が分かると前進しなければならない。臭跡は深い木陰の、または急勾配の場所に通じている。風がこれらの場所を越えて雪を運んでいき、そのためにこれらの場所に休むのに都合のよい箇所が多く残され、野兎はこれらの場所を求めることになるからである。**五** 臭跡がこのような場所に通じているのであれば、野兎が動揺しないように、近くへ寄らずに、円を描いて周囲を回るようにするとよい。そのようにするのは、そこに野兎がいるということが見込めるからであり、また事実そのことが明確になるだろう。臭跡がそのような場所からはどこへも行かないからである。**六** 野兎がその場所にいることが明らかになると、野兎をそのままにしてやればよい。野兎はそこに居続ける。そのかわりに、臭跡が分からなくなる前に、他の野兎を探すとよい。ただし、時間には注意し、他の野兎を見つけた場合、網で野兎を取り囲むのに十分な時間が残されているようにしなければならない。**七** 取り囲むことになれば、雪のない土地の場合と同じ方法で、それぞれの野兎の周りに平地網を張り巡らすのがよい。しかし、そのときは野兎がいると思われる近くの土地も含めて囲み、網を張ると、前進して野兎を動揺させるのである。**八** 野兎が平地網から脱出すれば、その臭跡を追いかけねばならない。野兎は雪そのもののなかに自分を押し込めるのでなければ、他の同じような場所に行きつくだろう。だから、野兎がどこにいようとも、それをよく見極めて、網で取り囲むとよい。だが、野兎が留まらなければ、追跡しなければならない。野兎は平地網なしでも捕らえられる。野兎は、雪が深いために、また身体の下部の足が毛深いために、大量の雪が足に纏いつき疲れるからである。

第九章

一　子鹿と雌鹿の狩猟のためには、犬はインド犬でなければならない。インド犬は強く大きく足が速く勇気がある。このような性格のインド犬は苦しい仕事に十分耐えうる。春には生まれたばかりの子鹿を狩るのがよい。この季節には子鹿が生まれるからである。二　前もって草地に行き、どこに雌鹿が最も多くいるかを調べておくとよい。雌鹿がいると、その場所へ狩猟家は犬を連れ、投槍を携えて、日の出前に行き、雌鹿を見た場所でも吠えないように犬を離れたところにある木に繋ぎ、自身は見張りにつかなければならない。三　日の出とともに、雌鹿がそれぞれ自分の子鹿を横たえようと思っているところへ連れていくのを、狩猟家は見るだろう。子鹿を横たえ、乳を与え、誰かに見られていないかと見回したあと、それぞれの雌鹿は、自分の子鹿を見張りながら、反対の方向へと去っていく。四　これを見ると、狩猟家は犬を放ち、自身は投槍を持って最初の子鹿が横たわっているのを見たところに向かい、その場所を心に留めながら進路を誤らないように前進しなければならない。土地は近づいていく人の目には、遠くのほうで見られていた形状とは、まったく違った姿を示すからである。五　子鹿が目に入ると、狩猟家は近づいていけばよい。子鹿は大地に自分の身体を押しつけて動かず、雨に濡れなければ大きな声をあげて、立ち上がらせてもらおうとする。だが、雨に濡れれば子鹿はじっとしていない。自分の身体にある湿気が、寒さのためにすぐに凝縮して、子鹿を立ち上がらせるのである。六　しかし、子鹿は犬に激しく追いかけられて捕らえられる。子鹿を捕らえると、狩猟家はそれを網番に与えるとよい。子鹿は鳴き声をあげる。雌鹿はそれを見たり聞いたりして、捕獲している者を襲い、子鹿を奪い返そうと努める。七　この機会に、狩猟家は犬に追いかけさせ、投槍を使うべきである。この鹿を捕獲すると、狩猟家は他の鹿にも向かっていき、それらの鹿に対しても同じ狩猟の方法を用いるとよい。

八　子鹿のうちでも幼いほうは、以上のようにして捕らえることができる。だが、すでに大きくなっている子鹿のほうは、捕獲が困難である。彼らは、母鹿や他の鹿と一緒に草を食べており、追いかけられると、真ん中に入って——ときには前方に入ることもあるが、後方に入ることはめったにない——逃げるからである。**九**　しかも、雌鹿は犬を踏みつけて撃退して子鹿を護るから、子鹿は容易には捕獲されない。したがって、子鹿を捕らえるには、ただちに接近して彼らを四散させ、たがいに引き離し、彼らのうちから子鹿だけが取り残されるようにする以外に方法はない。一〇　この捕獲をさせられる犬は、鹿に向かって最初に走っていくときには、後に残しておかれる。雌鹿がいないということが、子鹿をひじょうに怖がらせる。そして、この年頃の子鹿は比べるものがないぐらいに速い。しかし、二度、三度と子鹿のほうへと走っていけば、子鹿の身体はまだ若くてこの疲労に耐えられないから、すぐに捕らえられる。

一一　雌鹿に対する足罠も、彼女らのよく行きそうな山のなか、草原、流れ、谷の周辺、小道、耕地に設けられる。**一二**　足罠は水松《いちい》材の若枝で、それも腐らないように皮を剝いだもので編まれたものでなければならない。しかも、それは、上手に円く作られた輪であり、編まれた輪には交互に鉄と木の釘が編み込まれていなければならない。なお、木の釘が獲物の足を逃すような場合でも、鉄の釘が捕らえるように、鉄の釘は大きいほうがよい。一三　輪の上に置かれる縄の輪と縄自体は、スペインエニシダで編まれたものでないといけない。これが最も腐りにくいのである。輪そのものと縄は丈夫でなければならない。その輪に取りつけられる重《おも》り木はカシかトキワガシの材料でできたもので、長さは三スピタメ、厚さは一パライステあり、樹皮を剥いでないものがよい。

一四　足罠を設置するには、地面に深さ五パライステの穴を開けねばならない。穴は円く、上は足罠の輪と同じ大きさであるが、下のほうは狭くなっているのがよい。また、縄と重り木がなかに収まる大きさの口を地面に開けねばならない。一五　これをしたあとは、穴のなかに地面より低く足罠を水平に仕掛け、足罠の輪の周りには縄の輪を置き、縄と重り木はそれぞれの場所に下ろし、輪には糸巻竿用の木で作った桁を穴の外にはみださないように渡し、その上に季節に生える薄い葉を被せるのがよい。一六　このあとは、まず、その上に穴から地面に掘り出した土を乗せる。さらに、雌鹿にできるだけ穴の場所が分からなくなるように、離れたところの堅い土を乗せる。残った土は、罠から離れた遠くの場所へ運んで、捨てねばならない。雌鹿は掘られたばかりの土の臭いを嗅げば怯えるのである。しかも、雌鹿はその臭いをすぐに嗅ぎとってしまう。

一七　山にある罠は、とくに夜明けに犬を連れて調査すべきである。だが、一日中の他の時刻にも見回るのがよい。しかし、耕地にある罠は早朝に調べなければならない。山では人気がないために夜だけでなく日中でも雌鹿は罠に落ちるが、耕地では日中は人を怖がるから夜にしか罠に落ちない。

一八　罠がひっくり返っているのを見つけたときは、犬を放ち、重り木の跡にそっていくように命じ、それがどこに向かっているかに注意しながら追跡すべきである。その跡はたいていの場合分かりにくくはない。

耕地では石が動いているし、重り木の引きずられた跡がはっきりしている。雌鹿が荒れた土地を横切っている場合は、重り木の樹皮が剝がれて岩についているから、追跡は一段と容易である。

一九　雌鹿の前足が罠に掛かったときは、雌鹿はすぐに追いつかれる。雌鹿が走ると、重り木が身体全体と顔に当たるからである。後足が掛かれば、重り木は身体のすべての妨げになる。重り木は引きずられていると、ときには二股の枝に引っ掛かることがある。雌鹿は縄をちぎらなければその場所で捕らえられることになる。二〇　だが、獲物をこのような方法で捕まえるのであっても、疲労させて捕まえるのであっても、［獲物が雄鹿のときには］狩猟家は近づいてはいけない。獲物が雄鹿であれば、角を打ちつけ、足で蹴るからである。雌鹿の場合も足で蹴る。だから、遠くから槍を投げるのがよい。

季節が夏であれば、鹿は罠がなくても追跡によって捕獲される。彼らは、ひじょうに疲れていて、立ったまま、投槍を当てられるからである。また、彼らは追いつめられ、逃げ場がなくなると、海や池に飛び込むときには、彼らは息切れから倒れることがある。

第十章

一　雄猪を狩るためには、インド産、クレタ産、ロクリス産、スパルタ産の犬、および罠網、投槍、狩猟用槍、足罠を手に入れておかねばならない。まず、それぞれの種族の犬は野獣と積極的に戦うにはありきたりの資質の犬であってはならない。二　罠網は野兎用の罠網と同じ材料の亜麻糸でできており、それぞれが一五本の亜麻からなる紐を三本捩って、つまり四五本の亜麻糸で作られているのがよい。その高さは、網の上縁から数えて一〇網目分に、そして一網目は一ピュゴン[1]の高さにすべきである。罠網の縁は網自体の太さの一・五倍であるのがよい。最上部には輪をつけ、網目の下に紐を入れ、紐の先端を輪に通して、外に出すようにするのがよい。罠網は一五あれば十分である。

三　投槍はあらゆる種類のもので、しかも幅広で剃刀のように鋭い槍先としっかりした柄のついたものでないといけない。狩猟用槍には、まず長さ五パライステの槍先が、次にその差し込み管の中程には銅製の丈夫な牙状突起が、さらにはミズキ属の木を材料にした太い柄がついていなければならない。足罠は雌鹿用のものと同じでよい。狩猟仲間が必要である。野獣は多くの人々がかかってもほとんど捕らえられないぐらいである。狩猟のために、以上のものそれぞれをどのように利用すべきかについて、これから説明していこう。

四　まず、狩猟家は、獲物を誘い出す［ことができる］と思う場所に来ると、スパルタ犬の一匹を放ち、繋いだままの他の犬を連れ、放ったスパルタ犬と一緒に回るのがよい。**五**　この犬が獲物の跡を見つけると、導いてくれる追跡者の犬の跡を順次間違わずについていかねばならない。そして、狩猟家は獲物の跡を多く見つける。すなわち、柔らかい土地には足跡を、草木の密生したところでは折れた小枝を、樹木があれば、それには牙の突いた跡を見つけるのである。**六**　放たれた犬はたいてい跡を追って、森に覆われた場所に着く。その理由は、このような場所は冬は温かく、夏は涼しいから、獲物が通常そこに身を横たえるということ

（1）一ピュゴンは約三八センチメートル。

とにある。七　スパルタ犬は獲物の巣に到達すると吠える。だが、獲物の猪はたいてい立ち上がらない。そこで、スパルタ犬をつかまえ、他の犬と一緒に巣から十分離れたところに繋ぎ、木で作った二股の支柱に網を掛け、獲物のいるところに罠網を仕掛けるのがよい。罠網そのものは大きく前に膨らませ、その膨らみを内部の両側で小枝を支柱にして支えなければならない。そうすれば、太陽の光線ができるだけよく網目を通って膨らみのなかに入り込み、走ってくる猪に膨らみの内部が最も明るく見えるようになる。網の縁はしっかりした樹木に括りつけるべきで、低木に括りつけてはいけない。低木の剝き出した幹は丈夫でないからである。また、各々の罠網のためには、でこぼこの土地であるために地面と網の間にできる隙間をも材木で塞ぎ、猪が罠網に駆け込んだあと抜け出さないようにするのがよい。

八　罠網を設置すると、狩猟家は犬のところへ行って犬をすべて放ち、投槍と狩猟槍を持って猪に向かって進んでいけばよい。だが、この際、狩猟に最も経験豊かな人が一人だけ犬を駆り立て、他の者は、雄猪が悠々と横切れるように相互に十分距離をおき、秩序を保ちながら熟練者についていくようにすべきである。猪が退くとき人の群がりに突っ込めば、牙に突かれる危険がある。猪が行き当たった人に怒りをぶつけるからである。

九　犬は巣に近づくと猪に向かっていく。雄猪は騒ぎたてられて立ち上がり、自分に面と向かってくる犬を牙で突き上げて走り、罠網に落ちる。そうでなければ、追跡される以外に道はない。罠網に捕らえられる場所が傾斜していると、猪はいち早く跳び出す。が、その場所が平らであると、すぐに立ち上がりはするが、自分のことに気をとられて、立ったままでいる。一〇　この瞬間に犬は猪を襲う。狩猟家は、後ろから、それも十分離れたところから取り巻きながら、油断なく構えて、雄猪に投槍を投げたり、石を投げたりしなければならない。しかし、最後には、猪が突進して罠網の縁を引っ張ることになる。このあとは、居合わせた狩猟家のうちで最も熟練した、最も力のある人が進んでいき、前面から狩猟用の槍を突き刺さねばならない。一一　猪は、投槍や石を投げられても、網を引っ張ろうともせず、網から離れ、方向を変えて、自分のほうに進んでくる狩猟家に向きあうことがある。こういう態度を猪がとるとなると、狩猟家は狩猟槍を持って前進せざるをえない。そのときは、狩猟家は左手で槍の前を、右手で槍の後ろを握るのがよい。左手は狙いをつけ、右手は槍を押し出すからである。左足は左手のとおりに前に出し、右足は他のもう一方の手のとおりにすべきである。一二　前進し、レスリングの場合よりも少し大き目に足を拡げて、狩猟槍を前に構え、左手の方向へ身体の左側を旋回させ、次に獲物の目を見つめ、その頭の動きに注意しなければならない。獲物が頭を振って手から槍を叩き落とさないように注意しながら、狩猟槍を前に出すのがよい。槍を落とすと、雄猪は勢いに乗じた行動をとる。一三　こういうことが起こると、顔を下に向けて伏せ、地面を這う木にしがみつかねばならない。こうすれば、獲物が襲っても、牙が反っているから、人間の身体を突き上げることはできない。だが、狩猟家の身体が地面から離れた上にあるのを襲われると、突き倒されるのは必定である。そこで、雄猪は人間の身体をもち上げようとする。が、それができなければ、身体の上に乗っかって踏みつける。一四　このような苦境にあるとき、この災厄から救われる方法はただ一つ。狩猟仲間の一人が狩猟槍を手にして近づき、投げる振りをして、雄猪を刺激することである。ただし、本当に投げてはいけない。伏せている人に当たらないようにするためである。一五　これを見ると、雄猪は自分の下にいる人を棄て、自分を刺激した者の方へ怒り狂って向かっていく。伏せていた人は、ただちに跳び起きねばならないが、そのとき狩猟槍を持って立ち上がることを忘れてはならない。救助されるのは、勝利者以外の者には名誉なことではない。一六　立ち上がった人は、再び同じ方法で槍を近づけ、喉のある肩甲骨の内側に突き刺し、踏ん張って槍を握りしめなければならない。雄猪は怒って突き進み、槍先の牙状突起が阻止しなければ、槍は雄猪を柄まで突き通し、その身体は狩猟槍を持った人にまで達するだろう。

一七　雄猪の活力はひじょうに大きく、考えられもしないほどのものをもっている。猪が死んだ直後に、髪の毛が牙に乗せられると縮んでしまう。このように牙は熱い。だから、雄猪が生きていて興奮すれば、牙は火のように熱いだろう。でなければ、犬を突き損なった場合、猪は犬の体毛の先を焦がすことはない。

一八　雄の猪はこれだけの、いやもっと多くの労苦の末捕らえられる。網に掛かったのが雌猪であれば、駆けつけて、突き倒されないように用心しながら、突き刺すとよい。だが、雌猪に突き倒されるようなことになれば、踏みつけられたり、嚙みつかれたりするのもやむをえない。だから、すすんで雌猪の下に倒れるようなことはすべきでない。思いがけずこのような状況に陥ったときには、倒れた人が立ち上がれるように、雄猪に行なったのと同じ援助がなされる。立ち上がると、雌猪を殺すまで狩猟槍で突かねばならない。

一九　以下の方法でも雄猪は捕獲される。猪に対して罠網は渓流から森、峡谷、荒れ地への通路に仕掛けられる。しかも、その通路には草原、沼地、池への入口がある。指示を受けた狩猟家は狩猟槍を手にして罠網を見張る。他の狩猟家たちは最もよい場所を探しながら犬を連れていく。猪は見つけられると追跡される。

二〇　猪が罠網に落ちると、網番は狩猟槍を取り上げて猪に向かい、さきに述べたとおりに扱えばよい。猪が罠に掛からなければ後を追わねばならない。猛烈な暑さのときにも、猪は犬に追われて捕らえられることがある。この動物は、活力にあふれていても、疲れて激しく喘ぐからである。二一　犬はこのような狩猟で多く死ぬが、狩猟家自身も危険な目に遭う。そういう場合とは、狩猟家が追跡中に疲れていたり、水中にいたり、急坂に立ったりしたとき猪に、あるいは茂みから出ようとしなかったりする猪に狩猟槍を持って向かっていかねばならない場合である。こうなると、罠網もその他の手段も、迫っていく狩猟家に激しく立ち向かう雄猪を阻止しないからである。こういう状況であるにもかかわらず、狩猟家は猪に立ち向かい、勇気を示さねばならない。彼らは狩猟に対する欲求をこの勇気によって満たすことを選択したのである。二二　狩猟槍と身体の構え方はすでに説明したようにしなければならない。何かひどい目に遭ったときに、正しい対処の仕方をしなかったから、ひどい目に遭ったということになってはならないのだから。

雄猪に対する足罠は、鹿に対するのと同じように、それも同じ場所に仕掛けられる。見張りも追跡も襲撃も狩猟槍の使用も同じである。

二三　猪の子を捕らえようとすれば、それは困難である。猪の子は小さい間は独りにされないし、犬が彼らに気づいたり、彼らが何かに気づくと、彼らはすぐに森のなかに隠れてしまう。しかも、たいていは彼らの両親がついており、犬に見つけられたときなど、両親は凶暴で自分自身のためよりむしろ子供のために戦うのである。

第十一章

一　ライオン、豹、山猫、黒豹、熊および他のこのような野獣のすべては、他国の地で捕獲される。その地とは、マケドニアの北のパンガイオン山[1]やキットス山[2]の周辺、ミュシア[3]のオリュンポス山やピンドス山[4]、シリアの北のニュセ山[5]、およびこのような野獣を生育できる他の山々である。二　山では足場の悪さのために、野獣はトリカブトの毒で捕らえられる。狩猟家はこの毒をそれぞれの野獣の喜ぶ食べ物に混ぜて、池のそばや野獣の近づく他の場所に置く。三　野獣のうち夜に平地に下りてくるものは、退路を断たれ、馬と武器で捕らえられる。しかし、そのとき、野獣は捕獲者を危険な目に遭わせる。四　狩猟家はある野獣には円く大きく深い穴を掘り、穴の真ん中に柱を残しておく。夜に、狩猟家は、柱の上に山羊を乗せて括りつけ、材木で穴の周りを円く囲って入口をなくし、前方に何があるか分からぬようにする。夜に鳴き声を聞いた野獣は囲いの周りを駆けめぐり、通路を発見しないと、囲いを跳び越えて捕まえられる。

第十二章

一　狩猟の実行そのものに関する説明は終えた。狩猟愛好家の利益は大きい。狩猟は身体を健康にし、見聞を広め、老いを防ぎ、とくに軍事の教育をする。二　まず、狩猟家は武器を携えて悪路を行進しても疲れない。彼らは武器を手にして獲物を捕獲するのに慣れているから、労苦に耐えうるのである。次に、彼らは堅い大地に寝ることや、指示された場所のすぐれた監視者であることができる。三　敵への攻撃においては、彼らは、以上のように自らすすんで獲物を捕らえているのであるから、敵に迫りながら同時に命令も成し遂げることができる。彼らは軍の前衛に配置されても耐えることができるから、戦列を放棄することはない。**四**　敵が敗走するときには、彼らは習慣によりどのような土地においても脇道に逸れることなく、敵を確実に追跡する。樹木の多い険しい地域や他の危険な場所で自軍が敗退したときでも、彼らは名誉を失うことなく、自らも助かり、他の者も救うことができる。それは、狩猟の習慣が彼らにすぐれた知力を与えているからである。**五**　実際、このような狩猟家の幾人かは、同盟軍の主力が敗れたあとも、彼らのたくましさと勇気により、すでに勝利を手に入れながらも不利な土地にいるために、弱点を曝す敵を敗走させたのである。すぐれた肉体と精神をもつ人のそばにはいつも幸運がある。**六**　われわれの祖先も敵への攻撃における成功が立派な心身の所有にあることを知っていたから、若者に配慮したのである。穀物に窮乏していても、耕地の作物を獲得するためにと、狩猟家に狩猟を禁じるようなことをしてはならない。このことを祖先は最初か

(1) トラキアとの境界近くにあるマケドニアの山。ストリュモン川とネストス川の間にある。金鉱と銀鉱で有名。
(2) マケドニアの南カルキディケにある山。
(3) 小アジア北西の地域。
(4) ギリシア北部、テッサリアとエペイロスの境界にある山。
(5) 小アジアからアルメニアに至る南部周辺のタウロス山脈にある山。バッコスがニンフのニュセに育てられたところといわれる。

らの慣習としていた。七　さらに、狩猟の技術をもった者が若者から獲物を奪い取らないように、広範囲にわたる場所を夜の禁猟区にすることも慣習にした。祖先は狩猟が若者の唯一の楽しみであり、最大のよい成果をもたらすことを知っていたからである。事実、狩猟は、若者を実戦的に訓練することにより、節度のある正しい人間にしている。八　とりわけ、軍事に関してはこれらの若者によって成功を収めたことに、彼らは気づいていた。覚えてはならない悪い楽しみは若者から有益な楽しみを奪うが、狩猟は若者が他の有益な楽しみを求めた場合でも、彼らからその楽しみを奪いはしない。だから、このような若者からすぐれた兵士や将軍が生まれる。九　実際、精神と肉体から恥辱的な、傲慢な要素を取り去り、徳への欲求を増大させた労苦、この労苦を経験した者がこのうえなくすぐれた人なのである。彼らは自分の都市が不正を受けているのも、自分の国が悲惨な目に遭っているのも見逃しはしない。

一〇　家族のことをなおざりにしないために、狩猟にのめり込んではならない、とある人は主張している。だが、そういう人は、国家や友人によく尽くす人がみな家族のことには人並み以上に配慮していることを、知らないのである。一一　とにかく、狩猟愛好家は、自分が祖国に最も役立つようにと心がける場合でも、個人的なことを放置しない。各個人の家庭はその安全と破滅を国家とともにしているのである。したがって、このような人々は自分の財産のみならず他の人の個人財産をも救う。一二　狩猟の否定を口にする者の多くは、嫉妬により分別を失い、他人の勇気によって救われるより、むしろ自分の臆病によって破滅するほうを選んでいる。多くの快楽は悪であり、彼らはこの快楽に負けて、いっそうひどい悪事の言動へと駆りたてられている。一三　彼らは自己の行為による悪い結果には鈍感であるのに、快楽には他の人よりも敏感であるから、軽々しい発言により敵意を、愚劣な行為により病、罰、死を、自分にだけでなく、子供と友人にも招いている。このような者を誰が国家の救済に用いるだろうか。一四　しかし、わたしの推薦することを受け入れたいと願っている人はすべて、このような悪事には近づかない。すぐれた教育は法に従うことおよび正義について語り聞くことを教えるからである。一五　したがって、労苦に耐え、教育を受けることに専念する人は、自らにはたえざる労苦と訓練を課す一方で、自己の属する国家の安全は保持するのである。だが、労苦を通じて教育されることを望まず、無益な快楽で時を過ごす者は生まれつきの極悪人である。一六　これらの者は立派な法律にも分別にも従わない。彼らは、労苦に耐えていないから、すぐれた人間とはどのような人物であるべきかが分からないのである。したがって、彼らは敬虔な人間であることも、知的な人間であることもできない。教育のない彼らは教育を受けた人をしきりに非難する。一七　このような者の手にかかれば、いかなることも順調にはいかなくなる。人間に役立つすべてのことは、よりすぐれた人により見いだされてきた。労苦を望む人が本当によりすぐれた人なのである。一八　このことはあの重要な例によっても証明されている。昔の人々のうちわたしがさきに言及したケイロンの教え子は、若いときに狩猟から始めて多くのすばらしいことを学んだ。この学習から彼らは偉大な徳を身につけたのであり、この徳により現在もなお賛美されているのである。すべての人がこの徳を熱望するのは明白である。しかし、徳は、労苦により手にすることができるのであるから、多くの者から遠く離れている。一九　というのは、徳を手に入れられるかどうかは確かでないが、徳には労苦が必ずともなうのはいうまでもないからである。

徳に肉体があり、目に見えるというのであれば、おそらく人間は自分が徳を明確に見るように、徳も自分を見ていることに気づくから、徳をおろそかにすることはもっと少なくなる。二〇 愛する者に見られているとなれば、すべての者が自分を凌駕するようになり、愛する者の目にとまるのを恐れて、恥ずべき言動も臆病な言動もとらなくなるからである。二一 だが、人間は徳を目にしないから、徳に見られていないと思い、徳の目の前で多くの醜い悪事をしている。一方、徳は不死であるからいたるところに存在し、自分にとってよい人間を称え、悪い人間を軽蔑する。二二 そこで、もし、徳が自分を見ていると意識すれば、徳を辛苦の末把握させる労苦と教育に人間は急ぎ向かっていき、徳にも到達するだろう。

第十三章

一 わたしは、ソフィストといわれる者の多くが若者を徳へと導くといいながら、実際は反対の方へ導いているのに驚いている。現在のソフィストによってすぐれた人物に育てあげられたという人に、われわれはこれまでに出会ったことがない。彼らは、立派な人間を生み出すべき書物も世に出さず、くだらぬことについて多くの書物を書いてきている。二 彼らの書物からは若者は空しい快楽を受けるが、徳を得ていない。これらの書物は何かを学びたいと希望した人に、無駄な時間を費やさせ、他の有益なことをするのを妨げ、卑しいことを教えるのである。三 したがって、わたしはソフィストを重要な点においていっそう激しく非難する。この重要な点とは、彼らの書いたものにおいては、語句は彼らによって探究されているが、若者を徳へと教育する知がまったくない、ということである。四 わたしは素人であるけれども、善を自分の天分によって学ぶのが最もよいことであり、次によいのが、人を欺く技術をもっている人からよりも、真に善を心得ている人から善を学ぶことであるのを知っている。五 だから、わたしは当然ソフィスト的な言葉で話しはしない。わたしはそのようなことを求めていない。わたしの求めているのは、徳について十分な教育を受けた者が必要としている正しい知識を述べることである。言葉は人間を教育しないが、正しい知識なら人間を教育するのである。六 他の多くの人も、いまのソフィストを言葉においては賢いけれども、思考においては賢くないと非難しているが、哲学者を非難してはいない。

美しく順序よく書かれたものを美しく順序よく書かれていないとソフィストの誰かが主張するのは、わたしには分かっている。彼らは早くて間違った非難を安易にするからである。七 わたしは正しく書いたのであり、賢人ぶる人間でなく、賢くて善良な人間を造りあげるように書きあげたのである。わたしの書物は役立つように見えるのでなく、事実有益なのであり、永遠に論破されないように、とわたしは願っている。八 ソフィストは人を騙すために語り、自分の利益のために書いており、誰にもまったく役に立たない。彼らのいかなる者も賢者であったことがなく、現在も賢者でない。彼らの各々はソフィストと呼ばれることに満足している。だが、ソフィストであることは、正しい思考をする人々の間では、非難の対象になっているのである。九 だから、ソフィストの教えを避けるようにし、哲学者の考察を軽視しないように、とわたしは助言する。ソフィストは富者と若者を求めるが、哲学者はすべての人間の、差別をしない友人である。哲学者は人間の運命を敬いもしなければ軽蔑もしない。

一〇 個人の利益であれ、公共の利益であれ、利益をむやみに求める者を羨んではいけない。利益を追求する者においては、最もすぐれた者は好意的に判断されても嫉妬されるし、悪い者はひどい目に遭い厳しい判断を受けることを心に留めておくべきである。一一　公共の安全のためにと個人の財産や国家の資産を奪う者は、個人より有害であり、苦労に耐えることができないから、戦争には最も悪い、最も恥ずべき肉体を有している。狩猟家は立派な身体と財産を国民への奉仕のために提供する。一二　一方の者は野獣を襲うが、他方の者は友人を攻める。友人を攻める者はすべての人に悪くいわれるが、野獣を襲う狩猟家は褒められる。なぜなら、狩猟家は野獣を捕獲すれば敵に勝ったのであるから。捕獲しなかった場合でも、彼らは、まず、全国民の敵である野獣に戦いを挑んだのであり、次に、人に害を与えるためにも、貪欲のためにも出撃しなかったということで、称賛を受けるのである。一三　さらに、この襲撃そのものにより、彼らは多くの点でよりすぐれた、より賢明な人間になるのであるが、その理由について述べていこう。彼らは労苦、工夫、配慮において抜きん出ていなければ、獲物を捕らえられない。一四　自分の土地で生命を懸ける狩猟家と戦う相手はまことに強力であり、狩猟家が並はずれた勤勉さとすぐれた知力によって相手に打ち勝つのでなければ、狩猟家の労苦は無駄になるだろう。

一五　政治家は利を得ようと願い、友に勝つ訓練をするが、狩猟家は国民共通の敵を倒す訓練をする。この訓練そのものが、他の敵に対しても後者をよりまさった者に、前者をはるかに劣った者にする。しかも、後者は獲物を分別により捕らえるが、前者は恥ずべき厚顔さで得る。一六　後者は悪意と醜い利得を軽蔑できるが、前者はできない。後者は美しい言葉を話すが、前者は恥ずべき言葉を述べる。前者が神に対してなんの抵抗もなく不敬な行為をするのに、後者は最も敬神の念が厚い。一七　昔の物語には、神々もこの狩猟をしたり見たりして喜んだという話がある。したがって、以上のようなことを念頭において、わたしの勧めることを行ない、神々のいずれかに自分の行為を見られていると思っている若者は敬虔で誠実な人間になる。これらの若者は、両親と自分の国全体のみならず、国民と友人の各々にも有益な人間である。一八 狩猟を愛した男性ばかりでなく、女神[1]がこの恩恵を与えた女性、すなわちアタランテ、プロクリス[2]その他の女性も、すぐれているのである。

(1) 女神アルテミスのこと。

(2) ケパロスの妻で狩猟にすぐれていた。

アテナイ人の国制

第一章

一　アテナイ人の国制については、彼らがこの種の国制を採用したのは善人より悪人が利益を受けることのほうを選択したことにあるのだから、わたしは同意しない。以上の理由でわたしは是認しないが、彼らがこのように判断したからには、彼らがこの国制をよく維持し、他国のギリシア人は誤っていると見なしているけれども、その他のこともよく成し遂げているのを明らかにしていこう。

二　まず、以下のことを述べよう。この国では貧乏人と庶民のほうが貴族や富豪よりまさっているのは当然である、と思われている。その根拠は次のとおりである。民衆は船を漕ぎ進める者、国家に力を与える者なのである。操舵手、水夫長、水夫長補佐、見張り番、船大工、以上の者が、重装歩兵、貴族、成功者よりはるかに多く国家に力を与えている。このような事情であるから、すべての者が抽選と選挙により政権に参加し、国民であれば望む者は発言できるというのが正しい、と見なされる。三　さらに、政権のなかでも有用な政権は民衆のすべてに安全をもたらし、有用でない政権は危険をもたらす。だが、民衆はこのような政権への参加をまったく求めない。——彼らは自分たちが抽選で選ばれ、将軍職にも騎兵隊指揮官職にも参加するべきだ、と要求しない。――民衆はこの権力支配を自らは行なわず、最も有力な者に統治を委ねるほうが多くの利益を得ることを知っているのである。報酬を受けたり家の利益になるだけの支配であるものを、民衆は求める。

四 さらに、若干の人が驚いているのは、アテナイ人がいかなる場合でもすぐれた人より悪い人、貧乏人、普通の人のほうを重視しているということである。まさにこの点において彼らが民主制を維持しているのだということは、明白なのである。貧乏人、普通人、弱者といったような者が多数者になり、恵まれた状態にあると、民主制を促進させる。だが、富者と成功者が順境にあるなら、一般の人は自分自身の敵対者を強化していることになるのである。**五** いかなるところでも最善のものは民主制と対立する。最善の人々には最少の放縦と不正および善に関する最高の厳格さが備わっているが、民衆には最大の無知と無秩序と不正があるからである。貧窮は貧しい者にいっそう無恥な行為をさせる。若干の者は金銭の欠如のために無教育であり、無知である。

六 すべての者に平等に発言させ、協議させる必要はなく、最も賢明ですぐれた者にそうさせるべきだ、という人がいるだろう。しかし、この点においても、彼らは劣った者にも発言させることにより、最善の協議をしていることになる。すぐれた人たちが発言し、協議するのは、彼ら自身と同様の人にはよいのだろうが、一般の人にはよくないからである。現在では、劣った人間でも意欲さえあれば立ち上がって発言し、自分および自分と同類の者のために有利になるように計らっている。**七** いったい、このような人間が、自分あるいは民衆のためになることは何であるのかが分かっているのか、という人がいるかもしれない。だが、この劣る人間の無知と劣悪さと善意のほうが、有用な人間の能力と知と悪意よりむしろ役立っていることを、彼らは知っているのである。**八** したがって、このような生活様式からなる国家は最善のものではないが、この方式により民主制は最もよく維持される。国家が立派な制度をもっていても、民衆は自分が奴隷状態にあることを望まず、自らが自由であって支配することを欲するからである。また、民衆は悪い政治制度に対してほとんど憂慮を示さない。施行されているのはよくないとあなたが判断する法によって、民衆自身は勢力を得て自由なのである。**九** だが、もしよい法の施行を求めれば、あなたはまず最も賢明な人間が彼らのために法を制定しているのに気づくだろう。次に、善人が悪人を罰し、善人が国家について協議し、興奮する人間には協議も発言も集会への参加も許さない。だから、このよい法の施行により民衆はすぐさま奴隷状態に陥ることになる。

一〇 また、アテナイにおいては、奴隷と在留異国人の放埒が最大であり、そこでは彼らを殴ることもできなければ、奴隷はあなたに道も譲ろうともしない。これらのことがなぜアテナイ人の習慣になっているのかを述べよう。奴隷、在留異国人あるいは解放奴隷が自由人によって殴られるというのが慣習であるなら、人はアテナイ人を奴隷と思い込んで、しばしば彼らを殴るだろう。アテナイの庶民は奴隷や在留異国人とまったく変わらぬ衣服を着用しており、外見も同じだからである。**一一** アテナイでは奴隷が豊かな生活を、いや奴隷のある者は奢った生活をさえ許されているのに驚く人がいるが、アテナイ人は明らかにそのようなことをも意図的にしている。アテナイには海軍があるから、海軍の要求する税額に見合う収入をわれわれが得るためにという金銭上の理由から、かえって奴隷に仕えねばならず、このことから彼らを自由にしなければならなくなるのである。また、豊かな奴隷のいるところでは、わたしの奴隷があなたを恐れることなど、もはや役立ちはしない。ラケダイモン(1)ではわたしの奴隷はあなたを怖がった。だが、この地ではあなたの奴隷がわたしを恐れれば、自分を危険に曝さないように、おそらく自分のお金を渡すだろう。一二　このことのために、われわれは奴隷にも自由人と同等の、在留異国人にも市民と同じ権利を与えたのである。国が多くの取引と船隊のために在留異国人を必要としたのであるから。したがって、当然のことながらわれわれは在留異国人にも平等の権利を与えた。

一三　アテナイでは、自分たちが体操や音楽には熱心に取り組めないということを承知のうえで、民衆がそれらをよくないことだと判断し、体操をする者や音楽に熱意を燃やす者を抑圧した。また、コロスの訓練や体育監督さらには三段櫂船の艤装において、富裕な者がコロスの費用を負担し、民衆がコロスの指導を受け、金持ちが体育監督官になり、民衆が三段櫂船の指揮を受け、体操の監督をされるのだ、ということを民衆は認識している。だから、歌い、走り、踊ることおよび船で航行することによって金銭を受け取ってよいと考えた結果、民衆自身は富裕になり、金持ちはより貧しい者となるのである。そして、法廷において民衆は自分たちの利益ほどには正義に対して関心をもたなかった。

一四　同盟国に関しては、見うけられるところアテナイ人は国外に出ても貴族を非難攻撃し憎むが、それは統治者は被統治者によって憎まれねばならないし、富裕者と貴族が国家において勢力をもつようになれば、

(1)ペロポンネソス南東部、ラコニア地域のこと。この首都がまた、ラケダイモンあるいはスパルタといわれる。

民衆の支配権はたちまちのうちに失われるということを理解しているからである。以上のような理由から民衆は貴族から公民権を奪い、財産を没収し、彼らを追放に処し、死罪にして下層階級の勢力を増大させる。だが、アテナイの貴族は、諸国家の上流階級を護るのはつねに自分らの利益になると認識し、同盟国の貴族を護っている。一五　アテナイ人の強さは同盟国がその財を寄付することができることにある、という人がいるかもしれない。が、アテナイ人の各々が同盟国の財産を獲得し、同盟国の人間は生きるに必要なものを得るだけで、悪事を企むことができずに働いてくれるほうが有利である、と民衆は見なしている。

一六　アテナイの民衆は、同盟国人にアテナイへ裁判を受けに来るように強制している点においても無分別な行動をとっている、と思われている。しかし、アテナイ人は逆にその点ではアテナイの民衆には有利な面がある、という考えをもっている。まず、民衆が年間を通じて供託金から報酬を得るということである。次は、民衆が船で国外に出ることなく自国にいて同盟国を支配し、法廷において自分らの味方を救い、敵を滅ぼしている点である。しかし、それぞれの同盟国が自国に法廷を有しておれば、彼らはアテナイ人に腹を立てているから、彼ら自身のうちの、とくにアテナイの民衆に味方する者を殺害するだろう。一七　そのうえ、同盟国に対する裁判がアテナイで行なわれると、アテナイの民衆は以下のような利益を得ている。その第一は、ペイライエウスでの百分の一税がより多く国の収入になることである。次に、宿泊所をもつ人はよりよい収入を得る。牛馬や奴隷を賃貸することのできる者も同様である。なお、伝令使も同盟者が滞在するとより恵まれる。一八　さらに、もし同盟国の者が裁判に来なければ、民衆はアテナイ人の国外に出る者だけに、つまり将軍や三段櫂船長や使節に敬意を示すだろう。だが、いまでは、アテナイに来る者はアテナイでは法である民衆によってのみ法的処理を受けねばならないということを理解しているから、同盟国者の各々はやむをえずアテナイの民衆に媚びるようになった。そして、法廷では嘆願し、入廷する者の手を握らざるをえないのである。こういう事情であるから、同盟者といってもむしろアテナイの民衆の奴隷のように見なされたのであった。

一九　さらに、民衆自身とその追随者は、海外に資産を得るとともに、これを管理するために、気づかぬうちに漕船することを学んでしまった。しばしば航海する人間は、彼自身もその奴隷も櫂を手にとらねばならず、船の用語も覚えなければならないからである。二〇　そして、彼らは航海の経験と訓練により、すぐれた舵手になった。ある者は通常の船で、他の者は貨物船で舵をとる訓練をし、さらに他の者は三段櫂船に乗った。多くの者は、それぞれの人生において前もって訓練をしているから、乗船すればただちに船を動かすことができた［ような］のである。

第二章

一　アテナイにおいてまったく強くないと思われている重装歩兵部隊は、次のような考えで作られていた。すなわち、アテナイ人は、自分自身を敵軍より少数で弱いと見なしているが、貢納する同盟軍のなかでは地上軍においても最強なのである。重装歩兵部隊は同盟軍より強ければ十分である、と彼らは判断していた。

二　そのうえ、偶然にも彼らには次のような事情があった。つまり、陸地の被支配者は諸小国から集められ一体となって戦うことができるが、島国の住民である海上の被支配者は彼らの国を同一体に統合することはできない。島嶼の間には海があり、権力者は海上支配者なのである。(1) かりに、諸島の住民が気づかれずに一つの島に集合し一体になりえても、彼らは餓死するだろう。**三** 本土にあってアテナイ人の支配を受けている国々のうち、大国は恐怖により、小国はまさに必要があって支配されている。何かを輸入し、輸出する必要のない国はないが、とくに小国にとって、このことは海の支配者に従属しなければ不可能なのである。**四** さらに海上の支配者は、陸上の支配者がときにはすること、つまり、より強力な国の領地を荒らすことができる。海の支配者は、敵がまったくいないか、あるいは少ししかいないところの沿岸を航行し、敵が攻めてくれば乗船して陸地から離れることができるのである。また、このようにする者は、陸上を援助に駆けつける者ほどには物資に困ることがない。**五** 海上支配者は彼自身の土地から船で望むかぎり遠くへ離れていくことができるが、陸上支配者は自分の領土から多くの日数の道程を離れることはできない。進軍は遅く、地上を歩む者は長時間の食糧を持って行くことができないのである。陸上を進む者は味方の土地を行くか、戦って勝たねばならないが、船で行く者は自分のほうが強力であるところには上陸し、そうでない場所には下船せず、味方の領地か自分より劣勢の土地に到着するまで航海していくことができる。**六** 陸上の最も強力な支配者といえどもゼウスのもたらす作物への禍害を凌ぐのは困難であるが、海上の支配者は容易なのである。なぜなら、陸地のすべてが同時に災厄を被るわけではないから、海上支配者には生育のよい土地から作物がもたらされるからである。

七 より小さな事柄に言及する必要があるとすれば、それは、まず、アテナイ人が海上支配によりいろいろなところでいろいろな人々と交わり、さまざまな種類の御馳走を見いだした、ということである。シシリー、イタリア、キュプロス、エジプト、リュディア、黒海、ペロポンネソス半島その他の地域における珍味のすべてが、海上支配により一箇所に集められた。八　次には、彼らがあらゆる言葉を聞くことにより、種々の言葉からそれぞれのよいものを選び出した、ということである。ギリシア人はどちらかというと固有の言語、生活様式、服装を使用しているが、アテナイ人はすべてのギリシア人と異国人の混じりあってしまったものを用いている。九　犠牲、神域、祭り、神殿に関しては、個々の貧乏人が犠牲を捧げ、御馳走を食べ、神殿を建て、立派で強大な国家を統治することができないことを民衆は認識していて、そのようなことができる方法を見いだした。すなわち、国家が公費でもって多数の犠牲獣を犠牲に捧げ、民衆が御馳走に与り、犠牲獣を分け与えられるのである。一〇　少数の裕福な者は体育館、浴場、更衣室を個人的に所有しているが、民衆自身は民衆用に多くのレスリング練習場、更衣室、浴場を建設している。しかも、民衆はこれらを少数の富裕な者より楽しんでいるのである。

一一　ギリシア人と異国人のうちで、アテナイ人だけが富を保有することができる。ある国が船の建材に富んでいても、海上支配者の同意を得なければどこへも売れない。また、どこかの国が鉄あるいは銅あるいは亜麻布を多く産出しても、海上支配者が同意しなければどこへも売れない。しかし、まさに次のことからわたしは船を所有するのである。すなわち、あるところから木材を、他のところから鉄を、さらにその他の

(1)「解説」二七九頁参照。

ところから銅、亜麻布、蜜蠟を手に入れるからである。一二　そのうえ、アテナイ人はわれわれの敵対者に生産物の他国への輸出を許さないだろう。そうでなくても、敵は海上の航行をしえないのである。しかも、わたしは何もしなくても以上のすべてをその陸地から海上経路で手に入れる。さらに他のいかなる国にもそれらの二つともがあることはない、すなわち同じ国に木材と亜麻布があることはなく、亜麻布が最も多くある平坦な土地には樹木がない。同じ国から銅と鉄が産出されることはないし、一つの国において他の産物が二つあるいは三つと得られることもない。一つの産物はこの国において、他の産物はあの国においてというように、別個に得られるのである。

一三　さらに、本土のすべての沿岸では、岬が突出していたり、島が前方に横たわっていたり、海峡のようなものがあったりする。したがって、海上支配者は、そこを封鎖して本土に住む者に害を加えることができる。

一四　だが、アテナイ人には欠けているものが一つある。その欠けているものとは、アテナイ人が、もし島を住居にする海上支配者であるなら、海を支配するかぎり、望むならなんの被害もなく、つまり自分の土地を荒らされず、敵を迎え討つことなく、害を加えることができるだろう、ということである。だがいまは、アテナイ人のうちで民衆は、敵が自分らのものを何も燃やしもしなければ、切り取りもしないということをよく知っているから、敵には恐怖を抱かず、諂《へつら》うこともなく生活しているが、農夫や金持ちはむしろ敵に阿《おもね》る。一五　そのうえ、アテナイ人は、もし島に住んでいるとすれば、他の恐怖からも逃れられよう。国家は寡頭政治家によって敵に売り渡されることはなく、城門が開かれることもなければ、敵が侵入することもない。島に住む者にはこのようなことが起こらないからである。また、アテナイ人が島に住んでおれば、誰かが民主政治に反乱を起こすということはない。いまは、彼らが反乱を起こす場合は、敵を陸路迎え入れるという期待を込めて反乱するのである。もし島に住居をもっているのであれば、彼らはこのことにもなんの不安も感じなくてすむ。一六　ところが、彼らは初めから島に住んでいなかったのであるから、いまは次のようにしている。すなわち、彼らは財産は海上支配を信じて島に預けるが、アッティカの土地はそれに愛着を抱けば他のより重要な財産を奪われることになると考え、荒らされるにまかせたのである(1)。

一七　なお、寡頭政治下の国家にとっては、同盟関係と誓約の確保が必要となる。そして、彼らが協定を守らないか、何かの事情で不正が行なわれれば、協定を結んだ寡頭政治家の名が非難される。だが、民衆が結んだ協定に関しては、発言して投票した一人に責任を負わせる一方、全員出席の民会において決定された協定であるということが分かっていながら、「わたしは出席していなかったし、わたしには気に入らない」という他の者のために、民衆は拒否することができるのである。なお、その協定がよくないと思うと、彼らは望ましくないことをしないための無数の口実を見いだすのだった。しかも、決定した計画の結果が悪いと、少数の人間が自分らに反対して計画をぶち壊した、と民衆は非難する。しかし、よい結果が得られると、自分ら自身の功績にするのである。

一八　民衆は悪評を耳にしないために、自分たちを喜劇に取り上げて悪口をいうことを許さない。が、誰

(1)「解説」二七九頁参照。

かがある人を喜劇化したいと思う場合には、喜劇の対象にされる人物が主として庶民や大衆の出身者でなく、金持ちや貴族や権力者であることをよく知ったうえでその人間を喜劇扱いするように、と民衆はとくに命じる。ただ、わずかばかりの貧乏人や下層民が喜劇に取り上げられることがあるが、その者たちは余計なお節介をしたり、民衆よりよい生活ができることを願う場合にのみ登場するのであるから、彼らが喜劇化されているのを見ても、民衆は不快にならないのである。

一九　ところで、国民のうちで誰がすぐれていて誰が劣っているかをアテナイの民衆は認識している、とわたしは主張する。だが、その認識にもかかわらず、民衆はたとえ劣っていても彼ら自身に好意をもって役に立つ者を大切にし、むしろ立派な者を嫌うのである。徳は本来彼らの利益になるのではなく害になるのだ、と彼らは判断している。しかも、これとは反対に、真に民衆の味方でありながら、本性においては非民主的である少数の人がいる。二〇　わたしは民衆自身に対しては民主制を承認する者である。自分自身を大切に扱うことはすべての人間に許されるのであるから。しかし、民衆の味方でないのに寡頭制の国家より民主制の国家に住むことを選んだ者は、不正を行なう心づもりをしており、寡頭制の国より民主制の国のほうが罪を犯しても見つかりにくい、と考えている。

第三章

一　アテナイ人の国制に関しても、わたしはその特性を賛美しない。しかし、民主制をとると決定して以来、わたしが示した方法によりアテナイ人は民主制をよく維持していると思う。

さらに、アテナイにおいては、一年間集会に出席している人間でもときには評議会とも民会とも協議できないという理由から、アテナイ人が非難されていることに言及しよう。いま指摘したことは、アテナイでは問題が多いから、すべての人に協議を終えたあと帰ってもらうことができない、ということのために起こっている。二　彼らにはすべての者との協議は不可能なのである。まず、彼らはギリシアのどの国も祝わないほど多くの祭りを催さねばならない（祭りの間は国事の解決能力は低下する）。次には、彼らはすべての人間が力をあわせても判断を下せないほど多くの民事と刑事についての判決をしたり、会計検査に関する結論を出したり、また評議会は戦争、財源、立法、たえず起こる国家の事件について種々審議したり、同盟国のために相談したり、貢物を受け取ったり、造船所や神殿の配慮をしなければならないのである。これほど多くの仕事があるのだから。彼らがすべての人間と協議できなくても驚くにあたらない。三　だが、次のようにいう人たちがいる。「お金をもって評議会か民会に行けば用事は処理される」と。アテナイでは多くのことがお金で達成されるし、もっと多くの人がお金を出せばもっと多くのことが実現されるということの人たちの意見に、わたしは同意する。だが、どれほど多くの金と銀が彼らに与えられようと、国家がすべての人の要求を叶えることは不可能であることを、わたしはよく知っている。四　彼らは船を修復しないかどうか、何か公共の建物を建てるかどうかの裁定もしなければならない。そのうえ、毎年ディオニュシア祭(1)、タルゲ

（1）アテナイのディオニュソス神の祭り。合唱と悲劇の競演が行なわれる。『騎兵隊長について』第三章二参照。

リア祭(1)、パンアテナイア祭(2)、プロメテイア祭(3)、ヘパイスティア祭(4)におけるコレゴスの経費負担についての判断を、彼らには下す必要があるのである。

そして、毎年四〇〇人の三段櫂船長が任命されるが、その船長たちの願望に対する判決が毎年要求される。しかも、彼らには役人の任命を承認するとともに、議論に決着をつけ、孤児を認め、囚人の看守を任命することが求められるのである。**五**　これらは毎年なされることである。だが、ときには、軍役忌避について、また、驚くべき非道であれ、不敬な行為であれ、とにかく他の予期せざる不正が行なわれる場合についても、彼らは判断を下さねばならない。

なお、ひじょうに多くのことをわたしは省略する。が、貢租の決定を除いた最も重要なことは述べられている。この貢租決定は普通四年に一度なされている。**六**　ところで、これらすべてについては判決を下す必要はない、と考えるべきであろう。しかし、アテナイには判決を下す必要のないものなどない。そこで、すべてのものに判決を下す必要があるということに同意しなければならないとなると、現在では年中裁判をしているわけではないから、罪を犯す者を阻止するには、人間の多さのために一年中休みなく判決を下さねばならないだろう。**七**　そのとおり、裁かねばならないのだが、そうなればより少ない裁判官が判決することになる、といわれよう。実際、裁判所を少なくするのでなければ、必然的に各裁判所の裁判官は少なくなる。この結果、少数の裁判官に対する策略を準備して買収するのが容易になり、正しい判決を下すことがはるかに少なくなるだろう。**八**　しかも、アテナイでは祭りの期間は判決をいいわたすことができないが、アテナイ人は祭りを催さねばならないと考えるのであり、他国民の二倍の祭りを開催している。しかし、最も少なく催す国と同数の祭りがよい、とわたしは思っている。このような事情であれば、アテナイの現状は少しばかり除去するか追加する以外に変えようがない、とわたしはいう。民主制の重要な部分を除去せずには、大きな変革はできないのである。**九** たしかに、国制をよりよい状態に維持するには、いろいろな方法が見いだせる。しかし、民主制を存続できるようにすると同時に、よりよい政治を行なうための満足のいく方法を見いだすのは容易ではない。わたしがたったいま述べたようなわずかばかりのものを取り除くか、つけ加えること以外にないのである。

一〇 アテナイ人は国家の内紛時に下層階級の人たちを選んでいる点においても、正しい思慮を示している、とは思われない。だが、このことを彼らは慎重に行なっている。彼らが上流階級の人々を選んだなら、自分らと同じ考えをする人たちを選んだことにはならない。いかなる国家においても、民衆に対して好意的であるのは最もすぐれた層ではなく、各国家において最も悪い分子が民衆に対して親切なのである。同等の者が同等の者に好意的なのである。したがって、アテナイ人は彼ら自身にふさわしい者を選んでいる。**一一** 民衆も上流階級の者を選ぼうと試みたが、その結果はつねに彼らにとって不都合なものであった。事実、ボ

(1) アテナイにおいて四−五月に祝われる収穫の祭り。
(2) 女神アテナの誕生を祝うアテナイの大祭。毎年六−七月に催される。とくにオリュンピア紀三年目の八月半ばには犠牲、行進、競技がいっそう盛大に行なわれる。
(3) プロメテウス神を祝うアテナイの祭り。
(4) ヘパイストス神を祝うアテナイの祭り。

イオティアの民衆は短期間のうちに奴隷になった。(1) ミレトス(2)人の上流階級者が選ばれたときにもこのことが起こっており、(3) 上流階級者は短期間に離反して民衆を殺害した。メッセニアに対抗してラケダイモン人が選ばれたときにも、(4) このことがなされた。ラケダイモン人は瞬く間にメッセニアを征服し、アテナイ人と戦争したのである。

一二　しかし、アテナイでは誰も不当に市民権を奪われなかったという意見を差し挟む人がいるかもしれない。が、わずかな人々であっても、不正に市民権を奪われた人たちがいる、とわたしは主張する。が、アテナイの民主制を攻撃するには、少なからぬ人間が必要なのである。このような事情であるから、正当に市民権を奪われた人間に対してでなく、不当に権利を剝奪された者がいるかどうかに注意しなければならない。

一三　民衆が統治者であるアテナイにおいて、多くの者が不当に市民権を奪われた、と考える人はいない。正しく統治せず、正義を主張して行動に示さないこと、このようなことからアテナイでは権利を奪われている。以上のようなことを考慮すると、アテナイにおいては市民権剝奪に基づくなんらかの危険が存在する、と判断すべきではない。

---

(1) この事件はおそらく前四五六—四四六年に起こったと思われる。

(2) 小アジア西岸イオニア地方の商業都市。

(3) おそらく前四四六年後まもなく起こったのであろう。

(4) 前四六〇年代のメッセニアの反乱の際に、アテナイがラケダイモンを援助したことを暗示していると思われる。

スコリア（古　注）

＊スコリアとは古代人の手になる注解の類を指す。以下の一文は、全四巻の文集を出し、そのなかでクセノポンも扱っているストバイオス（後五世紀初め頃）からの抜粋。

メガラ出身のテオグニス[1]が述べた言葉がある。この詩人は人間の徳と悪以外のいかなることに関しても言及しておらず、騎手であるなら馬術について書く場合のように、その詩は人間について書かれたものである。したがって、詩の初めは正しいとわたしには思える。それは、良く生まれるということから始まっているのであるから。生むものが良くなければ、人間も他のいかなるものも良いとは考えられない。実際、彼が、なおざりに養われるのではなく、このうえもなくすばらしくなるようにと、それぞれ分別のある育て方をされている他の動物を例にしているのは、よいことであるように思われた。それは、次の言葉で明らかである。

雄羊も驢馬《ろば》も馬も、キュルノスよ、良いものを
　われわれは求め、それらを良い親から得ようとする。
すぐれた男は、悪い父親の悪い娘との結婚を、
　多くの財を与えられようとも、心がけはしない。
が、悪い男の娘は、金持ちの妻になることを
　退けずに、良い男よりも富める男を望む。財を
重んじるがゆえに。こうして立派な男が悪い男の娘を、

悪い男が良い男の娘を娶る。富は氏族を混濁する。

以上の言葉は、相互の氏族との結婚で子供を生むことを人間が理解せず、したがって、人間の種族が、より劣った者がよりすぐれた者とたえず混じって、より悪くなっていくのを知らないのだ、ということを述べている。だが、多くの人は、この言葉からこの詩人が人間の富裕を非難し、財産の代わりに外見の低俗と劣悪を得ていることを責めている、と見なしている。しかし、わたしはこの言葉は彼らの人生に関する無知を非難している、と信じている。

（1）前五四四－五四一年頃のメガラの貴族出身。貴族と民衆の政争の犠牲者として長期間にわたり国外に追放され、亡命の苦しみを味わった。エレゲイアの格言詩人として有名で、自分の愛する少年キュルノスに貴族の守るべき事柄に関して教訓を与えている。

解説

クセノポンは、有名な『アナバシス』においてキュロスの遠征とそこからの苦難に満ちた退却を記し、『ギリシア史』(『ヘレニカ』)では未完に終わったトゥキュディデスのペロポンネソス戦記を追補し、『ソクラテスの思い出』により哲人ソクラテスの言動を活写するかたわら、古代ギリシアの生活について多くのことを書き残している。しかも、これらの作品のなかに自分の姿も描いている。だから、彼は古代ギリシアの作家のなかで最もよくその個性の知られている作家、といえる。

作家活動前のクセノポン　ペロポンネソス戦争(前四三一—四〇四年)の初め頃に生まれたといわれるクセノポンは、キュロスが内陸へ遠征した(前四〇一年)頃には三〇歳に達していなかった、と思われる。この遠征が不幸な結果に終わり、クセノポンの知略に富んだ指揮の下に、ギリシアの傭兵軍は祖国に引き揚げた。だが、彼はしばらくして祖国アテナイを去り、スパルタ王アゲシラオスに仕え、まだ継続されていたペルシアとの戦いに参加した。ところが、アテナイがテバイと同盟を結んだから、彼は祖国に敵対することになった。彼はアゲシラオスとともにギリシア北部に進撃したり、コロネイアでアテナイとテバイの連合軍を撃破した(前三九二年)。このために、彼はアテナイから追放の処分を受けた。

しかし、スパルタはクセノポンを厚遇し、数年後にはエリスのオリュンピアに近いスキルスに彼の失った財産の代償として領地を与え、家を提供した。

晩年のクセノポン　彼はスキルスの領地で狩猟と執筆活動をした。彼の作品のほとんどは、人生のこの後半において書かれたものである。

一四篇の全作品のうち本書に訳出されたものは、次のとおりである。

［人物論］

『ヒエロン――または僭主的な人』（前三八三年後）

『アゲシラオス』（前三六一―三六〇年、アゲシラオスの死後）

［政治論］

『ラケダイモン人の国制』（製作年不明）

『政府の財源』（前三五五年後）

［軍事論］

『騎兵隊長について』（前三六二年頃）

『馬術について』（『騎兵隊長について』の後しばらくして書かれた）

［教育論］

『狩猟について』（クセノポンの作品とする学者は、彼の若い頃の作品と見なしている）

なお、政治論に入る『アテナイ人の国制』は偽作とされ、前四三〇年以降の作と見なされている。

以上の順序で訳されているが、これは Marchant, E.C., Xenophontis Opera *Opuscula*, Oxford Classical Text, Oxford, 1952. および Marchant, E.C., Xenophon, *Scripta Minora*, & Bowersock, G.W., Pseudo-Xenophon, *Constitution of the Athenians*, Loeb Classical Libraly, London, 1984. に準じている。

前三七一年にスパルタ軍がレウクトラの戦いでテバイ軍に敗れた後は、エリスが反スパルタ陣営に入ったために、クセノポンはやむをえずスキルスを去り、コリントスに逃れねばならなかった。しかし、スパルタとアテナイが同盟するという事態になり、彼もこの難を免れ、アテナイの追放令も解除されたらしい。そして、彼の二人の息子グリュロスとディオドロスはアテナイの騎兵として戦い、グリュロスはマンティネイアの戦い（前三六二年）において華々しい戦死を遂げた。この報せを受けたクセノポンは、犠牲を捧げ花冠を頭にしていたが、それを頭から取り、息子の勇ましい戦死を聞いて再び花冠を頭にしたそうである。彼はそのときすでにアテナイに帰っていた、ともいわれている。彼の死は『政府の財源』が前三五五年であるところから、少なくともこれ以後であろう。

以下において、各作品について個々に見ていきたい。

『ヒエロン――または僭主的な人』

ディオゲネス・ラエルティオスによると、クセノポンの作品には偽作といわれるもの（『アテナイ人の国制』）を含めて一五篇あり、これらすべてが現存している。このうち『ヒエロン』は九番目に置かれている。『ヒエロン』では、シュラクサイの僭主ヒエロンと詩人シモニデスの対話が記されている。この対話のテーマは、第一には僭主が庶民ほどには幸福でないということであり、第二には僭主が自己の幸福を獲得するには家臣から好意を受けなければならないが、その方法は何かを示すことである。

以上のテーマが、シモニデスによるヒエロンへの幸福賛美に対するヒエロン自身の反論という形式において取り扱われている。そして、僭主統治に関するクセノポンの抱く見解は、要するに、すぐれた王のごとくに支配するように心がけよ、ということである。

クセノポンはもちろん歴史的人物としてのヒエロンとシモニデスの対話を再現しているのではない。彼は、理想的な僭主が考えると思われる自己の幸福のあり方を、人生の儚さを基底にしながら述べているのである。では、理想的僭主の人生に対する考え方を示すのに、クセノポンはどうしてヒエロンとシモニデスを選んだのであろうか。

まず、シモニデス（前五五六―四六八年）であるが、彼はネストル（トロイア戦争におけるギリシア軍の老将）のように人間三代にわたって生きた知者といわれ、偉大な詩人として王侯から競って招待された。とりわけ、マラトン、サラミス、プラタイア、テルモピュライの戦死者に捧げられた詩は、彼の名声を不滅にした。

この一方で、彼を保護しあるいは客人とした権力者たちは、つぎつぎと権力の座を去っていった。アテナイの独裁者ヒッパルコスが暗殺された（前五一四年）後、彼はテッサリアのスコパスのもとにいたが、このスコパス一家も滅亡した。マラトンの戦いの後アテナイに帰ったシモニデスは、テミストクレスと親交を結んだ。だが、このテミストクレスも、サラミスの海戦後アテナイから追放された（前四七三／二年）。このとき八〇歳を越えていた彼は、シシリーに渡りシュラクサイで僭主ヒエロンの客となったのである。

このような経験をもつシモニデスであれば、クセノポンがこの高名な詩人に時の移り変わりとともに変化する運命というものを述べさせたのも、自然なことであろう。

さらに、このシモニデスを自分の宮廷に迎える一方で、何度もピュティアとオリュンピアの競技で優勝している有名なヒエロンを、クセノポンがシモニデスの対話の相手とし、僭主の理想像として描いたのも理解できるところである。

『アゲシラオス』

クセノポンが畏敬の念を抱いているスパルタ王アゲシラオスを、すぐれた王の理想像として描いたのが『アゲシラオス』である。この作品は死去した王に捧げられたものであるが、弔辞ではなく賛辞である。初めに、王の偉業が巧みな選択を受け、王の性格がそれにからめられながら、年代順に述べられていく。これが終わると、クセノポンは王の徳に対する評価を行なっている。クセノポンの徳の理念は「敬虔」「正義」「自制」「勇気」「知恵」である。そして、彼はこの徳の具現を王アゲシラオスに見ていることになる。最後に、彼は文中での王の徳に対するこれまでの評価を要約して、この作品を終えている。

クセノポンはこの作品をアゲシラオスの死後まもなく書いたらしい。なぜ、このように彼は急いで書いたのか。彼自身の高齢が彼の気持ちを急がせたということも、考慮に入れてよいだろう。だが、主たる理由は次のようであると思われる。すなわち、一般にはクセノポンのような王に対する賛辞一辺倒の雰囲気はなく、王に対する批判も表明された、と考えられる。『ギリシア史』(『ヘレニカ』)において、しばしばスパルタの敗北を黙殺したり、反テバイ感情を露骨に示したほどの親スパルタ派であるクセノポンであったから、尊敬するアゲシラオス王に対する批判には即座に反撃せざるをえなかったのであろう。この点にも注意しながら『アゲシラオス』の内容を考察すべきである。

『ラケダイモン人の国制』

本作品におけるクセノポンの意図は、彼が「最高の知恵者」(第一章二)と賛美するリュクルゴスの制定した法について語りながら、ラケダイモン人の偉大さと名声を示すことにある。

この国では丈夫な子供を出産するには夫婦の性交がいかにあるべきか、妊娠した女性がどのような生活をすべきかということから、彼は、述べはじる(第一章三—一〇)。次に、彼は生まれた息子の教育を述べ、ギリシアの他の国々との相違を詳述する(第二章)。このあと、少年から青年になった者が受けるしつけが簡単に記される(第三章)と、成年になった者が受ける訓練が述べられる(第四章)。一方、日常生活におけるラケダイモン人の食事と子供の共同教育、奴隷、犬、馬の共同使用などが語られる(第五—六章)。そして、リュクルゴスが衣服よりも肉体を、富よりも精神を重んじていることが強調される(第七章)。制度面では、監督官が最高権威者であり、すべての者がこれに従うこと、およびリュクルゴスが、すべてにおいて服従することが何よりも重要であるとしていることが述べられる（第八章）。

クセノポンがこの作品を貫く理念としているのが、リュクルゴスの人生に対する態度、すなわち恥辱の生より栄誉ある死を選択する、ということである。彼が称賛するこの理念の裏付けとなるのが勇敢さであり、勇敢な男のほうが結果的には死を免れる、と彼は指摘する（第九章）。ついで、リュクルゴスが老齢を尊重し、肉体より精神の働きを評価していることが強調される（第十章）。

このあと、ラケダイモン人の兵役と軍隊の編成、戦闘隊形のとり方、野営の仕方が具体的に述べられる（第十一―十二章）。これに続いて、遠征における王の役割が記される（第十三章）。最後に、リュクルゴス時代のラケダイモンとその後のラケダイモンが異なっていること（第十四章）と、リュクルゴスの定めた王と国家の関係（第十五章）が述べられる。

以上が本篇の要約であるが、このことからもクセノポンにはラケダイモン人の国制そのものを論じようとする意図のなかったことが窺えるだろう。

『政府の財源』

『政府の財源』は、前三五五年の事柄に触れているから、早くとも前三五四年以後に書かれた、と見てよいだろう。したがって、クセノポンの最後の作品と思われる。彼はこれを書き終えるとしばらくして死んだのではないか。彼はこの作品を書くにあたり、前三五六―三五五年の同盟諸都市との戦争で疲弊したアテナイの国家財政を立て直す努力をしていたエウブロスを脳裏に描いていた、と推測してよいだろう。

本作品では、初めに、アテナイの国が自然に恵まれ、気候の変化に富み、農作物の収穫が多く、大理石と銀が得られるうえ、ギリシアのなかで有利な位置を占めていることが述べられる。これに続いて、在留異国人の地位向上策が触れられている。

税収のためには貿易が役立つこと、また、これには船主、商人を優遇しなければならず、これに必要な資金を納入する者を有利な条件で募る方法が記されている。資金ができれば、船主のための宿泊所や訪問者のための公共旅館などを港に設置すること、商船などを国有にすることが提案されている。

銀山を整備すれば、そこからも莫大な税収のあることが述べられる。そして、銀山で働く労働者とりわけ奴隷の貸し出しを国家がすることにより、十分すぎる税収をあげることができる、と彼は計算している。さらに、新鉱山の発掘についても、最も安全な方法として、国家の指導下にアテナイの一〇の部族がそれぞれ奴隷を付与されて銀鉱山の採掘にあたり、採掘のリスクと利益を平等に分担することを提案している。

戦争のために国家が疲弊していても、平和になれば人が集まり、港も市場も隆盛する制度が整えられるし、またそうすべきであると彼は助言する。そして、この制度が整えば、戦争を仕掛ける側がむしろ怖がることになる理由を付言する。

最後に、国家が繁栄し、国民が裕福に生活するには、何よりも平和が重要であること、戦争よりも平和によって人が集まり、貿易量も増加し、それにより収入が増える根拠が説明されている。

『騎兵隊長について』

この作品は、前三六五年頃アテナイがテバイと戦端を開くのではないかと思われていたとき、クセノポンが騎兵隊長の任務とその重要性を説いたものである。そして、彼はこれを彼の追放を解除した祖国のために感謝の気持ちを込めて書いたと思われる。クセノポン自身は、前四〇九年からの数年間アテナイの騎兵隊に属していたと推定されている。この作品を執筆する直前には、彼は二人の息子グリュロスとディオドロスをアテナイに帰して軍務につかせた。長男グリュロスは騎兵として戦い、勇敢な戦死を遂げた。

平時における騎兵の行進は、国家的行事として装飾的であっても、とりわけ目立つ重要なものであった。もちろん、戦闘訓練も力を入れて行なわれていた。しかし、当時のアテナイは財政逼迫に加え、行政当局の無関心、無気力、選出される騎兵隊長の怠惰もあり、騎兵の実数は法律上の定員一〇〇〇騎を大きく割る六五〇騎にすぎず、騎兵の能力も低下していた。そのようなときに書かれたこの作品は、一時追放に処せられた人物のものであっても、その後のマンティネイアの戦いにおけるアテナイ騎兵隊の見事な戦功に影響しなかったとはいえないのではないか。

この作品によると、騎兵隊長の責務としては、まず、騎兵隊員の法定数を満たすようにすること、次に馬が激務に耐えられるように配慮し、騎兵に十分な騎乗練習と槍投げなどの戦闘訓練をさせることである。そして、騎兵の法定数としてアテナイの一〇の部族から各一〇〇人、合計一〇〇〇人の騎兵が募られるのであるが、この一〇〇〇人の騎兵が二人の騎兵隊長に指揮される。そしてこの隊長を補佐するものとして、それぞれ一〇〇人の騎兵を担当する分隊長が国家の了承のもとに選ばれ、上記の訓練に協力する。

次に、隊形のとり方とその重要さ、観閲式のときにとる隊列およびその行進と駆け足、行軍時の注意、敵国の事情を知ることの有利さ、戦地における敵情偵察、待ち伏せの利用などが論じられる。

以下、敵を策略に陥れる方法、指揮官が部下の信頼を受けるために注意すべき点、敵との戦いにおいて守るべき心がけをいろいろな場合において教えている。そして、最後に外国人騎兵隊の活用が述べられる。

『馬術について』

「以上の覚え書き、教訓、配慮は当然個人のために書かれたものである。騎兵隊長が知っておくべきことおよび行なわなければならないことは、すでに他の文書において示されている」（第十二章一四）とあるように、クセノポンの『馬術について』は『騎兵隊長について』の後しばらくして書かれた。テクストはかなり傷んでおり、復元されているにしても解読しにくいが、解決困難な問題は含まれていない、といわれている。事実、クセノポンの書いた騎兵用馬と現代の乗馬用馬には主要な相違があるにしても、クセノポンの叙述の跡を辿るのにたいした支障はないようである。

本作品では、まず、どのような若馬を購入すべきであるか、若馬の育成と調教をどのようにすべきかが述べられ、よい脚をもち、丈夫で筋骨たくましい、姿も大きさもよい若馬を得られるように努めること、そしてこの調教は馬丁に任せるように、と助言される。次に、すでに調教された馬を購入する場合に注意すべき諸点が指摘され、脚が丈夫でおとなしく、速く駆け、労苦に耐える意思と能力をもっておれば、そういう馬は戦闘において騎兵に迷惑をかけず、安心して乗っていられる、と付言される。

について、具体的なイメージが得られるように巧みな叙述がなされる。さらに、観閲式に適した馬はどのような馬であるか、またこのような馬をどのように行進させるのかについても適切な指摘がなされ、最後には、騎士と馬の防護具と武器およびその使用法についても述べられている。

騎手に対する助言としては、乗馬するときの姿勢、馬の走らせ方、下馬する場所などについて詳細に指示されている。次に、軍務のために騎手と馬が能力を高めるのに最もよい訓練の方法が的確に告げられる。悍馬の扱い方に関しては、乗馬の際と乗馬後に馬を駆けさせる場合の注意点、とりわけ、悍馬の馴らし方を要領よく説明し、遅鈍な馬についてはその逆の扱い方をするとよい、とだけ述べられて終わっている。

軍馬を立派に見えるように乗馬するにはどうすればよいか、また、どのようなはみを着用させればよいかについて、具体的なイメージが得られるように巧みな叙述がなされる。さらに、観閲式に適した馬はどのような馬であるか、またこのような馬をどのように行進させるのかについても適切な指摘がなされ、最後に、騎士と馬の防護具と武器およびその使用法についても述べられる。

『狩猟について』

クセノポンの『狩猟について』は三つの部分に分けられる。第一章の序論にあたる部分、第二―十一章にわたる狩猟の解説になる本論の部分、第十二―十三章の結論部である。

第一章では、まず、狩猟の技術が他の技術や技能と同様、神々によってケイロンに与えられたものであることが述べられる。そして、この技術をケイロンが神々の恩寵を受けた多くの英雄に教えたのである。が、このことを述べる語調が他の部分と異なっており、後世の手になったものと思われている。

狩猟の技術を説明する部分（第二―十一章）と結論部（第十二―十三章）は、すぐれた批評家が同意しているように、両方の部分とも一人の作者によって書かれたと見なしてよいだろう。また、内容もクセノポンと同時代のものである。このようなことから、この作品はクセノポンのものと推定しうるように思われる。

ただし、狩猟の部分は、当時の読者のかなりの知識を前提として書いているらしく、狩猟の知識に乏しいわれわれ現代の読者には分かりにくいだろう。たとえば、臭跡と足跡を同一単語によって表現していること、三種の捕獲網とその設置の説明、獲物の捕獲のうち説明されていない部分などは、不明確なようである。

最後の部分は狩猟を非難する者に対する反論である。狩猟は仕事に向けるべき時間を浪費するものであるという批判に対して、この批判は根本的に間違っていて、このようなことをいう者は悪意に満ちているとクセノポンは反撃する。そして、狩猟家は労苦に耐え、正義を愛するゆえに有徳の士であると彼は主張する。

クセノポンが攻撃相手にしたのは当時のソフィストである。彼らは「人を騙すために語り、自分の利益のために書いており」(第十三章八)、「正しい思考をする人々の間では、非難の対象となっている」(同)という。ソフィストのうちとくにクセノポンが意識していたのは、アリスティッポス(前四三六―三六〇年、キュレネ学派の創始者)であったようである。

『狩猟について』に不合理な点がいくつか見られるのは、テクストの原形がわれわれの手に渡るまでの間に損なわれたからであろう。

『アテナイ人の国制』

『アテナイ人の国制』は古代においてはクセノポンの作品に入れられていた。少なくとも前一世紀頃まで、この作品はギリシア散文の師としてのクセノポンに帰せられていた。しかし、後一世紀に、博識の編集者マグネシアのデメトリオスがこれをクセノポンの作品にすることを批判した。デメトリオスの批判は鋭く、現在ではほとんどすべての学者がこれに同意している。

この作品がクセノポンのものでないとすると、誰の作品なのかということになるが、このことについてはこれまで作者の特定はされてこなかったし、これからもおそらくできないだろう。この一方で、クセノポンの作品であるとする明快な理由づけも得られないままである。作者はおそらくクセノポンという名の別人ではなかったのかともいわれている。

ところで、作者は、アテナイ人を三人称複数形で記しているが、第一章一二、第二章一二にあるように一人称複数形を用いて自分を数え入れていることがあるから、作者はアテナイ人である、といえるかもしれない。また、ラケダイモン人を二人称単数形で記したりしている（第一章一一）から、知人をもっていたと見なしてよいだろう。しかし、最も明確なことは、作者は信念の強い寡頭政治家だということではないか。アテナイの国制を強く否定する彼は、民主制維持のために示すアテナイ人の努力のゆえに、国制の漸進的な改革に絶望し、完全に転覆しなければならないと見ていたようである。

なお、第二章二が前四三二年のカルキス同盟の結成が前提とされているようである。また、第二章一四–一六も、ペロポンネソス戦争初期（前四三一年）におけるペロポンネソス同盟軍のアッティカ内への侵入と、アテナイ財産のエウボイアへの移転が前提とされているのが想定される。これらのことから、『アテナイ人の国制』が書かれた時期は約四三〇年以降と見てよいのではないか。

現代世界の先進国において最も重んじられている民主制、この民主制の祖となるアテナイ人の国制に対して、アテナイ人と見られる作者がこのような見解をもっていたということは、われわれにとってある意味で参考になるのではないか。

この翻訳にあたっては、京都大学教授・中務哲郎氏に種々便宜をはかって頂いた。この場を借りて感謝の意を表したい。

訳者略歴

松本仁助（まつもと　にすけ）

大阪大学名誉教授
一九二七年　大阪市生まれ
一九五一年　京都大学文学部卒業
同志社大学教授、大阪大学教授、大阪学院大学教授を経て
二〇〇二年退職

主な著訳書

『「オデュッセイア」研究』（北斗出版）
『ギリシア叙事詩の誕生』（世界思想社）
『ギリシア文学を学ぶ人のために』（編著、世界思想社）
『アリストテレース詩学・ホラーティウス詩論』（共訳、岩波文庫）
クセノポン『キュロスの教育』（京都大学学術出版会）
プルタルコス『モラリア8』（京都大学学術出版会）

クセノポン小品集《しょうひんしゅう》　西洋古典叢書　第Ⅱ期第2回配本

二〇〇〇年六月十五日　初版第一刷発行
二〇一三年六月十日　初版第二刷発行

訳　者　松《まつ》本《もと》仁《に》助《すけ》

発行者　檜山爲次郎

発行所　京都大学学術出版会
606-8315 京都市左京区吉田近衛町六九 京都大学吉田南構内
電　話　〇七五-七六一-六一八二
FAX　〇七五-七六一-六一九〇
http://www.kyoto-up.or.jp/

印刷・土山印刷／製本・三省堂印刷

ISBN978-4-87698-118-2

定価はカバーに表示してあります

索　引

1.『クセノポン小品集』の固有名詞索引および事項索引を収載する。
2.『　』は作品名を、ローマ数字・算用数字は、言及される章・節の番号を示す。例：I. 1 は「第 1 章第 1 節」、I. 1, 3 は「第 1 章第 1 節」と「第 1 章第 3 節」を表わしている。
3.「以下」はそれ以降の節にわたって言及のあることを意味する。

ア 行

アイオリス人　小アジア西岸の北部およびエーゲ海北東海上の島々に住む人々『アゲシラオス』I. 14; II. 11

アイトリア人　アイトリアはアカルナニアの東側に隣接する地域『アゲシラオス』II. 20

アイニア人　テッサリア南部オイタ山とオトリュス山、およびスペルキオス川流域に住む種族『アゲシラオス』II. 6, 24

アイネイアス　トロイアの英雄。トロイア落城の際父や部下とともに脱出する『狩猟について』I. 2, 15

アウトプラダテス　リュディアのペルシア太守。反乱者アリオバルザネスを包囲する『アゲシラオス』II. 26

アカイア山脈　テッサリア南部にある山脈『アゲシラオス』II. 5

アカイア人　アカイアはペロポンネソス半島北部のコリントス湾に面する地域『アゲシラオス』II. 20

アカデメイア　アテナイ付近のオリーブの森『騎兵隊長について』III. 1, 14

アカルナニア　ギリシア本土の西部、イオニア海に面し、イタカの対岸にあたる地域『アゲシラオス』II. 20

アカルナニア人『アゲシラオス』II. 20, 24

アギス　スパルタの王アギス一世。前426－397年王位にある『アゲシラオス』I. 5; IV. 5

アキレウス　ギリシアの英雄で、ホロメス『イリアス』の主人公『狩猟について』I. 2, 4, 16

アゲシラオス　スパルタの王（前442－360年）。前392－360年王位にある『アゲシラオス』I. 1 以下

アゴラ　市民生活の中心となる広場、市場『ラケダイモン人の国制』IX. 4,『政府の財源』III. 13,『騎兵隊長について』III. 2

足罠『狩猟について』IX. 11, 12, 14, 15; X. 1, 3, 22

アスクレピオス　ギリシアの英雄で医の神『狩猟について』I. 2, 6

アッソス　小アジアの西岸北部アドロミュッテイオン湾に面する都市『アゲシラオス』II. 26

アッティカ　アテナイを中心とする地域『政府の財源』I. 2,『アテナイ人の国制』II. 16

アタランテ　メラニオンの妻『狩猟について』I. 7; XIII. 18

アテナ　ゼウスの娘でアテナイなどを守護する戦の女神『ラケダイモン人の国制』XIII. 2

アテナイ　アテネ『政府の財源』I. 1; II. 6, 7; III. 2; IV. 47; V. 2, 4, 7, 10,『騎兵隊長について』VII. 1, 2,『馬術について』I. 1,『アテナイ人の国制』I. 10, 11, 13, 14, 16, 17, 18; II. 1, 19; III. 1, 3, 6, 8, 12, 13

アテナイ人『アゲシラオス』II. 6,『政府の財源』I. 8; II. 4; III. 10; IV. 17, 22, 30, 33, 47; V. 7,『騎兵隊長について』I. 26; VII. 2, 3,『アテナイ人の国制』I. 1, 4, 10, 11, 13, 15, 16, 18; II. 1, 3, 7, 8, 11,

12, 14, 15; III. 1, 10, 11
アナプリュトス　アッティカの一地区　『政府の財源』IV. 43
アポロン　ゼウスの息子。音楽、医、予言、家畜、光の神　『ラケダイモン人の国制』VIII. 5,『狩猟について』I. 1; VI. 13
アポロンの神託　『ラケダイモン人の国制』VIII. 5
網番　『狩猟について』II. 3; VI. 6, 11, 12, 18; IX. 6
網袋　『狩猟について』VI. 7
アミュクライ　スパルタ南方に位置する都市　『アゲシラオス』VIII. 7
アリオバルザネス　プリュギアのペルシア太守でスパルタと同盟を結ぶ。前360年代の反乱者　『アゲシラオス』II. 26
アリストデモス　ヘラクレスの子孫　『アゲシラオス』VIII. 7
アルカディア　アルゴリスの西、アカイアの南にある地域　『政府の財源』III. 7
アルカディア人　『アゲシラオス』II. 23, 24
アルカトオス　ペロプスとヒッポダメイアの子　『狩猟について』I. 9
アルキダモス　スパルタの王。前469－427年王位にある　『アゲシラオス』I. 5
アルゴス人　アルゴスはペロポンネソス半島北東部のアルゴリス地方の中心都市　『アゲシラオス』II. 6, 9, 11, 17, 20, 24
アルコン　執政官　『ヒエロン』IX. 4. 5
アルテミス　アポロンの双子の妹、弓と野獣の女神　『アゲシラオス』I. 27,『狩猟について』I. 1, 11; VI. 13
アンティロコス　ギリシアの老将ネストルの子。トロイアで父親の身代わりとなって戦死した　『狩猟について』I. 2, 14
アンピアラオス　アルゴスの英雄で予言者　『狩猟について』I. 2, 8
イオニア人　イオニアは小アジアの西岸中部の地域　『アゲシラオス』I. 14; II. 11
イタリア　『アテナイ人の国制』II. 7
インド犬（インド産の犬）『狩猟について』IX. 1; X. 1
エウボイア人　エウボイアはギリシア本土東側にある大きな島　『アゲシラオス』II. 6, 24
エジプト　『アゲシラオス』II. 29, 30, 31,『アテナイ人の国制』II. 7
エジプト人　『アゲシラオス』II. 30
エジプトの王　『アゲシラオス』II. 28, 30
エペソス　イオニアのカイストロス河口に位置する都市　『アゲシラオス』I. 14, 25
エリス人　エリスはアルカディアの西、アカイアの南西にある地域　『アゲシラオス』II. 23, 24,『ラケダイモン人の国制』II. 12
エレウシニオン　デメテルとその娘コレの神殿　『騎兵隊長について』III. 2,『馬術について』I. 1
王制　『アゲシラオス』I. 4
オデュッセウス　トロイア戦争でギリシア軍の知将で、ホロメス『オデュッセイア』の主人公　『狩猟について』I. 2, 13
オドリュサイ人　強力なトラキア族　『馬術について』VIII. 6
オボロス　ギリシアの貨幣単位（1オボロスは6分の1ドラクマ）『政府の財源』III. 9; IV. 14, 23
面繋　『馬術について』III. 2; V. 1; VI. 7
重り木　『狩猟について』IX. 14, 15, 18, 19
オリュンポス山　テッサリアの山。神々が住む所と考えられた　『狩猟について』XI. 1
オルギュイア　長さの単位（1オルギュイア＝約1.8メートル）『狩猟について』II. 5
オルコメノス人　オルコメノスはボイオティア西部の都市　『アゲシラオス』II. 6, 9, 11
オルティア　スパルタにおける女神アルテミスの呼称　『ラケダイモン人の国制』II. 9

カ　行

海外資産　『アテナイ人の国制』I. 19
会計検査　『アテナイ人の国制』III. 2
海軍　『アテナイ人の国制』I. 11
外国人騎兵　『騎兵隊長について』IX. 3, 4, 5

格闘技　『ラケダイモン人の国制』IX. 4
数当て遊び　『騎兵隊長について』V. 10
カストル　ゼウスとレダの間にできた双子の息子（ディオスクロイ）の一人　『狩猟について』I. 2, 13; III. 1
カストル犬　『狩猟について』III. 1
寡頭制　『アゲシラオス』I. 4,『アテナイ人の国制』II. 20
寡頭政治家　『アテナイ人の国制』II. 15, 17
カリア　小アジア西岸南部の地域　『アゲシラオス』I. 14, 15, 16, 29
カリアス　アゲシラオスの部下の一人　『アゲシラオス』VIII. 3
カルタゴ産の細い亜麻　『狩猟について』II. 4
革紐　『騎兵隊長について』VIII. 4
観閲　『騎兵隊長について』III. 9
観閲式　『騎兵隊長について』I. 26; III. 1, 10, 12,『馬術について』XI. 1, 13
監視兵　『騎兵隊長について』IV. 10, 11, 12
監督官　『アゲシラオス』I. 36,『ラケダイモン人の国制』IV. 6; VIII. 3, 4; XI. 2; XV. 6, 7,『政府の財源』III. 3
喜劇　『アテナイ人の国制』II. 18
鬐甲　『馬術について』I. 11; VI. 7; VII. 1
キットス山　マケドニアの南カルキディケにある山　『狩猟について』XI. 1
狐犬　『狩猟について』III. 1
騎兵隊員の法定数　『騎兵隊長について』I. 2
騎兵隊指揮官職　『アテナイ人の国制』I. 3
騎兵隊長　『騎兵隊長について』I. 7, 8; II. 7; III. 1, 5, 6, 11, 13; IV. 1, 5, 6, 13; V. 13; VII. 1, 5, 8; VIII. 4, 21, 22; IX. 1,『馬術について』XI. 10
騎兵分隊　『騎兵隊長について』VIII. 19
騎兵分隊長　『馬術について』XI. 10
球節　『馬術について』I. 4
キュニスカ　オリュンピアの馬車競技で優勝した最初の女性　『アゲシラオス』IX. 6
キュノスケパライ　テバイの西、ヘリコン山の麓にある都市　『アゲシラオス』II. 22
キュプロス　地中海東部にある島　『アテナイ人の国制』II. 7
ギュリス　『アゲシラオス』II. 15
キュルノス　→「スコリア」
行政官　『ラケダイモン人の国制』IV. 7; VIII. 4
ギリシア　『アゲシラオス』I. 3; II. 31; V. 7; VI. 1; VII. 5, 6, 7; VIII. 3, 5,『ラケダイモン人の国制』I. 1,『政府の財源』I. 6; V. 8, 9,『狩猟について』I. 13, 17,『アテナイ人の国制』III. 2
ギリシア語　『狩猟について』II. 3
ギリシア人　『ヒエロン』VI. 5,『アゲシラオス』I. 32, 34, 38; II. 31; VII. 3, 4, 7; VIII. 4,『ラケダイモン人の国制』I. 3; II. 1, 12, 14; IV. 7; V. 2; VII. 1,『政府の財源』I. 1, 6; V. 5, 8, 9; VI. 1,『騎兵隊長について』VII. 4,『馬術について』VIII. 6,『狩猟について』I. 7, 12, 14, 17,『アテナイ人の国制』I. 1; II. 8, 11
銀鉱　『政府の財源』IV. 2, 4, 11, 26, 27, 30, 32, 45, 46, 49
銀鉱山（銀山）『政府の財源』IV. 1, 2, 3, 12, 13, 14, 25, 43, 47
銀鉱石　『政府の財源』IV. 2, 32
銀鉱脈　『政府の財源』IV. 6, 32
口籠　『馬術について』V. 3
熊　『狩猟について』XI. 1
首輪　『狩猟について』VI. 1
クランノン人　クランノンはラリサの南西、テッサリア中部の都市　『アゲシラオス』II. 2
クレウシス　テバイの南、コリントス湾に面するボイオティアの都市　『アゲシラオス』II. 18
クレタ産の犬　『狩猟について』X. 1
黒豹　『狩猟について』XI. 1
繋索　『狩猟について』VI. 1
軽装歩兵　『アゲシラオス』I. 25; II. 20; III. 4,『騎兵隊長について』V. 13
ケイロン　ケイタウロス族の一人。多くの英雄が少年時代彼から教育を受けた　『狩猟について』I. 1, 3, 4, 8, 13, 16, 17; XII. 18
血管腫　『馬術について』I. 5
ケパロス　アッティカのケパリダイ族の祖

『狩猟について』I. 2, 6
ケピソス川　ポキス北部を東に流れ、ボイオティア北部のコパイス湖に注ぐ川　『アゲシラオス』II. 9
獣道網　『狩猟について』II. 4, 5, 6, 7, 9; VI. 9
現ペルシア王　『アゲシラオス』VII. 7
貢租（の）決定　『アテナイ人の国制』III. 5
公民権　『アテナイ人の国制』I. 14
後衛　『騎兵隊長について』IV. 5
黒海　『アテナイ人の国制』II. 7
小手　『馬術について』XII. 5
コテュス　小アジア北部のパプラゴニアの支配者　『アゲシラオス』II. 26; III. 4
近衛騎兵隊指揮官　『ラケダイモン人の国制』IV. 3
コリントス　ペロポンネソス半島とイストモス（コリントス地峡）の付け根の都市　『アゲシラオス』II. 17, 18, 19, 21; VII. 5
コリントス人　『アゲシラオス』II. 6, 18, 21; VII. 6
コレゴス　劇の上演世話役　『ヒエロン』IX. 4,『アテナイ人の国制』III. 4
コロス　『ヒエロン』IX. 4,『アゲシラオス』II. 17,『ラケダイモン人の国制』IV. 2; IX. 5,『騎兵隊長について』I. 26; III. 2,『アテナイ人の国制』I. 13
コロネイア平原　コパイス湖中央南部沿岸の平原　『アゲシラオス』II. 9

サ　行

最高行政府　『ラケダイモン人の国制』IV. 7
最高権力者　『ラケダイモン人の国制』VIII. 1, 5
最高実力者　『ラケダイモン人の国制』VIII. 2, 3
最後尾指揮官　『騎兵隊長について』II. 5
在留異国人　『政府の財源』II. 1, 2, 3, 4, 5, 7; IV. 40,『アテナイ人の国制』I. 10, 12
在留異国人税　『政府の財源』II. 1
在留異国人重装歩兵　『政府の財源』II. 2
サルデイス　小アジアのリュディアの首都　『アゲシラオス』I. 29, 33
三段櫂船　『ラケダイモン人の国制』XI. 10,『政府の財源』III. 8, 14,『アテナイ人の国制』I. 13, 20
三段櫂船長　『アテナイ人の国制』III. 4
シシリー　『アテナイ人の国制』II. 7
輜重兵　『アゲシラオス』I. 30; II. 11
シドン　フェニキアの首都　『アゲシラオス』II. 30
シモニデス　ケオス島出身の抒情詩人（前556頃－468年）『ヒエロン』I. 1 以下
シモン　前五世紀のアテナイ人。騎兵隊長であったと思われる　『馬術について』I. 1, 3
自由人　『アテナイ人の国制』I. 12
重装歩兵　『アゲシラオス』I. 25, 31; II. 3,『ラケダイモン人の国制』XI. 2, 4,『騎兵隊長について』VII. 1, 2, 3, 12,『アテナイ人の国制』II. 1
集会　『アテナイ人の国制』III. 1
十分の一税　『アゲシラオス』I. 34
狩猟（用の）槍　『狩猟について』X. 1, 3, 8, 10, 11, 12, 14, 15, 16, 18, 19, 20, 21, 22
将軍職　『アテナイ人の国制』I. 3
少年教育監督官　『ラケダイモン人の国制』II. 2, 10; IV. 5
シリア　エウフラテス川、アラビア、タウロス山脈に囲まれた地域　『狩猟について』XI. 1
シリア人　『政府の財源』II. 3
新市民　『アゲシラオス』I. 7
水夫長　『アテナイ人の国制』I. 2
水夫長補佐　『アテナイ人の国制』I. 2
スキリティス兵　スパルタ軍の左翼にいる軽装兵で、通常最も危険な箇所に配備される　『ラケダイモン人の国制』XII. 3; XIII. 6
スコロス　ボイオティア南部アソポス川畔にある地点　『アゲシラオス』II. 22
スタディオン　距離の単位（1スタディオン＝約184メートル）『政府の財源』IV. 43, 46
脛当　『馬術について』XII. 7
スパルタ　ラコニア地方の中心都市。ラケダイモンともいわれる　『アゲシラオス』II. 26,『ラケダイモン人の国制』I. 1,

10; II. 2; V. 5, 6; VII. 2; VIII. 1, 2, 5; X. 4; XI. 1
スパルタ犬 『狩猟について』X. 4, 7
スパルタ産の犬 『狩猟について』X. 1
スパルタ人 『アゲシラオス』I. 7; II. 24, 『ラケダイモン人の国制』I. 1; V. 2, 3; VII. 3; XIV. 6
スパルタ政府 『ラケダイモン人の国制』XV. 1
スピタメ 長さの単位（1スピタメ＝約22センチメートル）『狩猟について』II. 4, 7
スピトリダテス パルナバゾスの配下の一人 『アゲシラオス』III. 3
政治家 『狩猟について』XIII. 15
青銅の馬 『馬術について』I. 1
聖物窃盗者 『アゲシラオス』XI. 1
ゼウス 『ヒエロン』I. 13 以下，『ラケダイモン人の国制』XIII. 2; XIV. 1，『狩猟について』I. 4, 9
背覆い布 『馬術について』XII. 8, 9
セストス ヘレスポントスの西岸ケルネソス側のほぼ中央にある都市 『アゲシラオス』II. 26
斥候 『騎兵隊長について』IV. 5; VII. 13
前衛 『騎兵隊長について』IV. 5
前衛騎兵 『騎兵隊長について』I. 25
前哨 『ラケダイモンの国制』XII. 6
先導騎兵 『騎兵隊長について』IV. 4
戦争税 『ヒエロン』IX. 7
僭主 『ヒエロン』I. 1 以下，『ラケダイモン人の国制』VIII. 4
僭主制 『アゲシラオス』I. 4
前ペルシア王 『アゲシラオス』VII. 7
操舵手 『アテナイ人の国制』I. 2
ソシアス 不詳の人物 『政府の財源』IV. 14
ソフィスト 『狩猟について』XIII. 1, 3, 5, 6, 8, 9

タ　行

体育学校 『政府の財源』IV. 52
体育監督 『アテナイ人の国制』I. 13
体育監督官 『政府の財源』IV. 52，『アテナイ人の国制』I. 13
体操競技 『ラケダイモン人の国制』X. 3
松明リレー競争 『政府の財源』IV. 52
ダイロコス ヒエロンが愛でた少年 『ヒエロン』I. 31, 33
楕円形騎乗 『馬術について』VII. 14
タコス 小アジア西岸にいてアゲシラオスの好意を受ける 『アゲシラオス』II. 27
楯兵 『政府の財源』IV. 52
タラントン 金額の単位（1タラントンは60ムナ）『政府の財源』IV. 23, 24
タルゲリア祭 アテナイにおける収穫の祭り 『アテナイ人の国制』III. 4
徴税請負人 『政府の財源』IV. 20
諜報活動者 『騎兵隊長について』IV. 7, 8 16
長老会議 『ラケダイモン人の国制』X. 1, 3
ディオニュシア祭 アテナイにおけるディオニュソス神の祭り 『騎兵隊長について』III. 2，『アテナイ人の国制』III. 4
ディオメデス トロイア戦争におけるギリシア軍の勇士 『狩猟について』I. 2, 13
ティッサペルネス リュディアとカリアのペルシア太守で小アジアの総司令官。アゲシラオスに敗れる 『アゲシラオス』I. 10, 11, 12, 13, 15, 17, 29, 35
ティトラウステス リュディアのペルシア太守。ペルシア王の命によりティッサペルネスの首を刎ねる 『アゲシラオス』I. 35; IV. 6
偵察者 『ラケダイモン人の国制』II. 7
テオグニス メガラ出身のエレゲイア詩人（前544－541年頃）→「スコリア」
哲学者 『狩猟について』XIII. 6, 9
テゲア マルティネイアの南にある都市 『アゲシラオス』II. 23
デケレイアの事件 『政府の財源』IV. 25
テセウス アテナイの国民的英雄。アッティカの国家統一をもたらし王位を確立する 『狩猟について』I. 2, 10
テッサリア ギリシア本土北部、マケドニア南部の地域 『アゲシラオス』II. 2
テッサリア人 『アゲシラオス』II. 2, 3, 4, 24
テティス 海の女神でアキレウスの母 『狩猟について』I. 8

テバイ　ボイオティアの中心都市　『アゲシラオス』II. 22,『政府の財源』IV. 46,『狩猟について』I. 8
テバイ人　『アゲシラオス』II. 6, 9, 10, 11, 12, 16, 21, 22,『政府の財源』V. 7
テラモン　ペレウスの兄弟　『狩猟について』I. 2, 9
デルポイ　ポキスにあり、アポロンの神託で名高い　『アゲシラオス』I. 34,『ラケダイモン人の国制』VIII. 5,『政府の財源』V. 9; VI. 2
デロス同盟　『政府の財源』V. 5
伝令使　『アテナイ人の国制』I. 17
特別税　『政府の財源』IV. 40
ドドナ　エペイロス中部にある都市。ゼウスの神託で名高い　『政府の財源』VI. 2
トラキア　マケドニアと黒海の間の地域『政府の財源』IV. 14
奴隷　『ヒエロン』IV. 3; VI 3, 5,『政府の財源』IV. 4, 15, 17, 18, 19, 20, 21, 23, 24, 25, 26, 30, 36, 39, 49,『アテナイ人の国制』I. 9, 10, 11, 12, 18
奴隷根性　『ヒエロン』V. 2
奴隷借用者　『政府の財源』IV. 20
奴隷状態　『アテナイ人の国制』I. 8, 9
トリコス　アッティカの一地区　『政府の財源』IV. 43
トロイア　トロイア戦争の舞台となった地『狩猟について』I. 9, 13, 15

ナ　行

ナイス　ケイロンの母　『狩猟について』I. 4
投槍兵　『アゲシラオス』I. 25, 31, 32
ナルタキオン　『アゲシラオス』II. 5
ナルタキオン山　テッサリアの山。同名の都市がある　『アゲシラオス』II. 4
ニキアス　ペロポンネソス戦争の前半におけるアテナイの将軍　『政府の財源』IV. 14
ニケラトス　ニキアスの父。非常に裕福であった　『政府の財源』IV. 14
ニュセ山　タウロス山脈にある山　『狩猟について』XI. 1
ニンフ　『狩猟について』I. 4
ネストル　トロイア戦争におけるギリシア軍の老将　『狩猟について』I. 2, 7, 12

ハ　行

パクトロス川　リュディアを流れる川『アゲシラオス』I. 30
パシス産の細い亜麻　『狩猟について』II. 4
馬蹄軟骨　『馬術について』I. 3
端綱　『馬術について』V. 1
パプラゴニア　小アジア北部、黒海に面する地域　『アゲシラオス』III. 4
はみ　『馬術について』III. 2; VI. 7, 8, 9, 10, 11; VII. 1; IX. 9; X. 1, 3, 6, 7, 8, 9, 10, 11, 12, 15, 16
パライステ　長さの単位（1パライステ＝約7.5センチメートル）『狩猟について』II. 4, 7; IX. 14; X. 3
腹帯　『狩猟について』VI. 1
パラメデス　トロイア戦争におけるギリシアの将軍。オデュッセウスがトロイア遠征に参加を拒否して狂気を装っているのを見破る　『狩猟について』I. 2, 11
パルサロス　テッサリア中部の都市　『アゲシラオス』II. 2, 4
パルナバゾス　プリュギアのペルシア太守、スパルタの同盟者、前389年死去　『アゲシラオス』I. 23; III. 3, 5
パレロン　アテナイの古い港　『騎兵隊長について』III. 1
馬勒　『馬術について』III. 11; VIII. 8
パンアテナイア祭　女神アテナの誕生を祝うアテナイの祭り　『アテナイ人の国制』III. 4
パンガイオン山　マケドニアの山　『狩猟について』XI. 1
班　『騎兵隊長について』II. 3; V. 7
班長　『騎兵隊長について』II. 2, 3, 4, 6, 7; III. 9
班長補佐　『騎兵隊長について』IV. 9
ヒエロン　シシリーのシュラクサイの僭主。前467年死去　『ヒエロン』I. 1 以下
被支配先住民国　『ラケダイモン人の国制』XV. 3
額当　『馬術について』XII. 8

ヒッポドロモス　(ペイライエウス北西にあった?) 競馬場　『騎兵隊長について』III. 1
ヒッポニコス　前5世紀のアテナイの将軍。裕福であった　『政府の財源』IV. 15
ヒッポリュトス　テセウスとアマゾン族ヒッポリュテの子　『狩猟について』I. 2, 11
百分の一税　『アテナイ人の国制』I. 17
ピュゴン　長さの単位 (1ピュゴン=約38センチメートル)　『狩猟について』X. 2
ヒュアキンティア祭　ヒュアキントスとアポロンを祝うラケダイモンの祭り　『アゲシラオス』II. 17
ピュティオイ　デルポイに神託を求める任をもつ4人の使節　『ラケダイモン人の国制』XV. 5
ピュレ　都市の構成単位となる部族　『ヒエロン』IX. 5
豹　『狩猟について』XI. 1
評議会　『政府の財源』IV. 18,『騎兵隊長について』I. 8, 13; III. 9, 12,『アテナイ人の国制』III. 1, 2, 3
ピレモニデス　不詳の人物　『政府の財源』IV. 15
ピンドス山　ギリシア北部の山　『狩猟について』XI. 1
フェニキア　現在のレバノン、イスラエルの地域　『アゲシラオス』II. 30
部族　『政府の財源』IV. 30, 31
プティア　テッサリア南部の地域、都市　『アゲシラオス』II. 5
船大工　『アテナイ人の国制』I. 2
プラス　テッサリア南部の都市　『アゲシラオス』II. 5
プリュギア　小アジア中部の地域にあって大プリュギアともいわれる　『アゲシラオス』I. 16, 23
プリュギア人　『政府の財源』II. 3
プレイウス　コリントス南西にある都市　『アゲシラオス』II. 21
プレイウス人　『アゲシラオス』II. 21
プレトロン　距離の単位 (1プレトロン=約31メートル)　『アゲシラオス』II. 10
プロクリス　ケパロスの妻で狩猟にすぐれていた　『狩猟について』XIII. 18
プロメテイア祭　プロメテウス神を祝うアテナイの祭り　『アテナイ人の国制』III. 4
分隊　『騎兵隊長について』III. 2, 11, 12; IV. 4; VIII. 17
分隊長　『騎兵隊長について』I. 8, 21, 23; II. 2, 7; III. 6, 13; VIII. 17, 18
兵役10年兵　『アゲシラオス』I. 31
平地網　『狩猟について』II. 4, 5, 7, 8, 9; VI. 2, 9, 12, 26; VIII. 8
ペイライエウス　アテナイ南西の港　『政府の財源』III. 13,『アテナイ人の国制』I. 17
ペイライオン　イストモス中央部のコリントス湾に突き出た地帯　『アゲシラオス』II. 18, 19
平和監視委員　『政府の財源』V. 1
平和監視委員会　『政府の財源』V. 1
ヘゲシレオス　アテナイの将軍 (前349-348年)　『政府の財源』III. 7
ベサ　アッティカの一地区　『政府の財源』IV. 44
ヘシオネ　トロイア王ラオメドンの娘　『狩猟について』I. 9
ヘパイスティア祭　ヘパイストス神を祝うアテナイの祭り　『アテナイ人の国制』III. 4
ヘラクレス　ギリシアの伝説上最大の英雄　『アゲシラオス』I. 2; VIII. 7,『ラケダイモン人の国制』X. 8,『狩猟について』I. 9
ヘリコン山　ボイオティア南西部にある山　『アゲシラオス』II. 9, 11, 12
ヘリッピダス　アゲシラオスに従ったラケダイモン人の一人　『アゲシラオス』II. 10
ペリボイア　アルカトオスの娘で、テラモンの妻　『狩猟について』I. 9
ペルシア　『アゲシラオス』II. 28
ペルシア王　『アゲシラオス』VII. 7; VIII. 3, 4, 5, 6; IX. 1, 2, 3, 5
ペルシア人　『アゲシラオス』III. 3; V. 4; VIII. 3,『馬術について』VIII. 6
ペルシア戦争　『政府の財源』V. 5
ヘルメス像　『騎兵隊長について』III. 2
ペレウス　英雄アキレウスの父　『狩猟に

ついて』I. 2, 8
ヘレスポントス海峡　現在のダーダネルス海峡　『アゲシラオス』II. 1
ヘレスポントス人　『アゲシラオス』I. 14; II. 11
ペロポンネソス半島　『アゲシラオス』II. 17,『アテナイ人の国制』II. 7
ボイオティア　アッティカ北西部に隣接する地域　『アゲシラオス』II. 5, 22,『アテナイ人の国制』III. 11
ボイオティア型　『馬術について』XII. 3
ボイオティア人　『アゲシラオス』II. 2, 18, 23, 24,『ラケダイモン人の国制』II. 12,『騎兵隊長について』VII. 3
法定数　『騎兵隊長について』I. 2
捕獲網　『狩猟について』V. 28
ポキス人　ポキスはボイオティアの西側の地域　『アゲシラオス』II. 6, 24,『政府の財源』V. 9
歩哨　『ヒエロン』VI. 9, 10,『ラケダイモン人の国制』XII. 2, 4,『騎兵隊長について』IV. 10; VII. 13, 14, 15
ポダレイリオス　アスクレピオスの子で医師　『狩猟について』I. 2, 14
ポリュカルモス　パルサロス人で騎兵指揮官。テッサリアでアゲシラオスと戦い戦死　『アゲシラオス』II. 4
ポリュデウケス　ゼウスとレダの間にできた双子の息子（ディオスクロイ）の一人『狩猟について』I. 2, 13

マ　行

マイアンドロス川　リュディアとカリアの中間を流れる川　『アゲシラオス』I. 15, 29
マウソロス　カリアのペルシア太守。アゲシラオスの説得を受けセストスの包囲を解く　『アゲシラオス』II. 26, 27
マカオン　アスクレピオスの子で医師『狩猟について』I. 2, 14
マケドニア　ギリシア北部、エペイロスとトラキアの間の地域　『アゲシラオス』II. 2,『狩猟について』XI. 1
マンティネイア人　マンティネイアはアルカディアの都市　『アゲシラオス』II. 23
見張り番　『アテナイ人の国制』I. 2
ミュシア　小アジア北西の地域　『狩猟について』XI. 1
ミレトス　小アジア西岸イオニア地方の商業都市　『アテナイ人の国制』III. 11
民会　『アテナイ人の国制』II. 17; III. 1, 3
民主制　『アゲシラオス』I. 4,『アテナイ人の国制』I. 4, 5, 8; II. 20; III. 1, 8, 9, 12
民主政治　『アテナイ人国制』II. 15
無国籍者　『政府の財源』II. 7
ムナ　貨幣の単位（1ムナは100ドラクマ）『ラケダイモン人の国制』VII. 5,『政府の財源』III. 9, 10; IV. 15,『騎兵隊長について』I. 16,『馬術について』IV. 4
胸当　『馬術について』XII. 8
胸甲　『馬術について』XII. 1, 2, 3, 4, 5, 6
メガバテス　スピトリダテスの息子　『アゲシラオス』V. 4, 5
メガラ　アッティカの西、イストモスの北にあるメガリスの中心都市　『政府の財源』IV. 46　→「スコリア」
メッセニア　ラケダイモンの西側の地域『アゲシラオス』II. 29,『アテナイ人の国制』III. 11
メネステウス　トロイア戦争におけるギリシアの将軍　『狩猟について』I. 2, 12
メラニオン　アタランテの夫　『狩猟について』I. 2, 7
メレアグロス　カリュドンの王オイネウスとアルタイアの子　『狩猟について』I. 2, 10
模擬騎兵戦　『騎兵隊長について』III. 11; V. 4
腿甲　『馬術について』XII. 8
モラ　スパルタの兵制単位　『ヒエロン』IX. 5,『アゲシラオス』II. 6

ヤ・ラ・ワ　行

山猫　『狩猟について』XI. 1
弓兵　『アゲシラオス』I. 25
ライオン　『狩猟について』XI. 1
ラケダイモン　ラコニア地域。あるいはその中心都市、スパルタを指す　『アゲシラオス』I. 4; II. 24, 27, 29, 31; VIII. 3,『ラケダイモン人の国制』II. 13; IX. 4;

XIV. 6; XV. 9,『騎兵隊長について』IX. 4,『アテナイ人の国制』I. 11
ラケダイモン人　『アゲシラオス』I. 7, 13, 38; II. 6, 21, 22, 23; IV. 5; VII. 5; VIII. 3,『ラケダイモン人の国制』XII. 7; XIII. 5, 8; XIV. 2,『政府の財源』V. 7,『騎兵隊長について』VII. 4; IX. 4,『アテナイ人の国制』III. 11
ラケダイモン兵　『ラケダイモン人の国制』XI. 8; XII. 5
ラコニア　ペロポンネソス東南部地域。ラケダイモンとも呼ばれる　『ラケダイモン人の国制』II. 14
ラコニア軍　『ラケダイモン人の国制』XI. 5
ラコニア兵　『ラケダイモン人の国制』XI. 7
ラリサ人　ラリサはテッサリア東北部の主要都市　『アゲシラオス』II. 2
リュクルゴス　スパルタの法律制定者とされる人物　『ラケダイモン人の国制』I. 2, 4; II. 1, 2, 13; III. 1; IV. 7; V. 1, 2, 5, 8; VI. 1; VII. 1, 2; VIII. 1, 5; IX. 1; X. 1, 4, 8; XI. 1, 7; XIII. 1, 8; XIV. 1, 7; XV. 1, 2, 8, 9
リュケイオン　アテナイ付近の森と体育場『騎兵隊長について』III. 1
リュシストラトス　アテナイの著名な政治家　『政府の財源』III. 7
リュディア　小アジア西部の内陸地方『アテナイ人の国制』II. 7
リュディア人　『政府の財源』II. 3
両ロクリス人　両ロクリスはギリシア本土南部の二つのロクリス　『アゲシラオス』II. 6, 24
レウクトラ　テバイの南西部、ヘリコン山の東にある都市　『アゲシラオス』II. 23, 24
レオテュキダス　スパルタの王アギスの息子　『アゲシラオス』I. 5
レカイオン　コリントス湾に面し、コリントス北方５㎞に位置する港湾都市　『アゲシラオス』II. 17
ロクリス産の犬　『狩猟について』X. 1
ロコス　スパルタの兵制単位（１ロコスは４分の１モラ）『ヒエロン』IX. 5
脇腹当　『馬術について』XII. 8
罠網　『狩猟について』II. 4, 5, 7, 9; VI. 2, 5, 8, 10, 12, 24, 25, 26; VII. 11; X. 1, 2, 7, 8, 9, 10, 19, 20, 21
輪乗り　『馬術について』VII. 13, 14